Susanne Scholl
Elsas Großväter

Grafische Gestaltung: Dorothea Löcker, Wien
Umschlagabbildung: Foto © Corbis
Druck und Verarbeitung:
Druckerei Theiss GmbH., St. Stefan
ISBN 3-85452-466-8

Susanne Scholl

Elsas Großväter

Roman

Picus Verlag Wien

Für meine von den Nazis ermordeten Großeltern
Agnes und Emil Scholl und Emilie und Rudolf Werner

ELSAS Familie ist eine – wie soll man es nur sagen, heute, wo viele Worte so nachhaltig entstellt worden sind, dass sie ihren ursprünglichen Sinn zur Gänze verloren zu haben scheinen –, und nun sage ich es eben doch, eine ganz normale Familie. Relativ wohl situiert, durchaus mit intellektuellen Ambitionen ausgestattet. Eine großbürgerliche Familie, wie Elsa sich als junges Mädchen oft von sehr revolutionär bewegten Freunden vorhalten ließ, die von ebensolcher Herkunft waren, es aber besser als sie verstanden, darüber hinwegzutäuschen. (Erst in einem etwas reiferen Alter ist Elsa klar geworden, dass sie noch nie Grund hatte, sich für diese so genannte Großbürgerlichkeit zu schämen.)

Elsa kommt also aus einer ganz normalen Familie. Man hat sie großgezogen in einer wunderbaren, weitläufigen Villenetage, als verwöhntes Nesthäkchen umgeben von Vater, Mutter, zwei älteren Geschwistern und einer Tante. Die Bibliothek in dieser Villenetage war riesig und voll faszinierender, in Leder gebundener alter Bücher und Elsa und ihre Geschwister wurden von den Eltern von Anfang an ermutigt, sich dieser Bibliothek auch so häufig wie möglich zu bedienen.

Das Familienleben fand in der Regel rund um einen großen, alten Esstisch statt, an dem man gemeinsam zu Mittag und zu Abend aß, was täglich Gelegenheit zu Diskussionen, Lachen und zu Zeiten auch schrecklichen Streitgesprächen bot.

Das alles klingt, als sei Elsa mindestens hundert Jahre alt und lange vor jener Zeit aufgewachsen, die so vieles unwiederbringlich zerstören sollte. Aber sie wurde nach der Zeit geboren, in der man aus ihren Eltern und damit auch aus ihr selbst Mitglieder einer Glaubensgemeinschaft gemacht hatte, denen das Recht auf Leben abgesprochen wurde.

Elsa wurde nach Krieg und Emigration geboren, ist also ein so genanntes Friedenskind, eine, die auf die Welt kam, als alles vorbei, alles bekannt, alles irgendwie bereits akzeptiert war: der gewaltsame Tod der vier Großeltern, die Vertreibung und Rückkehr der Eltern, die Tatsache, dass man allein mit allem fertig werden musste, was den Alltag in einem sich gerade erst vom Krieg wieder erholenden Wien so ausmachte.

In dieser großbürgerlichen und gleichzeitig so unglaublich kommunismusgläubigen Familie wurden in jener Zeit, als Elsa heranwuchs, wie in allen Familien Legenden gesponnen. Ihre Mutter war immer die Geschichtenerzählerin der Familie. Und selbst jene Geschichten aus der Familie des Vaters, die die Mutter nur aus seinen Erzählungen kannte – denn in Wien waren sich die beiden nie begegnet, hatten sie sich, wie so viele Emigranten, erst im London des beginnenden Krieges getroffen und ineinander verliebt –, selbst diese Geschichten aus zweiter Hand wusste sie so anschaulich und realitätsnah zu erzählen, dass sie für die Kinder zur unbedingten Gewissheit wurden. So und nicht anders hatte sich dies oder jenes ereignet, war dies oder jenes vor sich gegangen, hatte man dies oder jenes zu verstehen, zu interpretieren und eventuell auch weiterzugeben. Wie in vielen anderen Familien gab es also diese fest verankerten Familienlegenden. Vielleicht brauchten man sie ja auch besonders dringend, um die so schmerzlich fehlende reale Familie zu ersetzen. Denn als Elsa zur Welt kam, waren fast alle tot.

Überlebt hatten ihre Mutter und deren beide Schwestern in England, Elsas Vater ebenfalls in England, sein Bruder und dessen Frau in Afrika und seine Schwester, von ihrer Kinderfrau versteckt, in Wien. Überlebt hatten außerdem noch einige Cousinen der Mutter, verstreut über die ganze Welt, und ein Cousin des Vaters in Wien, geschützt durch seine »arische« Mutter.

Die Generation der Großmütter und Großväter, die die Kinder hätte verwöhnen und mit ihren Geschichten langsam ins Erwachsenenleben hineinführen können, gab es nicht mehr. Wohl aber waren da viele Freunde der Eltern, die sich durchwegs in ähnlichen Situationen befanden. Auch in diesen befreundeten Familien gab es die ältere Generation nur noch in Ausnahmefällen. Lebende Großmütter waren für Elsa deshalb etwas Fremdes, Menschen, denen man nicht zu nahe kommen konnte, denen man mit Ehrfurcht und Demut zu begegnen hatte. Gefühle aber konnte man solchen Ikonen gegenüber kaum entwickeln.

Da Elsa diese besondere Situation eigentlich mit den meisten Kindern aus dem engsten familiären Freundeskreis teilte, empfand sie ihre eigene Familie durchaus als eine normale. Je älter sie wurde, umso mehr wurde ihr, jenseits aller pubertären Rebellionsversuche, aber auch bewusst, dass genau dies wohl das allergrößte Verdienst ihrer Eltern war: ihr das Gefühl vermittelt zu haben, trotz allem in einer ganz gewöhnlichen Familie aufzuwachsen. Wenn sie trotzdem ihr ganzes Leben lang Alpträume hatte, Ängste mit sich herumtrug, die sie kaum jemandem erklären konnte, und bis heute irgendwo in einem Hinterzimmer ihres Gehirns immer den kleinen gepackten Koffer bereitstehen hat – jenen Koffer, in den man nur das wirklich Allerwichtigste legt, wenn man auf der Flucht ist, in dem die Erinnerungen, die Dokumente aufbewahrt werden –, so bedeutet das nicht, dass ihre Eltern nicht alles getan hätten, um ihr Sicherheit und Geborgenheit zu geben. Es bedeutet nur, dass auch die besten Eltern der Welt nicht an können gegen jene historischen Ereignisse, die nicht nur das Leben der unmittelbar Betroffenen ein für alle Mal zerstört oder zumindest nachhaltig gestört haben, sondern auch Elsa, das Friedenskind, in ihrem ganzen Leben beeinträchtigen, wie sie dies auch noch in der Generation ihrer gerade erwachsen werdenden Kinder tun. Das kollektive Trauma ist eben stärker als jeder individuelle Überwindungsversuch. Eine kollektive Lernfähigkeit hingegen scheint den Menschen ganz und gar abzugehen.

1

Elsa verreist. Ganz so, wie man schon zu Beginn des sich nun neigenden Jahrhunderts zu verreisen pflegte, scheint ihr. Es gibt kein anderes Wort, das ihre derzeitige Lage besser beschreiben könnte. Elsa reist zur Kur. Mit dem Zug – sehr stilecht, wie sie findet. In eine Ecke des Abteils gelehnt, das sie dank der Jahreszeit ganz für sich allein hat. Um die Schulter den – wenn auch dem Zeitgeist angepasst künstlichen – dicken Pelz gelegt, lässt sie die noch schneebedeckte Landschaft an sich vorbeigleiten. Die Zeitschriften und Zeitungen, die sie mitführt, sind voll mit neuen Sturmzeichen, die Elsa nicht sehen möchte, weil sie nicht glauben will, dass dieses Jahrhundert mit einem Krieg zu Ende gehen soll. Nachrichten aus der wirklichen Welt, die sie sich nun für drei Wochen zu verlassen anschickt, liegen achtlos und etwas zerknittert auf dem Sitz neben ihr. Elsa lässt sich einlullen von dem Gefühl einer Reise in die Vergangenheit. In eine heile Vergangenheit, bevor der Orkan losgebrochen ist.

Elsa reist gerne. Zuzeiten scheint es ihr, als ob ihr Leben nur dann wirklich stattfände, wenn sie auf Reisen ist. Als ob die, zugegebenermaßen längeren, Zeitabschnitte, die sie an ihrem Wohnort zubringt, nur Zwischenaufenthalte wären in ihrem Dasein. Als ob sie nur unterwegs wirklich sie selbst wäre. Dabei weiß sie sehr wohl, dass sie sich zu jeder neuen Reise auch einen neuen Gefühlsmantel zulegt, sich maskiert, eine Rolle erfindet, in der sie dann die Reise hinter sich bringt. Nein, denkt Elsa, während sie aus dem Zugfenster hinaus in den Schnee sieht, vielleicht sind es ja gar nicht die Reisen selbst, sondern die Bilder, die sie im Kopf von diesen mit nach Hause nimmt. Eigentlich, denkt sie in ihrem gepolsterten Zugabteil, lebt sie von Erinnerungen. Kann das Tatsächliche, Momentane erst genießen, wenn es schon Vergangenheit ist.

Diese Reise also ist eine Jahrhundertwende-Reise. Ihre Großeltern, denkt Elsa, mögen so verreist sein. Vor dem Sturm. Mit mehreren Koffern im Gepäck, auch wenn man nur für ein paar Tage die Stadt verließ. Ihre bürgerlichen Großeltern väterlicherseits, wie Elsas Mutter sich beeilen würde zu unterstreichen. Denn Elsas mütterliche Großeltern waren viel zu arm, um »zu verreisen«. Die fuhren höchstens einmal irgendwohin. So hört Elsa ihre Mutter im Geiste sagen. Ihre Mutter, das Mädel aus der Leopoldstadt mit der unstillbaren Neugier und dem ebenso unstillbaren Wissens- und Lebensdurst. Und ihr Vater dagegen, der in sich gekehrte, politisch engagierte Intellektuelle aus dem vornehmen Pötzleinsdorf.

Vielleicht fühlt sich Elsa auch deshalb um Jahre zurückversetzt, weil sie das Gefühl hat, ihr derzeitiges Leben sei in eine Sackgasse geraten. Ein Alltag, den sie nie leben wollte, hat sich plötzlich in ihr und um sie breit gemacht und Elsa findet keinen Ausweg, kein Entkommen. Nach einem halben Jahrhundert fühlt sich Elsa immer noch wie ein Kind, das überlegt, was es einmal tun wird, wenn es erwachsen ist. Und denkt doch auch immer wieder, dass ihr nicht mehr viel Zeit bleibt.

In ihrem umfangreichen Gepäck befindet sich auch eine dicke Mappe.

Im Schlafzimmer von Elsas Eltern steht ein braunes Ungetüm. Elsa liebt den Schreibtisch, der mitten im Zimmer unverrückbar auf seinen dicken braunen Säulen thront und bedeckt ist mit allen Arten von Papieren und Fotos. Der Schreibtisch von Elsas Vater. Eigentlich aber war er der Schreibtisch jenes bürgerlichen Großvaters, den Elsa nie gekannt hat.

Als Elsa noch ein Kind war, hatte sie der Vater manchmal mitgenommen in sein Laboratorium. In dem kleinen Zimmerchen, das ihm, als Chef, zur Verfügung stand, war eine ganze Wand vor dem Fenster zum Schreibtisch umgewandelt worden. Ein breites Brett, an dem man zu dritt hätte arbeiten können. Der Vater aber hatte eben dieses meterlange Brett so mit Büchern, Zeitschriften, Briefen und Artikeln überhäuft, dass ihm zum Schreiben nur ein kleines Quadrat übrig geblieben war. Bis zur Decke türmten sich die Papiere und als Elsas Vater am Ende eines langen Arbeitslebens dieses Zimmer räumen musste, brauchte er mehrere Wochen, um die jahrzehntealten Türme abzubauen. Und Elsa selbst hat diese Gewohnheit wohl geerbt von ihrem Vater, der sich sonst kaum je irgendwelcher Sentimentalitäten schuldig gemacht hat. Halb aus Sammelwut, halb aus Angst Entscheidendes zu verlieren, hebt sie jedes Stückchen beschriebenen Papiers auf.

Auch das braune Ungetüm im elterlichen Schlafzimmer war bis zum Tod des Vaters immer von Papiertürmen bedeckt. Zum Schreiben konnte es kaum dienen, für die Schreibmaschine gab es ein eigenes, etwas wackeliges Brett an einem Rand des Schreibtischs. Fotos der sieben Enkelkinder lagen hier zwischen Zeitungsausschnitten, Briefen und alten Dokumenten herum, und wenn man dringend etwas suchte, musste man wie ein Bergmann in die Grube fahren. Eine unerschöpfliche Quelle war dieser Schreibtisch. Und später stellte Elsa fest, dass die zahlreichen Laden und Schubfächer, mit denen er bestückt war, noch wesentlich mehr Schätze zu bieten hatten als seine Oberfläche.

Eines Tages, als der Vater schon sehr krank war, hatte die Mutter begonnen, in dem Schreibtisch zu kramen. Und dabei eine papierene Schachtel gefüllt mit einer Art rosa Perlen zu Tage gefördert. Glasperlen, hatte die Mutter gemeint und sie wegwerfen wollen. Elsa aber wollte sicher gehen. Man brachte die Kugeln zu einem Kenner, der sie als alte rosa Korallen identifizierte. Was die Mutter dazu veranlasste, für Elsa und ihre Schwester je eine Kette mit goldener Schließe fertigen zu lassen. Denn, so erklärte die Mutter, dies müssten wohl jene Korallen sein, mit denen sich damals, als die Welt noch stand, die beiden so unglaublich kitzligen Tanten des Vaters zu schmücken pflegten. Jene Tanten, die von Elsas unbekanntem Großvater immer ein bisschen von oben herab behandelt worden seien, weil sie – so wie Elsas Urgroßvater auch – nur die Weißnäherei erlernt hatten, während sich Elsas Großvater doch zu Höherem berufen gefühlt hatte und ein – wenig beachteter – Schriftsteller geworden war.

Leben und Ende dieser Tanten des Vaters waren in viele Schleier gehüllt und wurden in der Familie nie erwähnt. Der Vater, denkt Elsa im Zug, der durch die Schneelandschaft bummelt, hat nie von ihnen gesprochen. Nur die Mutter gab wieder, was ihr der Vater, als sie jung und verliebt, vielleicht aber noch viel mehr, als sie schon alt und vertraut waren, erzählt hatte. Bruchstücke, aus denen keine Menschen entstehen wollten. Eigentlich, so denkt Elsa, während sie mit dem Finger über die glatten rosa Kugeln an ihrem Hals streicht, die sie nie ablegt, weil es ihr in ihrer, wie sie selbst meint, kindischen Abergläubigkeit zur Überzeugung geworden ist, dass ihr diese Korallen der unbekannten Großtanten Glück brächten, eigentlich weiß ich von diesen beiden nur eines. Als der Vater ein kleiner Bub war – eine Vorstellung, mit der Elsa auch jetzt immer noch ihre Schwierigkeiten hat – hatte er es sich zur Gewohnheit gemacht, die Tanten zu necken. Es genügte, so hatte die Mutter die Erzählungen des in diesem Punkt ausgesprochen schweigsamen Vaters wiedergegeben, dass der Vater als kleiner Bub ein Zimmer, in dem sich die beiden Tanten aufhielten, betrat und von weitem mit zwei Fingern eine Geste machte, als ob er sie ganz leicht in beide Flanken piksen würde, um bei ihnen Quietschen und kitzliges Lachen auszulösen. Die Schwestern des Großvaters also haben ein paar Korallen und die Erinnerung an etwas Kindliches hinterlassen. Sonst nichts. Oder? Elsas Sohn hat die Empfindlichkeit von diesen fernen, in der Vergangenheit versunkenen Verwandten geerbt. Kann jedenfalls von Mutter und Schwester zu kreischenden Lachsalven gereizt werden, wenn sie ihn berühren.

Nichts weiß ich über die beiden, denkt Elsa im Zug. Nichts. Nicht einmal, wie sie ausgesehen haben.

Nach dem Tod des Vaters hatte die Mutter die Oberfläche des Schreibtisches von den papierenen Türmen befreit. Man konnte jetzt an ihm sitzen und Briefe schreiben, wenngleich immer noch genug darauf herumlag. Die Laden und Schubfächer aber ließ die Mutter unberührt. Bis zu Elsas fünfzigstem Jahr. Zufall oder nicht. Und Elsa neigt dazu, Zufälle immer irgendwie erklären zu wollen, und meint, dass es irgendeinen übergeordneten Grund dafür geben müsse, wobei ihr durchaus bewusst ist, dass ihr Bemühen alles mit sich selbst in Zusammenhang zu bringen etwas sehr Eigensüchtiges an sich hat. Was ihre Mutter zu Tage förderte, liegt jetzt in einer dicken Mappe gesammelt in einem von Elsas Koffern. Alte Briefe, alte Dokumente.

Der Großvater sei ein harter, liebloser Mann gewesen. Erzählt die Mutter, die ihn nicht gekannt hat und nur wiedergibt, was sein Sohn über ihn sagte. Erstaunlicherweise sprach die Mutter auch von ihrem eigenen, dem »proletarischen« Eisenbahnergroßvater aus der Leopoldstadt das Gleiche. Hart und ungerecht sei er gewesen. Ein schrecklicher Mensch mit einem Wort, der der Mutter und den Töchtern das ohnehin so karge und mühsame Leben in der engen Zimmer-Küche-Kabinett-Wohnung schwer gemacht habe.

Elsa denkt oft, dass die Mutter ihrem Vater in der Erinnerung wohl Unrecht tut. Dass sie auch im Alter noch ihre kindlichen Kämpfe mit ihm ausficht. Aber, denkt Elsa und fühlt sich plötzlich unglaublich weise, wer tut das nicht – ein Leben lang gegen die Eltern rebellieren? Vielleicht schützt sich die Mutter mit dieser Beschreibung des eigenen Vaters auch nur vor jenem Schmerz, mit dem wohl alle Überlebenden kaum zu existieren imstande sind?

Jedenfalls konnte Elsa mit diesen Beschreibungen ihrer beiden Großväter nie viel anfangen. Sie blieben papieren, hölzern, verwischt, keine wirklichen Menschen. Ich habe keine Großväter, dachte Elsa immer wieder und oft mit Bitterkeit. Die meisten anderen Kinder in der Schule hatten Großeltern, die sie manches Mal von der Schule abholten, sie verwöhnten, sie zuzeiten wohl auch ausschimpften und mit ihren Lebensweisheiten langweilten. Richtige Menschen jedenfalls. Elsa hatte keine Großeltern. Keine, die sie wirklich kannte. Ein paar unscharfe Fotografien, mehr war nicht zurückgeblieben.

Jetzt aber hat sie in ihrem Koffer etwas, das, wie sie meint, alles ändern wird. Briefe, die der bürgerliche Großvater geschrieben hat, bevor ihn die Barbaren einholten.

Eine Kur ist eine lange und zumeist auch langweilige Zeit. So hatte man es ihr erklärt, als sie sich zu der Reise entschloss. Elsa aber dachte an die Kuren, die vornehme Damen zu Beginn des 20. Jahrhunderts zu absolvieren beliebten, die Erzählungen von leichten Flirts und langen Spaziergängen, von wohltuenden Anwendungen und langen, in genüsslicher Einsamkeit verbrachten Abenden. Von Abenden, an denen sie nun endlich diesen so oft geschmähten Großvater so kennen lernen würde, wie er tatsächlich gewesen sein muss.

Die Ankunft im Kurhotel entspricht durchaus dem, was sich Elsa im Kopf zurechtgelegt hat. Ein hübscher junger Hotelpage mit gestreifter Schürze und einem großen Gepäckwagen nimmt sie in Empfang, führt sie in die Halle und zu einem altmodischen Lift, der – Elsa nimmt es mit Vergnügen wahr – sogar mit einer samtgepolsterten Sitzbank ausgestattet ist, und befördert sie und ihre Koffer in ihr Zimmer. Na ja. Es ist nicht eine jener luxuriösen Suiten, von denen Elsa überzeugt ist, dass man sie damals bei Kuren bewohnt hat. Es ist ein einfaches Zimmer, voll geräumt mit zwei riesigen Betten und mehreren Möbelstücken, die sich an den Wänden drängen. Aber es ist jetzt ihr Kurzimmer und Elsa öffnet, in einem seltenen Anfall von Energie, ihre Koffer und ordnet die Kleider fein säuberlich in die Schränke. Vor allem aber platziert sie die Bücher und die dicke Mappe gut sichtbar auf dem Tisch, der dem Bett gegenübersteht, so dass sie nicht daran vorbeisehen kann.

Erst danach tritt sie auf den Balkon hinaus, der ihrem Kurgefühl schon eher entspricht als das Zimmer. Zwar sind die Korbmöbel noch winterlich in unpassendes Plastik gehüllt, aber es ist ein geräumiger Balkon und Elsa denkt, während sie auf eine noch schneebedeckte weiße Winterlandschaft blickt, dass sie es hier wohl ganz gut aushalten werde können.

Man hat ihr auch gesagt, dass sie sich gleich nach ihrer Ankunft um das nötige Informationsmaterial für die Dauer ihres Aufenthalts kümmern solle. Und so legt Elsa ihren dicken Pelz und den Filzhut im Stil der zwanziger Jahre an und macht sich auf den Weg in die kleine Trafik, die sie vom Balkon aus gleich gegenüber ihrem Hotel ausgemacht hat, um Zeitungen zu bestellen. Natürlich fremdsprachige Zeitungen, denn wenn sie nun schon zur Kur weilt, will sie nicht die langweiligen Kleinblätter durchblättern, sondern sich mit der großen weiten Welt in Verbindung wissen. Auch wenn diese jeden Tag des sich neigenden Jahrhunderts schrecklicher zu werden scheint.

Elsa liebt es, sich zu verkleiden. Und da sie sich zu jeder Reise auch die entsprechende Rolle zurechtlegt, muss auch ihre Kleidung dieser Rolle gerecht werden. Nicht dass sie in den winterlichen Kurort mit Abendkleidern und grazilen Schühchen gereist wäre. So weit geht ihr Stilgefühl nicht, derlei befindet sich auch gar nicht in ihrem Besitz. Sie hat lediglich unter ihren wärmenden Kleidungsstücken jene ausgesucht und in den Koffern verstaut, die der Jahrhundertwende-Kur am ehesten zu entsprechen schienen. Zum Beispiel auch hochhackige Pumps, die – wie Elsa sehr gut weiß – nur beim Abendessen zur Schau gestellt werden können, weil jeder Ausflug hinaus in den Schnee Elsas feste, moderne Stiefel erforderlich machen wird.

Zu anderen Reisen hat Elsa nur unkleidsame, breite Hauspantoffeln für ihr Quartier mitgenommen, dieses Mal war ihr das als allzu großer Stilbruch erschienen. Auch wenn sie nach einigen Tagen feststellen wird, dass keiner der anderen Kurgäste, was die Kleidung betrifft, von derlei Zweifel geplagt worden ist. Da versammeln sich in den schreiendsten Farben und modernsten künstlichen Textilien gehaltene Sportanzüge ebenso um den Abendtisch wie dicke Wollpullover oder karierte Hemden. Elsa allerdings findet sich leicht damit ab.

Die anderen mögen hier sein, um ihre müden Gebeine wieder zu erwecken – Elsa ist vor allem gekommen, um ihrem Kopf neue Energien zuzuführen. Auch wenn ihr eigener Körper durchaus ebenso nach etwas Zuwendung schreit wie der der anderen.

Für Elsa ist nur wichtig, dass sie selbst sich jenem Gefühl gemäß kleidet, das sie vom Betreten des Zugabteils an, nein, eigentlich schon seit dem ersten Blick auf die etwas vergilbten Blätter, die ihre Mutter aus den Tiefen des väterlichen Schreibtisches zu Tage gebracht hatte, empfand. Dies, dabei bleibt Elsa, ist eine Kur in der Art des Jahrhundertbeginns und dem hat auch ihre Kleidung zu entsprechen.

Nachdem Elsa zu viele Zeitungen und Zeitschriften bestellt hat – wohl wissend, dass sie vermutlich nur hie und da einen

Blick hineinwerfen wird, aber mit dem befriedigenden Gefühl, sich so als Kurgast einer ganz speziellen Art zu präsentieren –, spaziert sie etwas nachdenklich durch die beginnende Dämmerung und denkt mit Unbehagen daran, dass sie nun bald zum ersten Abendessen erscheinen muss. Zu einem Abendessen mit lauter Fremden, was ihr den Beginn dieses Aufenthalts etwas vergällt, weil Elsa von Natur aus ein eher schüchterner Mensch ist, auch wenn keiner ihrer Bekannten ihr das glauben will, da sie in ihrem halben Jahrhundert doch immerhin gelernt hat, ihre Schüchternheit durch besonders forsches Auftreten zu tarnen.

Doch Elsas Sorge ist unbegründet. Schon in der Halle vor dem Speisesaal begegnet sie einem flüchtig bekannten Ehepaar, lässt sich von diesem gern ins Schlepptau nehmen, muss sich solcher Art nicht sorgen, an welchem Tisch und mit welchen Menschen sie die kommenden drei Wochen lang drei Mal täglich ihr Essen einnehmen wird und kann sich – so wie sie es sich erträumt hat – im Kopf entspannt zurücklehnen.

Die Menschen, die mit ihr den Esstisch teilen, scheinen Elsa an diesem ersten Abend alle viel älter zu sein als sie selbst. Ein Fehler, der Elsa häufig unterläuft, weil sie in der Einschätzung des Alters anderer immer Schwierigkeiten gehabt hat. Besonders, wenn es um Leute geht, die gleichaltrig sind. Was wohl mit Elsas Unfähigkeit zusammenhängt, sich selbst wirklich so alt zu fühlen, wie sie tatsächlich schon ist. Erstaunlicherweise aber betrachtet Elsa ihre Mit-Kurgäste an diesem ersten Abend nicht mit dem sonst üblichen Misstrauen, sondern mit ehrlicher Neugierde. Von Kindheit an hat Elsa jeden Österreicher und jede Österreicherin, denen sie zufällig begegnete und die ihr im Alter ihren Eltern oder – schlimmer noch – ihren Großeltern nahe schienen, im Geiste gefragt: »Wo warst du damals? Was hast du damals gemacht?«

An diesem Abend im Kurhotel aber, immer noch eingehüllt von jener Atmosphäre, die sie sich in ihrem Kopf entworfen hat, stellt sich für sie die Frage nicht. Freilich wird ihr alsbald klar, dass sie alle, wie sie da mit ihr am Tisch sitzen und sich über Anwendungen und die beste Art, während dieser Kur gleich auch etwas an Gewicht zu verlieren, unterhalten – und dabei mit größtem Appetit den Speisen zusprechen, die ihnen aufgetischt werden –, dass sie alle ebenso glückliche Nachgeborene sind wie sie selbst. Nur ein Mann am Tisch ist älter – im Alter ihrer Mutter –, doch über ihn findet sie noch am ersten Abend heraus, dass er sich damals in derselben Lage befunden hat wie ihre eigene Familie. Keine Fragen also.

Man spricht viel über die Kur und das Essen – ein Thema, das die Tischgesellschaft in der Folge stets gleichermaßen beschäftigen soll – und wenig über sich selbst. Elsa ist dies angenehm, auch wenn sie sogleich im Inneren beschließt, doch herauszufinden, wer ihre Begleiter für die kommenden drei Wochen denn nun wirklich sind. Sofern Zeit und Lust dazu übrig bleiben, denkt sie bei sich.

Man verabschiedet sich früh, alle sind etwas erschöpft von der Anreise und Elsa findet sich in ihrem Zimmer vor dem kleinen Fernsehapparat wieder, der nicht recht zu ihrer Stimmung passen will. Der ihr Nachrichten vom Ende des Jahrhunderts übermittelt. Von Völkervertreibungen und Morden ist die Rede, von »Fremden«, die in zu großer Zahl hilfesuchend an Türen klopften, ja sogar von einem drohenden Krieg.

Elsa blickt auf die dicke Mappe. Heute nicht, denkt sie, während sie auf das hellbraune Karton-Deckblatt starrt. Nicht nach diesen Nachrichten, nicht in dieser Verfassung, sagt Elsa laut zu der dicken Mappe und greift zu dem Kriminalroman, den sie in der Bahn nicht angeschaut hat. Sie vertieft sich in die reichlich banale Geschichte, die doch spannend genug ist, um sie von den Nachrichten und von der Mappe, die sich zu wölben scheint, wegzuleiten. Drei Wochen sind eine lange Zeit, in drei Wochen wird sie alles gelesen haben, was die Mappe enthält, verspricht sie sich an diesem Abend.

In dieser ersten Nacht im Kurhotel – voll des Gefühls, in Richtung des alltäglichen Lebens ihrer unbekannten Großeltern aufzubrechen, voll aber auch des Gefühls, dass der Orkan wieder zu drohen beginnt – hat sie einen alten, vertrauten Traum.

Der Mann, der in der braunen Uniform vor ihr steht, hat noch vor kurzem fröhlich mit ihr geplaudert. Ein Schulfreund ist er gewesen. Jetzt aber sieht er mit verkniffenem Mund auf den Boden. Den Blick der Mutter, bei der er oft genug zu Butterbrot und dünnem Kaffee zu Besuch gewesen ist, will er um keinen Preis erwidern. Mitkommen müssten die Mädchen, sagt er. Dann wolle sie auch mitkommen, sagt die Mutter. Nein, nein, sagt der Mann in der braunen Uniform. Nur die Mädchen und zwar schnell, sofort. Die Töchter stehen wie eingefroren hinter der Mutter. In hastig über die Unterwäsche geworfenen dünnen Mänteln. Wenigstens anziehen sollten sie sich, sagt die Mutter. Nein, nein, jetzt, sofort.

Man treibt sie durch die Hauptallee. (Warum durch die Hauptallee, hat Elsa, die Nachgeborene, oft gefragt. Und ein ratloses Achselzucken zur Antwort bekommen.) Unter den schönen alten Kastanienbäumen zu beiden Seiten am Straßenrand grölt die Menge. »Schau, was die Judensau für einen schönen Mantel anhat«, schreit eine Frau mit rotem Gesicht. Die Angst, dass man ihr den Mantel wegreißen könnte. Die Angst, plötzlich noch schutzloser – nur in der Unterwäsche – vor dieser auf einen Schlag gänzlich fremd gewordenen Masse zu stehen, die ihr in ihrem eigenen Dialekt Schreckliches entgegenschreit.

Weiter, weiter, los, los, brüllen die Männer in den braunen Uniformen.

Und hinter der grölenden Menge, im gleichen Schritt wie die Männer in den braunen Uniformen und die verängstigten Menschen, die durch dieses Spalier getrieben werden, läuft die Mutter. Schwerfällig, kurzatmig, das Entsetzen im Gesicht über das, was da mit ihren Kindern, die eigentlich schon lange keine Kinder mehr sind, geschieht. Läuft und läuft, um die Kinder nicht allein zu lassen. Läuft.

Elsa sitzt aufrecht und schweißgebadet in ihrem bequemen Hotelbett. Diese mitlaufende, keuchende Großmutter, die sie nie gekannt hat. Sie nicht, den Großvater nicht und auch jene anderen Großeltern nicht, deren Briefe da im Halbdunkel in der Mappe auf dem Tisch liegen.

Die Reichen da oben in Pötzleinsdorf, die hätten wenig gespürt von jenen Vorgängen im November des Jahres 1938, erzählt Elsas Mutter immer. Elsa spricht jetzt häufiger als früher mit der Mutter darüber, wie es damals war. Wundert sich, dass der Vater nie jenen furchtbaren Herbsttag erwähnt hat, als die Vernichtung offen ihren Anfang nahm. Die Reichen seien weit weg gewesen von der Barbarei. In der Leopoldstadt aber, die nur halb im Scherz die Matzesinsel genannt wurde, wo Elsas proletarischer mütterlicher Familienteil lebte, sei es unübersehbar gewesen, das Rasen der Barbaren.

Sie hätte der nur wenige Gassen weiter lebenden Großmutter etwas bringen wollen an jenem Abend, erzählt Elsas Mutter jetzt – und irgendwie erscheint es Elsa, als ob sie ihr diese eine spezielle Geschichte zum ersten Mal erzählt. Ein junges Mädchen, kaum älter als zwanzig Jahre, schlank, schön, mit schwarzen Locken auf dem Kopf, das ohne etwas zu fürchten die vertrauten abendlichen Gassen betritt. Aber da rennen Männer, die merkwürdig schreien und sich gebärden wie bei einer Feuersbrunst. Schwül ist die Atmosphäre trotz der novemberlichen Kälte. Irgendetwas liegt in der Luft, aber das Mädchen kann nicht sagen, was. Trotzdem geht sie weiter bis zur Wohnung der Großmutter. Die öffnet erst, nachdem sie sich überzeugt hat, dass auch wirklich die Enkelin vor der Tür steht. Und schickt sie gleich wieder nach Hause. Heute, so sagt sie, solle wohl jeder zu Hause bleiben. Zu ihr seien sie schon gekommen, den Sohn hätten sie mitnehmen wollen, den Onkel des Mädchens, den sie später doch noch geholt haben, aber sie habe ihn ins Bett gesteckt und denen gesagt, er sei krank, er könne nicht mitkommen. Und sie seien nach dieser Auskunft auch wirklich wieder abgezogen.

Das Mädchen kehrt um, geht wieder vorbei an vertrauten Häusern, die plötzlich ganz fremd wirken, rennt, bis sie glücklich die Wohnungstür hinter sich schließen kann, erzählt aufgeregt, was die Großmutter ihr gesagt hat. Und dann wartet die Familie. Im Dunkeln, die Tür, die sonst immer offen steht, zwischen der Küche, deren Fenster auf den Hausflur hinausgeht, und dem einzigen großen Zimmer, fest verschlossen. Wartet und versucht doch so zu tun, als ob niemand zu Hause wäre. Die ganze Nacht. Bis das Schreien nachlässt. Wartet und hat Angst.

Die Reichen in Pötzleinsdorf, die hätten das nicht so erlebt, sagt die Mutter. Aber was sie erlebt haben, das weiß sie nicht, kann sie nicht erzählen.

Elsa sieht die Mappe an. Dreht die Lampe auf ihrem Hotelnachttisch auf. Sie hat Angst zu schlafen, Angst wieder zu träumen. Von den Stiefeln, die gegen die massive Holztür der gemütlichen elterlichen Wohnung treten, von den Männern in braunen Uniformen, die sie und die Ihren im Traum so oft holen gekommen sind, von den Wänden, die plötzlich aus Glas zu sein scheinen und keinen Schutz mehr bieten. Von ihrer Ohnmacht angesichts des Traumwissens, dass sie sich selbst und alle ihr Lieben in Sicherheit bringen muss und doch nicht weiß, wie und wohin.

Die Mappe erscheint ihr da plötzlich als Zufluchtsort. Vielleicht, denkt Elsa, enthält sie ja eine Antwort.

18.5.39, Würzburg, 21 h 06

Meine Lieben,
anbei schicke ich meinen Rest – RM 1,50. Es ist nicht viel, das übrige habe ich aufgegessen. Ich war nämlich mittags und abends im Speisewagen, das war gar nicht ohne. (Zwei volle Mahlzeiten.) Jetzt bin ich so voll, daß ich bis morgen abend nicht essen kann.
Ich hab hier einen Fensterplatz in der Fahrtrichtung, aber leider ist es ziemlich voll, sodaß man in der Nacht kaum wird liegen können. Aber sonst ist es ganz angenehm. Ich befinde mich hier in Gesellschaft von lauter Nicht-Israels, was vielleicht in bezug auf die Tante Douane ganz angenehm sein wird. Ma werd doch da sehn.
Also, wenn möglich schreib ich noch aus Aachen.
Herzlichst
Euer Sohn

Elsa muss lachen. Und denkt, wie fröhlich ihr Vater doch ins Exil gegangen zu sein scheint – gar nicht ängstlich, gar nicht traurig. Und wie er den Seinen Dinge mitteilt, die mitzuteilen in jenen Tagen wohl nicht ungefährlich war. Ganz ihr Vater, denkt Elsa, so, wie er auch mit ihr zu sprechen pflegte. Dass er der einzige Jude in jenem Zugabteil war, dass dies die deutschen Zöllner vielleicht gnädig stimmen würde, das hat er den besorgten Zurückgebliebenen um jeden Preis sagen wollen – und hat es in einer Sprache geschrieben, von der er hoffte, dass die Barbaren sie nicht verstehen würden. Welche Illusion! Andererseits hat das Briefchen aus dem Zug die Eltern im so eisig kalten Wien erreicht, denkt Elsa.

Ob er sie einfach als Abenteuer gesehen hat, diese Reise, die als eine ohne Wiederkehr geplant war, auch wenn er zurückgekommen ist in das Land, das ihn nicht wollte? Keine Tränen, kein Heimweh? Keine Vorahnung, dass er seine Familie einem furchtbaren Schicksal überlassen würde?

Elsas Vater hat über derlei nie gesprochen. Und auch die Mutter hat Elsa erst jetzt danach gefragt, nach den Gefühlen, die sie hatte, als sie ging. Die Eltern hätten die Jungen zur Ausreise gedrängt, sagt die Mutter. Für sie gebe es keine Zukunft mehr in diesem Land, habe der Vater dekretiert. Er und die Mutter aber würden bleiben, seien nicht in Gefahr, hätten zu viel zu verlieren – die kleine Eisenbahnerpension des Vaters, sagt die Mutter und lacht bitter.

Zur Bahn hätten sie sie begleitet. Der ungeliebte Vater und die über alles geliebte Mutter. Die Erste sei sie gewesen, die die Reise ins Unbekannte gewagt habe, die jüngste Schwester und doch die Vorhut für die beiden älteren, die erst später nachkommen sollten. Auf dem Bahnsteig habe es Tränen gegeben. Aber sie, die da nun wirklich wegging, habe nur jenen Abschiedsschmerz empfunden, den man sich wohl auch gestattet, wenn man zu einem längeren Urlaub aufbricht. Auf sie habe die große weite Welt gewartet, in der sie der Enge der väterlichen Zucht entkommen konnte und die so viel Aufregendes zu bieten hatte, dass die Erwartung des Neuen sie ganz atemlos machte. Sie werde diese Welt entdecken und dann zurückkommen und den erstaunten Eltern erzählen, was sie alles erlebt hat, habe sie gedacht, als sie die Eltern zum letzten Mal sah, wovon sie nichts ahnte. So habe sie sich gefühlt, während sie am Fenster des Zugabteils gestanden sei und hinunter geschaut habe auf die Eltern, die auf dem Bahnsteig standen und zurückblieben. Ausgeliefert der Barbarei, deren Ausmaß sie sich nicht vorstellen konnten. Zurückgelassen auf eigenen Wunsch – und damit doch den Kindern, die entkommen konnten, eine nicht endende Last auferlegend. Doch keiner wusste damals um die Bedeutung dieser Stunde, darum, dass dies ein Abschied für immer war. Und wollte es wohl auch gar nicht wissen.

Der Vater habe vom Bahnsteig aus seine ungeliebten Ratschläge erteilt, die die Töchter immer gehasst hatten. Die Einlagen für die Schuhe möge sie brav weitertragen, habe er ihr, der 22-Jährigen, die allein in die Welt hinausfuhr, aufgetragen, erzählt die Mutter und gerät noch Jahrzehnte danach in Wut darüber, was Elsa nicht verstehen kann, weil ihr die Tränen in die Augen schießen, wenn sie sich diesen hilflosen Versuch des unbekannten Großvaters vorstellt, sich selbst und der Tochter Alltag vorzugaukeln, etwas, das Elsa heute wohl Normalität nennen würde. Und doch. Vielleicht ist der Zorn der Mutter ja auch genährt von der Trauer über die Banalität jenes Abschieds. Über das Fehlen einer bedeutenderen Botschaft des Vaters an das Kind, das für immer ging.

Wie undramatisch diese Flucht doch war, denkt Elsa und nimmt noch eine vergilbte Postkarte aus der Mappe.

19. Mai 1939

Meine Lieben,
wider Erwarten war die Tante Douane heute (anscheinend ausnahmsweise) nicht grantig, sodaß ich ganz fahrplanmäßig ohne Unterbrechung in Brüssel angekommen bin. Vorläufig bin ich noch von der Reise etwas vertepscht, aber sonst geht's mir gut. E. hat mich abgeholt, sodaß alles in schönster Ordnung ist. Ich bleibe hier voraussichtlich bis Montag 22.
Herzlichst
Euer Sohn

So einfach war das also, denkt Elsa und erinnert sich an eine Familienlegende, in der von einem heldenhaften Vater die Rede war. Aber vielleicht hat sie sich das ja in ihrem kindlichen Kopf zurechtgelegt, die Erzählungen der Mutter einfach durcheinander gebracht? Denn alle, die Freunde der Eltern und die Eltern selbst – alle, die den Barbaren nach England entkommen waren – hatten immer wieder das Gleiche erzählt. Wie sie an der Grenze jenes unsäglichen deutschen Reiches aus dem Zug geholt worden seien, wie diese »Tante

Douane«, diese Nazi-Zöllner also, sie durchsucht, ihnen all ihr Geld abgenommen und sie so lange festgehalten hätten, bis der Zug davongefahren sei und sie gezwungen gewesen wären, auf den nächsten, der erst nach Stunden fuhr, zu warten. Der Vater aber sei mutig und sportlich leicht dem Zug hinterhergelaufen, sei aufgesprungen und solcher Art auf dem Bahnhof in Brüssel von keinem erwartet worden, weil die Freunde in der Freiheit inzwischen gelernt hatten, die Ankömmlinge aus der Heimat, die sie vertrieben hatte, erst mit dem jeweils späteren Zug zu erwarten. Eine Legende – wie diese beiden kurzen Mitteilungen des Vaters enthüllen und die Flucht als geradezu langweilig darstellen. Ganz undramatisch und ohne jede Heldentat. Und sogleich verspürt Elsa eine Art von Erleichterung, weil sie sich einen heldenhaften Vater nie vorstellen konnte, weil sie überzeugt ist, dass sie selbst nie zu einer solchen Tapferkeit imstande wäre, weil sie immerzu gefürchtet hat, selbst eine solche Flucht nicht bewerkstelligen zu können und nun plötzlich sieht, dass auch an jener des Vaters nichts heldenhaft war.

Das nächste Blatt in der Mappe ist endlich das, wonach Elsa gesucht hat. Ein Brief dieses Großvaters, von dem behauptet wird, er habe wenig Liebe für seine Kinder aufgebracht, seine Frau gedemütigt, indem er jahrelang ein Verhältnis mit der im Haushalt lebenden Kinderfrau gehabt habe. Auf dem einzigen Foto, das Elsa von ihm kennt, wirkt er kalt und abweisend und erinnert sie mit seinem etwas überheblichen Lächeln an ihren Onkel, den Bruder ihres Vaters, in dessen Gegenwart sie immer ein leichtes Angstgefühl beschlich.

Wien, den 21. Mai 1939

Lieber Sohn!
Deine Schwester erhielt mit der heutigen Post den beiliegenden Brief samt den neuen Fragebogen. Du kannst daraus er-

sehen, daß die Angelegenheit wieder in neue Hände gelangt ist. Ich bitte Dich sehr, sobald es Dir nur möglich sein wird, persönlich vorzusprechen, damit die Sache zu einem Ende gelangt.
Wir erhielten noch gestern mit der Mittagspost Deinen Brief aus Würzburg mit der Einlage von RM 1,50. Dieser Brief kam also später als Deine Luftpostkarte aus Brüssel.
Nachzutragen habe ich noch, daß Dir Dein Bruder in seinem letzten Brief zu Deinem Geburtstag gratuliert. Seine Mitteilung, daß er der Kaution wegen erst nach Brüssel schreiben müsse, hat mich bestürzt. Es scheint wirklich in unseren Angelegenheit kein Ende abzusehen zu sein.
Heute herrscht hier abscheuliches Regenwetter ganz meiner Stimmung entsprechend. Du fehlst uns sehr und wir vermissen alle Deinen Humor, der uns wenigstens zeitweilig aufheiterte. Ich ertappe mich oft dabei, daß ich Fragen an Dich stellen will, und die Kinderfrau will Dir immer etwas zum Essen vorbereiten.
Mit den herzlichsten Grüßen von uns allen
Papa

Bitte Dich, lieber Sohn, nimm Dich Deiner Schwester nach Kräften an.

Irgendetwas fehlt, denkt Elsa. So, als ob ein Gespräch ganz kurz unterbrochen worden wäre, klingt dieser Brief. Und sie kann das Fehlende nur wieder aus jenem Vorrat an Erzählungen ergänzen, den sie seit ihrer Kindheit in ihrem Kopf gespeichert hat.

Der Bruder des Vaters war mit seiner frisch angetrauten Frau als Arzt in den belgischen Kongo gegangen, als die Barbaren einmarschiert waren. Fluchtartig hatte er – so erzählt es Elsas Mutter – das Land verlassen, ohne zu fragen, was aus Eltern und Geschwistern werden würde. Oder doch nicht?

Der Brief des Großvaters jedenfalls ergänzt einen Teil dieser Erzählung. Der Onkel hatte es auf sich genommen, die Eltern nachzuholen, ins ferne Afrika. Über Belgien. Das eine Kaution verlangte, bevor es die beiden alten Leute einreisen lassen wollte. Alte Leute? Elsa überlegt sich, dass diese Menschen, die sie immer nur als alte Menschen gedacht hat, irgendwo zwischen ihrem fünfzigsten und sechzigsten Lebensjahr standen, also verhältnismäßig jung waren nach Elsas heutigem Verständnis.

Die Schwester des Vaters wiederum – auch das erzählt Elsas Mutter gern, die mit ihrer Schwägerin eine jahrzehntelange gegenseitige Abneigung nicht einmal mehr verbindet – habe nichts gelernt, keine Ausbildung gehabt und sei unfähig gewesen, sich um sich selbst zu kümmern. Der Vater und der Großvater aber hätten beschlossen, auch sie ins rettende England zu bringen, als Krankenschwesternschülerin, allerdings wohl eben auch sehr spät – zu spät vielleicht? Elsa weiß, dass ihre Tante nie nach England gekommen ist, dass sie als so genanntes U-Boot in Wien überlebt hat, dass sie – als Elsas Eltern aus der Emigration zurückkehrten – mit diesen derart in Streit geriet, dass Elsa sie nie persönlich kennen gelernt hat. Auch von ihr hat Elsa nur ein Foto gesehen und darüber sehr lachen müssen, weil ihr die Tante wie ein Abbild des Vaters in Frauenkleidern erschienen war.

Und die liebevollen Worte für den Vater? Schreibt die jener Mann, der dem Sohn seine kommunistische Tätigkeit nicht verzeihen wollte? Gegen den Elsas Vater stets polemisiert hat? Also doch nicht der Mann, als den man ihn Elsa gegenüber immer dargestellt hatte? Wie sachlich er schreibt und wie gefühlvoll zugleich? Na ja, Schriftsteller sei er eben gewesen, so lautet die Familienhistorie, unterlegt von des Vaters Feststellung, dass die literarische Begabung von Elsas Großvater nicht weit gereicht habe. Historische Romane gab es von ihm, den einen oder anderen hatte Elsa, als sie herangewachsen war, in Antiquariaten aufgestöbert und gelesen. Über den Mann, der ihr Großvater gewesen war, hatten sie wenig ausgesagt, des Vaters skeptische Haltung zum Talent des Schreibers allerdings hatte sie nicht bestätigt gefunden. Auch wenn er ihr manchmal doch eine etwas schwülstige Erzählweise an den Tag zu legen schien. Nein, kennen lernen konnte man ihn durch seine Schriften wohl nicht – und Elsa denkt daran, wie verschlossen doch auch ihr Vater gewesen ist, wie er seinen Kindern nur ganz selten einmal einen Blick in sein wirkliches Inneres gestattet hat und wie sie alle – die Kinder und auch die Mutter – doch jeder für sich zu der Überzeugung gelangt sind, ihn besser zu kennen als jeder andere Mensch in seiner Umgebung. Und jeder hat sich sein eigenes Bild von ihm gemacht, das dem der übrigen Familienmitglieder nur in Teilen entsprach. Ach, Familie, was für ein erschreckend kompliziertes Gebilde, denkt Elsa, müde geworden von all den Erinnerungen. Kompliziert und vereinnahmend, denkt Elsa auch und macht Halt, bevor alle Ängste und Sorgen um ihre eigenen Kinder, die doch im Grunde genommen sehr wohlgeraten sind, laut werden können.

2

ELSA erwacht früh.

»Um sieben Uhr dreißig beginnen Ihre Anwendungen hier im Haus«, hat ihr eine wohlmeinende, füllige Dame am Vortag mitgeteilt, als sie ihren Kurplan abholte. Ein dickes Kalendarium übrigens, auf dem Tag für Tag jeder einzelne Termin genau eingetragen ist. Anwendungen, hat Elsa gedacht, wie das nach Jahrhundertwende klingt, nach jener Art Kur, wie sie wohl ihre Pötzleinsdorfer Großmutter hinter sich gebracht haben mag, und so, wie sie selbst sich diesen Aufenthalt ausgemalt hat.

Elsa erwacht an ihrem ersten Kurtag mit Nachrichten aus dem Radio. Mit brennenden Häusern und in den Wäldern herumirrenden Menschen. Die gerade noch das nackte Leben vor jenen Bewaffneten retten konnten, die sie ihrer Existenz berauben sollen. Auf Befehl eines Mannes, der weit weg in einem Palast residiert und sich selbst zum Richter über Leben und Tod, über ihr Recht auf Heimat aufgeschwungen hat. Und in einem schönen französischen Schloss sitzen Männer beisammen und auch sie beanspruchen das Recht, über das Schicksal der Herumirrenden zu entscheiden, und streiten, als ob es um ein Kartenspiel ginge, und rechtfertigen ihre Unfähigkeit, sich zu verständigen, mit leeren Worten, die Elsa fassungslos machen. Viele Worte, denkt Elsa, aber kein richtiges.

Elsa fröstelt. Jahrhundertwende. Die, die sie sich für ihre Kurreise zurechtempfunden hat, diese langsame, genüssliche, fröhlich in die Zukunft schauende Jahrhundertwende geht ihr verloren, so fürchtet sie, wenn sie hört, dass ihr nun zu Ende gehendes eigenes Jahrhundert dies mit Terror und Mord tut, so, wie es begonnen hat.

Elsa liegt dick eingepackt auf einem schmalen Bett. Unter den Tüchern und Decken eine heiße Packung Schlamm, die die Schmerzen im Rücken lindern soll. Vor ihr ein Fenster, das den Blick auf den verschneiten Wald freigibt. Frieden und Ruhe sollte man empfinden, wenn man hier so liegt und die kalte Luft durch den schmalen Fensterspalt hereinstreichen spürt. Lass los, befiehlt sich Elsa und genießt die Hitze an ihrem Rücken und die Schläfrigkeit, die sich in ihr breit macht. Nicht denken, befiehlt sich Elsa auch und dämmert ein bisschen davon.

»Umbringen, alle umbringen, diese Gfraster, die Serben, lauter Mörder sind das, gar nicht lang mit denen herumtun, ein paar Bomben hinein und nachher eine dicke Betonplatte drüber.«

Hinter dem Vorhang, der Elsas Bett von dem eines anderen Kurgastes trennt, hört sie die laute tiefe Stimme. Etwas zieht sich in ihr zusammen, etwas wehrt sich gegen das, was diese Stimme neben ihr sagt. *Die* Serben?

Ach wie schwierig diese Zeitenwende doch ist. Früher einmal war vieles so einfach. Die Serben, das waren für Elsa als Kind die Partisanen. Und die Partisanen, so hatte sich die Empfindung in ihr festgesetzt, hatten gegen die Barbaren gekämpft und verdienten deshalb Elsas Zuneigung. Später dann allerdings, hatte sie viel erfahren davon, wie auch Partisanen Menschen wie ihren Eltern durchaus nicht hatten helfen wollen, wie auch sie nicht nur gegen die Barbarei, sondern vor allem für Macht und Herrschaft gekämpft hatten.

Trotzdem – Elsa bringt es nicht über sich, einfach alle Serben als Mörder zu sehen. Da sind Erinnerungen an Kindheitsurlaube im damals so friedlich wirkenden Jugoslawien. Die mangelhaften Geografiekenntnisse machen es Elsa immer schwer zu unterscheiden, ob diese Urlaube in Kroatien, Serbien, Montenegro oder Mazedonien stattgefunden haben. Da sind Erinnerungen an Freunde der Eltern aus dem ihr so fern erscheinenden Belgrad, die ebenso Schreckliches erlebt hatten wie ihre Eltern und ihr vielleicht auch deshalb so nahe waren. Da sind auch Erinnerungen an politische Gespräche im Elternhaus, wo doch unterschieden wurde zwischen *den* Serben, die gegen die Barbarei gekämpft hatten, und *den* Kroaten, vorgeführt als jene, die sich den Barbaren angeschlossen hatten in deren Feldzug gegen die Menschlichkeit.

Nur *die* Albaner, die hatten gefehlt in diesen Gesprächen, als ob es sie nie gegeben hätte. Diese Albaner, Moslems, Fremden.

Diese Frauen mit den Kopftüchern, die tief ins Gesicht gezogen sind, diese Männer mit den verhärteten Mienen, diese Kinder in Lumpen mit Tränen in den Augen – diese gejagten, vertriebenen Menschen, die sie jetzt Abend für Abend auf dem Fernsehschirm vorgeführt bekommt, das also sind *die* Albaner? Aber auch jene elegant gekleideten Männer, die sich in bequemen Kaffeehäusern Europas selbst darstellen und für ihre eigene Sache werben und nicht, so scheint es Elsa, für die Verjagten, Gequälten, Bedrohten, auch die präsentiert man ihr Abend für Abend als *die* Albaner. Und Elsa kann sich selbst nicht dazu bewegen, Sympathie für diese Männer zu empfinden. Denn alle, alle sprechen sie von Gewalt. Und keiner spricht von den Leiden jeder Einzelnen jener schmutzigen, zerrissenen, verhungerten Jammerfiguren, die irgendwo im Schnee in einem Wald oder auf einem Berg sitzen, starr vor sich hin blickend, ohne etwas zu sehen.

So, wie die tiefe Stimme nebenan auch nur von Gewalt spricht.

Wieder fröstelt Elsa – trotz des warmen Schlamms an ihrem Rücken. Und sie denkt an den Brief des Großvaters.

»Sehr verspannt sind Sie, meine Dame«, sagt der junge Masseur und bearbeitet Elsas Rücken mit kräftigen Händen. »Aber das werden wir schon wegbringen, hier bei uns.«

Der junge Mann ist nicht von hier, denkt Elsa, und weil Neugierde eine ihrer hervorstechendsten Eigenschaften ist, beginnt sie ihn vorsichtig auszufragen. Der Vorsicht allerdings bedarf es gar nicht lange, denn er spricht bereitwillig über sich und sein Leben. Aus der Nähe von Belgrad komme er, erzählt er, während er Elsas Rücken knetet. Und wie das denn so sei für ihn, wenn er sehe, was da im Kosovo geschehe?, fragt Elsa und denkt im selben Moment, dass sie diese Frage vielleicht lieber nicht hätte stellen sollen.

Der Kosovo sei ihm egal, er würde ihn gleich hergeben, er sei nie dort gewesen und wolle von der ganzen Sache gar nichts wissen, sagt der junge Mann und Elsa fühlt sich erleichtert. Aber, setzt der junge Mann fort, eines müsse man doch sagen: Wo auf der Welt könnten Ausländer Autonomie für sich verlangen? Wo bitte? »Ausländer«, fragt Elsa verdutzt und spürt, dass ihre Erleichterung zu früh gekommen ist, »welche Ausländer denn?«

»Na, die Albaner dort im Kosovo«, sagt der junge Mann, ganz selbstverständlich, als ob er etwas allgemein Bekanntes erwähnte. »Wieso Ausländer?«, fragt Elsa nach, als ob sie etwas schwer von Begriff wäre. Das sei serbisches Land und sie seien Ausländer. Er selbst sei auch schon zehn Jahre in Österreich und könne doch deshalb nicht Autonomie für sich und seine Landsleute hier verlangen, erklärt ihr der junge Mann. »Aber«, setzt Elsa an und stockt, »aber die Albaner leben doch schon Hunderte von Jahren im Kosovo.« »Na und«, sagt der junge Mann. Autonomie für Ausländer gebe es nirgends auf der Welt und überhaupt nicht für solche, die auch noch Terroristen seien. Er selbst habe Freunde, die im Kosovo gewesen seien und gesehen hätten, wie die Albaner mit modernen amerikanischen Waffen ausgerüstet würden. Terroristen müsse man doch bekämpfen, nicht wahr?

Und die Frauen und Kinder, die Alten, die in den Bergen verhungern, ohne Dach über dem Kopf, vertrieben aus ihren Häusern, in denen sie seit Generationen lebten? Na ja, ein Fehler, das gebe er schon zu, sagt der junge Mann, aber wo es um das Vaterland gehe, da könnten eben auch Fehler geschehen. Natürlich müsse man die Fehler vermeiden oder ausbessern, aber Terroristen blieben eben Terroristen und es gehe doch nicht an, dass die plötzlich angestammtes serbisches Land für sich in Anspruch nehmen dürften.

Elsa schleppt sich in ihr Zimmer zurück. Als ob sie einen Hundert-Kilo-Rucksack auf dem Rücken trüge. Ausländer, Terroristen, Vaterland, serbische Erde. Blut und Boden mit einem Wort. Und das alles von einem Serben, von einem, dem sie Wohlwollen entgegengebracht hat, weil sie sich denken kann, dass er es nicht leicht hat, heute, hier, mit dem Orkan, der vor dem Losbrechen zu stehen scheint. Von einem jungen Mann, der ihr eigentlich ganz vernünftig erschienen war – am Anfang.

22. Mai 1939

Meine Lieben,
ich bin soeben in London angekommen, und M. hat mich von der Bahn abgeholt. Sie hat mir sogar schon ein Zimmer genommen, sodaß soweit alles o. k. ist. Ich kann Euch heute noch nicht ausführlich schreiben, weil ich zu müde bin. Aber morgen folgt ein ausführlicher Brief. Papas Karte hab ich gestern in Brüssel erhalten. Bitte schreibt mir möglichst ausführlich über alles und auch das Finanzielle.
In Brüssel war es wunderschön, alle Leute ganz besonders nett und lieb.
Herzlichst
Euer Sohn

Dass ihr Vater seinen eigenen Vater je Papa genannt hat? Elsa kann es sich nicht vorstellen, und dann erinnert sie sich daran, wie ihre Mutter sich stets lustig machte über die Reichen in Pötzleinsdorf und deren Aussprache. »Papaa« und »Mamaa«, mit der Betonung am Ende des jeweiligen Wortes, so hätten sie genannt werden wollen, nicht so vertraulich Papa und Mama, wie das bei ihr, in der proletarischen Leopoldstädter Familie üblich gewesen sei und wie sie es auch ihren Kindern beigebracht hat. »Papaa« also, hat Elsas Vater geschrieben – und es scheint ihr ein Hauch von Kälte mitzuschwingen in dem Wort, wenn sie es halblaut mit der französischen Pötzleinsdorfer Aussprache vor sich hin spricht.

Wien, den 24. Mai 1939

Lieber Sohn!
Deine Karte aus London vom 22. des Monats haben wir erhalten. Ich brauche Dir nicht besonders zu versichern, wie gierig wir über deren Inhalt herfielen. Wir haben in den letzten Tagen ununterbrochen bei jeder Gelegenheit von Dir gesprochen und hin und her überlegt, wo Du gerade sein kannst. Daß Du bereits eine Wohnung hast, erleichtert mich. Ich dachte mir, daß Du vielleicht erst die Gastfreundschaft von Freunden wirst beanspruchen müssen. – Dem Einspruch zur Bemessung zur Vermögensabgabe wurde voll stattgegeben, sodaß ich damit eine Sorge weniger habe. Nicht das gleiche kann ich von unserem Sperrkonto sagen. Ich war heute wieder bei der Devisenstelle, um zu urgieren. Der Fall wurde als dringend angenommen, trotzdem weiß ich noch immer nicht, wann wir zu Geld kommen werden, obschon heute der 24. ist. – Sehr kompliziert gestaltet sich die Angelegenheit des Erbes wegen. Ich sah mich gezwungen, von Dr. E. in dieser Sache auf schriftlich von mir gestellte Fragen mir entsprechende Antworten geben zu lassen. Diese Antworten lassen es nicht unwahrscheinlich werden, daß wir eventuell auf das Erbe werden verzichten müssen.

Denn nähme Mama die Ratenzahlungen auf das Erbe an, würden wir reichsfluchtsteuerpflichtig werden und hätten überdies eine Erhöhung der Vermögensabgabe und später dann eine Erhöhung der Paßgebühr zu erwarten. Es blieben von einem Erbe von ca. RM 25.000,– im Ganzen nur noch ca. RM 1500,– übrig. Von den unendlichen Scherereien ganz abgesehen. Heute nachmittag ist eine Zusammenkunft der Erben bei Dr. E. Trotz aller dieser Schwierigkeiten kannst Du versichert sein, daß wir nichts Übereiltes tun werden. Ich werde mir alles wohl überlegen und den Verzicht nur dann aussprechen, wenn in der Tat kein anderer Weg sich zeigen sollte. – Noch beunruhigender ist für mich die neue Komplikation der Bürgschaft oder der Kaution wegen. Wie lange sich das noch hinziehen wird, weiß ich nicht. Die Zeit verrinnt, in knapp 9 Wochen sollen wir das Haus verlassen, und seit Dein Bruder das erste Mal des Congos wegen schrieb, sind bereits nahezu 4 Monate vergangen! Jedenfalls werde ich nächste Woche mit Gildemeester beginnen. Ich nehme es schon als sicher an, daß wir kaum vor dem Spätherbst werden ausreisen können, was uns zwingen würde, eine Interimswohnung zu nehmen. Ich sorge mich bereits, ob wir mit den Geldmitteln werden auskommen können, besonders, wenn sich der Verkehr mit der Devisenstelle so schleppend abwickeln sollte wie bisher. – Ich bitte Dich, lieber Sohn, schreibe so ausführlich, als Du nur kannst, über Deine eigenen Verhältnisse. Ich bin schon sehr gespannt über Deine Nachrichten von Deinem Verhältnis zu Dr. W. Vor allem darüber, ob Du bezahlt bekommen wirst. – Wie steht es mit Deinem Gepäck? Hast Du es schon? Ging es ganz ohne Abenteuer und Beschädigungen ab? – Wir hatten, seit Du weg bist, das abscheulichste Wetter bis heute. Heute kam die Sonne wieder zum Vorschein, und es regnet nicht mehr. Aber kalt ist es noch immer.

Wir grüßen Dich alle sehr herzlich.
Papa

Gildemeester? Devisenstelle? Welches Erbe? Nie, denkt Elsa, sind diese Begriffe im Familiengespräch aufgetaucht, nie hat der Vater darüber gesprochen.

Und wie eng der Großvater das Blatt beschrieben hat mit seiner alten Schreibmaschine, als ob auch das Papier schon knapp geworden sei. Elsa hat schon wieder das Gefühl, mitten in ein begonnenes Gespräch hineingeraten zu sein. Das ewige Leiden ums Geld, denkt Elsa. Dabei ist sie aufgewachsen mit dem Wissen, dass dieses Thema nur in der proletarischen Leopoldstädter Familie stets ein Problem war, dass die dort in Pötzleinsdorf ein bequemes Leben ohne finanzielle Sorgen führen konnten.

Geld – etwas, womit Elsa selbst nie umgehen konnte. Geldsorgen sind ihr als ständige Begleiter vertraut. Vielleicht, weil sie nie sehr weit vorausplant, weil sie irgendwo in ihrem tiefsten Inneren das Gefühl hat, ohnehin nur im Augenblick zu leben, weil sie nicht weiß, wann sie ihre Koffer packen wird, um zu gehen, und weil Geld ihr ausschließlich dazu nötig erscheint, ihre gerade bestehenden Wünsche und Bedürfnisse zu erfüllen, weil sie sich aber nicht vorstellen kann, es auch für später einmal zur Seite zu legen. Und nun liest sie von den Geldsorgen des Großvaters und empfindet eine vertraute Angst. Die Angst, ohne Geld noch hilfloser zu sein, als sie sich bisweilen ohnehin schon fühlt.

Am Abend wird sie die Mutter anrufen und sie fragen: nach dem Erbe, nach den Geldsorgen, danach, wie der Alltag war damals, als man nicht mehr zu Hause war, dort, wo man zu Hause war. Am Abend, wenn ihre Anwendungen, das Turnen und Schwimmen, für diesen Tag vorbei sind. Wenn sie sich ausgeruht hat, erholt hat von jenem Gespräch, das ihr die an sich so wohltuende Massage verleidet hat. Wenn sie weitergelesen hat, denn plötzlich hat sie es unglaublich eilig, sich weiter vorzuarbeiten durch diese Briefe. Als ob ihr Leben davon abhinge. Als ob sie eine Geschichte erfahren müsse, deren Ende sie ja doch kennt, seit sie denken kann.

25. Mai 1939

Meine Lieben,

ich bestätige den Empfang von Papas Brief vom 21. Zunächst zur Sache mit meiner Schwester: Ich sende Euch postwendend die Bögen retour, s i e m u ß u n b e d i n g t s e l b s t s c h r e i b e n. Es war vollkommen sinnlos, die Sachen zu mir zu schicken, und hat nur unnütz Postspesen gemacht. Ich werde selbstverständlich in Bloomsbury House in dieser Sache vorsprechen, aber es ist ganz zwecklos, wenn nicht schon von Wien aus die Einreichung gemacht wurde. Sie soll nochmals in einem Begleitbrief genau ihre Situation schildern und vor allem anfragen, ob sie nicht gleich in den 2. oder 3. Jahrgang aufgenommen werden kann. Ich würde aber dringend raten, daß sie, auch wenn das nicht geht, doch einreicht, um in die Training School aufgenommen zu werden. Denn es wird hier leichter sein, es sich zu richten, und sie kann schließlich jederzeit die Schule verlassen (das Pönale ist eventuell – im Notfall – erschwinglich). Es wäre aber gut, wenn sie, bevor sie die Bögen abschickt, zu den Quäkern ginge. Dort muß sie zu Miss Houghton, die für das Nurse Department verantwortlich ist und die ihr möglicherweise behilflich sein kann. Sie soll aber alles möglichst rasch machen, damit es endlich erledigt wird. – Die Unterkunft im Spital ist für den Anfang auf jeden Fall günstig, weil das Privatwohnen zunächst ziemlich teuer kommt. – Sollte ich hier inzwischen im Bloomsbury House etwas erreichen, so würde ich natürlich sofort schreiben. Aber die direkte Einreichung von Wien ist in keinem Fall überflüssig.

Und nun kann ich endlich etwas genauer über mich schreiben. Ich glaube, ich habe auch von Brüssel noch nicht erzählt. Ich war dort bei meinem Freund eingeladen, aber er war nicht mehr da, als ich ankam. Er hat inzwischen eine Stelle als Röntgenologe in Istanbul und mußte hinunterfahren. Dadurch war in der Wohnung mehr Platz, was für mich recht angenehm war. Brüssel ist wirklich eine sehr hübsche alt-flandrische Stadt, Ihr werdet sie ja hoffentlich bald selbst sehen. Ich habe dort eine Unmenge Leute kennengelernt, und es war alles in allem sehr schön. Samstag war ich zu einem Mittagessen eingeladen – in einem Schloß ganz am Stadtrand, ein riesiger Park, die Leute entzückend nett (der Mann ist Generalleutnant der belgischen Armee und Advokat am Appellationsgericht, die Frau eine Schweizerin). Unterhalten haben wir uns in einem lustigen französisch-englisch-deutschen Sprachgemisch. Überwältigend für Wiener Begriffe sind in Brüssel die großen Kaufhäuser und Restaurants und die abendliche Straßenbeleuchtung. Allerdings, jetzt, hier in London, kommt mir das alles reichlich klein vor. Die Überfahrt nach England war bei prachtvollem Wetter. Nach der ca. 3½-stündigen Seereise bin ich ganz abgebrannt. Mein gutes Aussehen enttäuscht direkt die Leute, die mich als Neuankömmling sehen. – Die ersten Eindrücke von England: die ausnehmende Höflichkeit aller Beamten, und daß auch die 3. Klasse im Zug gepolstert ist. Am Bahnhof in London erwartete mich M., besser gesagt, ich erwartete sie, sie war etwas verspätet. Sie hatte für mich bereits ein Zimmer gemietet, nur irrten wir eine hübsche Weile herum, bis wir hinfanden. Die Stadt ist unheimlich groß; obwohl ich bis jetzt nur die allerwenigsten Teile gesehen habe, überwältigend. Ich wohne hier in einem Boarding House, Zimmer mit Frühstück 25 s./Woche. Viel zu teuer, aber es ist nur für die erste Zeit. Die Lage ist sehr zentral, ganz nahe bei Russel Square u. Gooler Square, wo die neue Universität ist. (Nebenbei ein Hochhaus, ganz modern, eben fertiggebaut.) M. wohnt seit Dienstag ebenfalls hier, bisher war sie in einem Jewish Shelter (Obdach). Sehr gut untergebracht übrigens mit reichlichem Essen, aber man kann nur eine begrenzte Zeit bleiben. Wir haben Gott sei Dank etwas Geld, besser gesagt M. hat, sodaß wir ganz gut aushalten können, bis wir beide verdienen (ab 1. Juni). M. geht dann ins Spital in South Tot-

tenham (sie war übrigens schon dort und hat keinen so schlechten Eindruck wie sie vorher fürchtete. Die Matron war äußerst nett zu ihr). Ich trete ab 1. Juni bei Dr. W. ein, der knapp nach meiner Ankunft nach Belgien abreiste. Ich habe hier zwar die Erlaubnis zur wissenschaftlichen Forschungsarbeit, darf aber keine Anstellung annehmen (mindestens durch einige Zeit). Daher werde ich mein Gehalt zunächst formell von dem Garanten als Erhaltungsbeitrag bekommen, was keine Rolle spielt, weil ich alles schriftlich abmache. Das Gehalt wird zunächst 3–4 Pfund a week – in der Woche – sein, nicht gerade viel, aber immerhin gegen sonstige Emigranteneinkommen ganz gut. Doch hat mir Dr. W. versprochen, daß ich in möglichst kurzer Zeit bestimmt mehr kriegen werde (6 Pfund weekly – wöchentlich). (Es ist unglaublich, ich bin erst 3 Tage in London und fange schon an, Deutsch zu vergessen!) Alles Nähere über das Laboratorium werde ich schreiben, wenn ich richtig zu arbeiten beginne, also ab Juni. Vorläufig muß ich für dort nur Literatur lesen. – Es ist sehr günstig, daß ich noch nicht gleich arbeiten muß, denn ich brauche ziemlich viel Zeit, um mich hier einzurichten. – Heute waren wir uns auf der Polizei melden. Es kostet auch 1 s., man muß 2 fullface Photos haben (ich muß erst zum Photographen gehen); aber die Beamten sind unvorstellbar nett und höflich. Mit jedem machen sie einen kleinen persönlichen Spaß, ganz ungewohnt für uns. Da ich z. B. die Bilder nicht hatte, gab er mir einen vorgedruckten Adreßzettel, damit ich sie per Post schicken kann und nicht extra nochmals hingehen muß. Beim Weggehen rief er mir nach: But send two nice looking pictures! So ist hier die Polizei!
Rasch muß ich noch etwas über die Underground schreiben. Ich bin ganz begeistert. Erstens sind überall riesige Escalators, d. s. Rolltreppen, sodaß man keine Stiegen steigen muß. Aber außerdem ist das Ganze hervorragend organisiert. Auch ein Fremder findet sich sofort zurecht. Überall sind Aufschrif-

ten, in jedem Wagen einige Pläne, man kann sich nicht verirren. Besonders schön sind die Stationen. In jeder sind z. B.: Telephone. Aber das ist nicht wie bei uns; die Telephone kommen hier nur in Massen von 8–12 nebeneinander vor. Auch auf der Straße, in und bei Postämtern usw. Fahrkarten bekommt man außer bei den Schaltern auch bei Automaten, die auch Geld wechseln. Übrigens sind vor jedem Postamt Briefmarken-Automaten, sodaß man nicht in Verlegenheit kommt, auch wenn gesperrt ist.
Auch die Straßentafeln sind so wunderbar angebracht, daß die Orientierung wesentlich erleichtert ist. – Mit Bussen habe ich noch nicht viel Erfahrung. Sie fahren zu langsam und sind mehr für kleine Strecken, die ich vorläufig zu Fuß gehe.
Die Großkaufhäuser hier – ich sah mir etwas in Oxford Street an – sind ungeheuer. Alle unsere Gerngross, Herzmansky usw. würden zusammen in eines davon hineingehen.
Hiermit beende ich für heute meine Reiseschilderungen.
Bitte schreibt mir genau, was es Neues gibt, von jedem einzelnen. Post ist immer sehr erwünscht. Dankbar wäre ich für Antwortpostscheine oder bei Karten für internat. Antwortpostkarten.
Herzliche Grüße
Euer Sohn

Elsa lacht. Sie erinnert sich an den Vater ihrer Kindheit, der auch noch Witze machen konnte, wenn er mit vierzig Grad Fieber im Bett lag. Elsa findet ihn in diesem Brief wieder. Ihren Papa – mit der richtigen, der proletarischen Betonung –, der ihr Fels in der Brandung war, lange nachdem sie nicht mehr unter einem Dach lebten und bis zu jenem Zeitpunkt, als ihn die Krankheit einholte und er sich weigerte weiterhin die kleinen und großen Sorgen aller aufzufangen. Als er auch nicht mehr ihr privater Arzt sein wollte, sondern darauf bestand, nun selbst umsorgt zu werden. Elsa muss auch lachen, weil M., von der der Vater schreibt, nicht ihre Mutter war. Weil er, dem die Politik so wichtig war, der die Partei über alles andere, sogar über seine geliebte Arbeit als Arzt stellte, im Wahnsinn jener Jahre auch eine Liebesgeschichte mit allen Ingredienzien für einen Dreigroschenroman zustande brachte. Eine mit glücklichem Ausgang für ihn und Elsas Mutter übrigens. Weil er diese M., die auch von den Familien, der seinen und der ihren, als seine Frau angesehen worden war, wegen Elsas Mutter verlassen hat. Und weil Elsa, mit der das alles doch eigentlich nichts zu tun hatte, immer Mitleid hatte mit jener unbekannten M., die in der Fremde, im Krieg, plötzlich auch noch des Geliebten verlustig ging. Und nicht durch Mord – was zu jener Zeit wohl alltäglich war –, sondern einer anderen Frau wegen. Von der Elsas Mutter erzählt, dass sie nie mehr geheiratet, nie Kinder gehabt habe. Was Elsas Mitleid noch steigerte, nachdem sie selbst Mutter geworden war und begriffen hatte, dass nur Kinder imstande sind, so viel zu geben, dass man ungeahnte neue Energien von ihnen empfängt, dass das Leben durch sie so unglaublich zukunftsreich erscheint. Diese M., von der die Mutter sagt, sie sei ziemlich langweilig gewesen, weshalb Elsa sich dann insgeheim glücklich preist, nicht M., sondern ihre Mutter zur Mutter zu haben, und sich gleichzeitig wegen dieser kindischen Überlegung ein bisschen schämt.

Ach, wie elegant und leicht des Vaters Ankunft im Exil erscheint, wenn Elsa an die Erzählung der Mutter denkt, von jener ersten Nacht in einem solchen Jewish Shelter, wo sie so unendlich allein und unglücklich war, aus dem sie Freunde aber weggerettet haben. Davon, dass die Mutter und Elsas Tanten nur deshalb die rettende Insel betreten durften, weil man sie als Dienstmädchen nach England verpflichtete. Ihre Mutter, die so gern mehr gelernt, vielleicht sogar studiert hätte. Der Vater freilich war zu diesem Zeitpunkt schon Arzt. In Wien, so denkt Elsa jetzt, wären sie sich vielleicht nie begegnet.

Wie fröhlich ihr der Brief des Vaters erscheint, wenn sie bedenkt, wann er ihn schrieb. Als ob er, der sich so sehr für die Politik interessierte, so sehr in der Politik lebte, nicht gewusst hätte, in welchen Zeiten er lebt. Ob sie selbst wohl das Land verlassen hätte, wissend, dass Eltern und Geschwister in großer Unsicherheit zurückbleiben würden? Nicht abschätzen könnend, ob sie sich über die Grenze würden retten können? Wahrscheinlich ja, denkt Elsa und ist – einmal – ehrlich zu sich selbst. Aus Angst, aus dieser unglaublichen Angst heraus, derer ja schließlich auch sie selbst nicht Herr werden kann.

»Wollen Sie einen Spaziergang machen?«, fragt jener alte Herr, den Elsa am ersten Abend für sich »einen der Meinen« getauft hat. Elsa will. Plötzlich erscheint es ihr sehr verlockend, sich mit diesem Mann, der ihr Vater sein könnte, zu unterhalten, auch wenn ihr der Wunsch, ihre Kurgenossen näher kennen zu lernen, nach den ersten gemeinsamen Mahlzeiten irgendwie abhanden gekommen ist.

Sie gehen einen kleinen Weg entlang und dann hinein in den Winterwald. Eine dicke Schneeschicht liegt auf den Wiesen und Bäumen, schmale holprige Wege führen durch diese Waldlandschaft, die Elsa so märchenhaft erscheint, weil sie so selten derlei Spaziergänge unternimmt, und die sie an ihre Kindheit erinnert, als das sonntägliche Ritual einen Ausflug, einen Spaziergang erforderte, den Elsa als Kind manchmal genoss und manchmal hasste. Öfter hasste als genoss, gesteht sie sich selbst ein und ist erstaunt, wie glücklich es sie jetzt macht, dick eingepackt durch den Schnee zu stapfen.

Der alte Herr neben ihr erzählt seine Geschichte. Auch ihn hat Elsas Neugier zum Reden gebracht. Er sei dreizehn gewesen, als die Barbaren kamen. Nach Palästina habe es ihn verschlagen, lange habe er dort gelebt, irgendwann aber habe er es nicht mehr ausgehalten, sei zurückgekommen in die alte Heimat. »Warum?«, fragt Elsa – jene Frage, die sie ihren Eltern immer wieder gestellt hat. »Warum nicht«, antwortet der alte Herr. »Seien sie nicht naiv«, sagt er zu Elsa. »Wäre ich nicht zufällig Jude gewesen, wäre ich wahrscheinlich auch bei den Nazis gelandet.« Elsa stutzt und denkt plötzlich, warum sie in ihrem Alter immer noch daran glaubt, dass Menschen, die das Schicksal ihrer Familie teilen, bessere Menschen sein müssten. Hat sie nicht immer wieder mit brennenden Augen mitverfolgt, wie im neuen Staat der ehemaligen Opfer andere verfolgt und vertrieben wurden? Hat sie sich nicht immer wieder gegen diese Verfolgung und Vertreibung aufgelehnt? Obwohl ihr die Verfolgten und Vertriebenen so fremd waren wie die heute in den Bergen Jugoslawiens Herumirrenden? Warum glaubt sie, fragt sich Elsa, während sie schweigsam neben dem alten Herrn hergeht, dass die Nachkommen der Opfer, ja die Opfer selbst, bessere Menschen sein müssten, das ihnen angetane Unrecht jetzt nicht an andere weitergeben sollten? Würde sie anders handeln, wenn sie in eine solche Situation käme? Oder hat sie einfach nur unglaubliches Glück gehabt, weil sie nie vor die Wahl zwischen Gut und Böse gestellt wurde?

Wien, den 27. Mai 1939

Lieber Sohn!
Mein Brief vom 24. d. M. kreuzte sich leider mit Deinem Brief vom 25. Es ist natürlich selbstverständlich, daß ich Dir von jetzt ab immer Antwortscheine beilegen werde. Wenn das am vergangenen Sonntag nicht geschah, so war es eben, weil es nicht anders ging. Du hast ja bezüglich Deiner Schwester vollkommen recht. Aber hätte ich Dir die Formulare nicht gesendet, so wäre die Szene, die sie machte, noch größer geworden, als sie ohnehin war. Jetzt, nach Deiner brieflichen Auseinandersetzung, ist sie wieder mit allem einverstanden. Sie wird also am Dienstag, d. i. am 30. d. M., sowohl in die Singerstraße gehen und wird auch einen Brief nach London schreiben

und die Formulare ausgefüllt beilegen. Sie macht uns unser ohnehin so bedrücktes Leben durch ihre Art und Weise nur noch schwerer, doch dies vermag ich nicht zu ändern. – Wie ich Dir schon schrieb, hatte ich von Deinem Bruder einen Brief, daß er sich bezüglich der Kaution, die ihm fragwürdig schien, nach Belgien wenden werde. Das hat er nun getan, und ich habe heute von dem auf Urlaub in Europa befindlichen Agronomen aus seiner Gegend einen Brief samt einem gedruckten Avis erhalten, das meine Angaben vollinhaltlich bestätigt. D. h., die Kaution von BFr. 20.000,– muß unbedingt erlegt werden. Ich will mir nicht schon jetzt den Kopf vollmachen und erst die neuerliche Antwort Deines Bruders abwarten, ich werde ja sehen, ob er imstande sein wird, bares Geld zu erlegen. Schließlich muß er ja auch die Fracht ab Hamburg bezahlen und für einen eventuellen Aufenthalt in Belgien für uns aufkommen. Übrigens können wir uns ja auch in keiner Weise rühren, denn die Erledigung von der Devisenstelle ist noch immer nicht gekommen, vielleicht, daß sie nach Pfingsten kommt. – Ich holte mir gestern die Formulare von Gildemeester, deren Ausfüllung mir viel Kopfzerbrechen macht. Denn der Verzicht auf das Erbe war nicht mehr statthaft (wäre auch inopportun gewesen), da sich der Akt schon bei Gericht befand. Es hätte sich in diesem Falle nur mehr um eine Schenkung handeln können, was uns in keiner Weise entlastet und nur noch mehr Kosten gemacht hätte. Ich muß nun auf einem der Bögen auch das vermutliche Erbe angeben, dessen Höhe ich doch noch nicht einmal kenne. Es heißt nämlich dort, »Vermögen, das aus einer Erbschaft oder aus einem Vermächtnis zu erwarten ist. Muß auch dann gewertet werden, wenn die Eigentumsübertragung noch nicht erfolgt ist.« Nach Pfingsten lassen Mama und ich uns für Paßzwecke photographieren, ich werde dann auch die Bestätigung über die Gemeindesteuern einholen und dann das Ganze bei Gildemeester einreichen. Übrigens müssen dieser Anmeldung auch die Abschriften über die Vermögensanmeldung vom

27. April 1938 beiliegen! – Ich sehe erst jetzt, wie einfach Du es hattest. – In den wenigen Tagen, seit Du weg bist, ist vieles für uns noch schlechter geworden. – Deine Beschreibung Deines Aufenthaltes in Brüssel und Deine Londoner Eindrücke haben wir alle mit sehr großem Interesse vernommen. – Die Kinderfrau dankt Dir und M. sehr für die Gratulation, über die sie sich sehr freute. Sie kann jetzt natürlich (Samstag vormittag) nichts zu meinem Brief hinzufügen, aber sie wird Dir bei nächster Gelegenheit schreiben. – Ich bin schon gespannt, wie sich Deine materiellen Verhältnisse in der Tat und nach einiger Zeit gestalten werden, jedenfalls bin ich froh, daß Du die erste Zeit wenigstens zur Not Dein Auskommen finden kannst. Obwohl ich begreiflicherweise, da ich ja die Kaufkraft des Pfundes nicht kenne, mir nur schwer vorstellen kann, welchem Werte ungefähr an unseren Verhältnissen hier gemessen ein Pfund entspricht. – Seit Du weg bist, ist das Wetter unerträglich. Von einzelnen Stunden abgesehen, regnet es fast unausgesetzt, bei Temperaturen, die 11 bis 12 Grad C nicht überschreiten. Wenn unser Leben hier nicht besonders leicht ist, Deine Schwester macht es uns allen noch schwerer. Von Deinem Bruder habe ich diese Woche nichts gehört.
Wir grüßen Dich ganz besonders herzlich und wünschen Dir und M. das Beste. D. h., das Beste habt Ihr ja beide bereits getroffen.
Papa

Elsa liegt auf ihrem Hotelbett und spricht mit der Mutter. Welches Erbe, fragt sie und die Mutter erklärt. Das Erbe der Urgroßmutter, der Mutter von Elsas väterlicher Großmutter, die friedlich und noch zur rechten Zeit gestorben ist. Diese väterliche Großmutter, erzählt die Mutter, kam aus einer sehr wohlhabenden Familie, deshalb war auch ein Erbe da – nicht so wie bei uns, in der Leopoldstadt. Gildemeester, jene Institution, bei der man die Papiere für die Ausreise habe einreichen müssen. Tja, und die Sorge ums Geld. Elsa möge einen tieferen Blick in ihre Mappe werfen, da werde sie Dokumente finden, die ihr die Sache mit dem Geld deutlicher machen werden. Anträge der Großeltern an die Bank – Bitten, ihr eigenes Geld von ihrem eigenen Konto abheben zu dürfen.

Elsa findet die Papiere und entdeckt zwischen den ihr vertrauten Namen der Großeltern mit zittriger Hand die Namen Israel und Sara eingefügt. Ihr so großdeutscher Großvater, der seinen jüdischen Familiennamen in einen deutsch klingenden geändert hatte, der, was sogar der schweigsame Vater erzählt hat, zu Tode betrübt gewesen war, als die Monarchie zerfallen war, und den Vater, den Kommunisten, immer wieder zu überzeugen suchte, dass nur ein Anschluss an Deutschland das winzige Restösterreich retten könne. Und nun diese Unterschrift mit dem aufgezwungenen zweiten Vornamen Israel.

Elsa denkt, wie demütigend diese Vorschrift gewesen ist. Nicht nur für ihren Großvater. Und sie erinnert sich an Berichte von anderen namentlichen Zwangsmaßnahmen. Ungarn, deren Namen plötzlich rumänisch klingen mussten, Türken, die an ihre Namen eine bulgarische Endung anhängen sollten. Doch das geschah schon nach dem Sieg jenes Teils der Menschheit über die Barbaren, die Elsas Großeltern ermordeten, der für sich den Anspruch erhob, der bessere Teil der Menschheit zu sein. Also, denkt Elsa während sie auf die Bankformulare mit den Namen starrt, ist es nur eine ihrer dummen Vorstellungen, dass irgendjemand aus schrecklichen Ereignissen etwas lernt.

Elsa telefoniert mit den Kindern. Lässt sich Schulereignisse und anderes erzählen, vergeht während des Gesprächs fast vor Sehnsucht nach den beiden, danach, sich in ihrer Gesellschaft fallen zu lassen. Denkt mit Unbehagen daran, dass sie erst einen kleinen Teil ihrer Kur hinter sich gebracht hat und noch länger von den beiden getrennt sein wird. Erzählt ihnen auch von den Briefen, die sie schon gelesen hat. Versucht zu erklären und spürt die Fassungslosigkeit der Kinder, für die jene Zeit noch viel weiter weg ist als für sie selbst.

An jenem Abend geht Elsa, wie so oft, schlaflos in ihrem kleinen Hotelzimmer auf und ab. Sie versucht sich durch Lesen und Fernsehen abzulenken, was ihr nur schwer gelingen will, weil im Fernsehen der Krieg immer näher rückt und weil die Bücher, die sie mitgenommen hat, sie nicht ausreichend gefangen nehmen. Elsa geht auf und ab und denkt an ihre Kinder. Und als ob sie damit ihr Gewissen, das ihr einredet, sie sei eine schlechte Mutter, weil sie die Kinder für drei Wochen zurückgelassen hat, beruhigen könnte, setzt sie sich schließlich hin und beginnt einen Brief an die Kinder. Eine lange, ausführliche Liebeserklärung, von der sie weiß, dass die Kinder sie mit Freude, aber auch mit etwas Ironie lesen werden, um ihr danach mitzuteilen, dass sie ohnehin die beste aller Mütter sei und sich nicht um sie sorgen müsse. Während Elsa versucht ihren Aufenthalt so fröhlich wie möglich zu Papier zu bringen, damit die Kinder beim Lesen auch etwas zum Lachen haben, denkt sie, die Kinder seien die Erwachsenen in ihrer kleinen Familie und sie das eigentliche Kind. Das man liebevoll, aber auch ein bisschen spöttisch beobachtet, das man gewähren lässt, wenn es denn wieder von seinem unbezähmbaren Bedürfnis nach Harmonie und Liebe gepackt wird, dem man nichts Böses zustoßen lassen will. Aber warum soll ihre winzige Welt nicht auch so verkehrt sein wie jene große, die ihr immer bedrohlicher erscheint?

Nachdem sie ihren Brief, entgegen ihrer Gewohnheit, sogleich ins Kuvert gesteckt, adressiert und sogar mit einer Briefmarke versehen hat, sieht Elsa die Mappe unschlüssig an. Und entscheidet, dass sie nachts nicht allzu viel Schlaf braucht, wo sie doch bei Tag ohnehin vor allem dick vermummt im Schlamm liegt.

1.6.1939

Meine Lieben,
ich habe 2 Briefe zu bestätigen (24. und 27. 5.), kann aber erst morgen oder übermorgen ausführlich schreiben. Abgesehen davon, daß ich wie immer, wenn man sich wo neu einarbeitet, sehr viel zu tun habe, hatten wir jetzt auch noch einen besonderen Wirbel, weil M. in ihr Spital nach South Tottenham übersiedelte (heute ist sie dort eingetreten). Jetzt wohne ich wieder alleine, aber noch an derselben Adresse. – Bitte berichtet mir genau über die finanzielle Situation. Gut, daß die Kontribution wenigstens jetzt in Ordnung ist! Gibt es sonst etwas Neues (neue Verordnungen u. ä.)? Wie geht es Papa gesundheitlich? Von mir schreibe ich, wie gesagt, später. Bis jetzt ist alles unverändert. Meine Angelegenheit wird vermutlich morgen endgültig geregelt, da Dr. W. morgen aus Belgien kommt, wo er seit 1 Woche ist. Inzwischen habe ich aber von ihm schon – außertourlich – Geld bekommen, sodaß ich keine Sorgen habe. Mein Gepäck habe ich natürlich schon längst. Abgesehen vom übrigen wäre der Lagerpreis viel zu hoch. (6 d., das sind 6 pence pro Tag).
Herzliche Grüße an alle
Euer Sohn

Nein, sorglos war ihr Vater eben doch nicht in diesem Exil, das er als so bequem darstellte. Elsa denkt an ihre eigenen vielen und langen Auslandsaufenthalte, an die Briefe, die sie aus dieser oder jener Stadt an die besorgten Eltern daheim geschrieben hat, und meint sich zu erinnern, dass es ihr nie in den Sinn gekommen wäre, sich nach derlei Neuigkeiten aus der Heimat zu erkundigen. Wie selbstverständlich uns das alles ist, denkt Elsa und lächelt, weil sie weiß, um wie viel selbstverständlicher noch ihre eigenen Kinder solche Dinge betrachten.

Die ständigen Fragen des Vaters nach Verordnungen und

nach dem Geld. Wie gut es mir doch geht, denkt Elsa, ganz gegen ihre Gewohnheit, denn Elsa kann bisweilen in Selbstmitleid versinken, wenn sie aufs Neue mit ihren im Grunde ausreichenden finanziellen Mitteln nicht auszukommen imstande ist und mit sich und der Welt darob ein bisschen hadert. Und diese Insel – dieser Zufluchtsort. Zufluchtsort? Die Mutter durfte als Dienstmädchen einreisen, weil man keine Engländer fand, die bereit waren derlei Arbeiten zu verrichten. Und der Vater, der Mediziner, durfte nicht als Arzt arbeiten, sondern nur forschen, auf dass Großbritannien vorankäme in der Wissenschaft. Ein Garant musste da sein, einer, der bereit war mit seinem Geld für den eigentlich ungewollten Flüchtling geradezustehen. Und doch haben Elsas Eltern immer mit tiefer Zuneigung von diesem Land gesprochen, und doch sagt Elsas Mutter noch heute, dass sie, sollte es denn noch einmal nötig sein, und ausschließen will das nicht einmal sie, die aus tiefster Überzeugung in die so unwirtliche Heimat zurückgekehrt ist, nur dorthin, ins freundliche England wieder zurückkehren würde, auf die Insel, die sich so freundlich gar nicht gegeben hat, wie es Elsa in ihrer Kindheit stets dargelegt wurde.

3

KEIN Fortschritt bei den Verhandlungen, nur neue Vertreibungen werden gemeldet, die internationale Staatengemeinschaft kann nicht länger zusehen, ein Angriff scheint unausweichlich.

Elsa hört die Worte und findet sich, noch halb im Schlaf, kaum zurecht. Ein Angriff? Und dann? Krieg? Wieso nur hat man sie erwachsen werden lassen mit dem Gefühl des »nie wieder«? Wie oft hat sie sie gehört, diese Beschwörungsformel, und sie für den Ausdruck des Willens aller genommen, dieses »nie wieder« auch tatsächlich so zu meinen? Nie wieder Mord und Totschlag, nie wieder Zerstörung und Vertreibung, nie wieder die Aufteilung der Menschen in wertvolle und weniger wertvolle. Und jetzt?

Am Abend zuvor hatte man bei Tisch über den drohenden Orkan gesprochen. Und Elsa war verwundert gewesen über den Gleichmut der Menschen, die sich da – so wie sie – vor allem mit sich selbst und ihren Körpern beschäftigten. Oh ja, der Hass gegen diese Serben, der wurde laut verkündet. Auch Mitleid mit den Armen, den Opfern. Mitgefühl kaum. Und eine Freundin Elsas hatte ihr am Telefon von einer jungen Frau aus Bulgarien erzählt, die ganz erstaunt gewesen sei, weil man so viel Aufhebens »um diese Albaner da« mache. Elsa fragt sich zum wiederholten Male, wie es denn mit ihrem eigenen Mitgefühl aussehe. Ob sie sich in die Lage dieser auch ihr ach so fremden Menschen wirklich hineinfühlen könne? Nein, muss sich Elsa eingestehen, auch sie weiß im Kopf, dass diesen Menschen Furchtbares widerfährt, aber mit brennendem Schmerz fühlen kann sie es nicht. Und ob dieser Gefühllosigkeit graut Elsa vor sich selbst an diesem frühen Morgen, wo man ihr den Krieg ankündigt, als ob er eine Naturkatastrophe sei, die man vorhersagen, aber nicht verhindern kann.

London, 2. Juni 1939

Meine Lieben,
heute kann ich, Gott sei Dank, schon mit der Schreibmaschine schreiben. Sie gehört M., die sie mir dagelassen hat, da sie sie im Spital nicht braucht. Mit der Maschine ist uns übrigens folgende, auch für Euch interessante Sache passiert: M. hat sie vor ihrer Abreise generalreparieren lassen und sie dann mit ihrem Gepäck in einem Koffer gut verpackt aufgegeben. Bei der Ankunft sahen wir aber, daß sie, scheinbar durch das mehrmalige Umpacken bei der Zollrevision, beschädigt worden war. Da M. ihr Reisegepäck, ebenso wie auch ich, versichert hatte, wandten wir uns an die hiesige Schwestergesellschaft, damit sie für die Reparatur aufkommen sollten. Sie haben sich auch dazu bereit erklärt, zeigten uns aber eine Verordnung der Reichsdevisenstelle, nach der Versicherungen, die innerhalb des Reichs abgeschlossen wurden, nur im Reich ausgezahlt werden dürfen. Der Betrag kommt auf Sperrkonto und kann an Verwandte usw. ausbezahlt werden. In unserem Fall beträgt die Summe 7/–! (Ach so, Ihr werdet das nicht wissen: /– bedeutet englische Schillinge, es wird hier bei allen Preisangaben so geschrieben.) Es ist also vollkommen sinnlos, eine Reisegepäckversicherung einzugehen. Der Beamte hier war sehr erstaunt, daß man uns in Wien nicht darauf aufmerksam gemacht hat.
Und nun möchte ich zunächst auf Eure beiden Briefe antworten. Bezüglich des Wetters hier: Seit meiner Ankunft hier hat es noch nicht einmal geregnet. Es ist meist strahlend schön und ziemlich heiß. Für Londoner Verhältnisse war Pfingsten eine ausgesprochene Hitzewelle mit Temperaturen bis 74 Grad F, d. s. 23,5 Grad C. Die Abende sind allerdings oft recht kühl, sodaß ich sogar meinen dicken Überzieher recht

gut vertrage. Für uns ist dieses Wetter ganz besonders angenehm, da dadurch unsere ersten Eindrücke von London besonders schön sind. Die Stadt gefällt mir sehr gut. Der starke Verkehr stört gar nicht so sehr, nur höchstens, daß man in der City mit dem Bus nicht vom Fleck kommt. Für Fußgänger ist es aber weitaus sicherer als z. B. Wien, da die Autos mit unglaublicher Rücksicht fahren. In der Nähe von Kreuzungen, wo der Verkehr ziemlich langsam ist, kann man z. B. mitten zwischen den fahrenden Autos die Straße passieren, da sie vor Fußgängern halt machen und ihnen zuwinken, dass sie vorübergehen sollen. – Wirklich wunderschön ist der Hyde Park. Dadurch, daß man überall auf die Wiesen gehen kann, fühlt man sich ganz wie am Land. Dieser Eindruck wird noch verstärkt, wenn plötzlich an die 100 Schafe frei daherkommen und sich mitten unter die übrigen Spaziergänger mischen. Dienstag abends wurden diese selben Schafe übrigens zur großen Freude der Londoner beim Marble Arch, das ist das Haupttor des Parks, geschoren.

Ich sehe, daß ich etwas vom Thema abgekommen bin. Also, die nächste Frage: Mein Gepäck ist im großen ganzen unversehrt angekommen. Man kann sogar sagen, vollständig unversehrt. Denn bis auf einige zerdrückte Krägen (weiche) ist nichts passiert. Ich konnte das Gepäck nicht auf der Bahn lassen, da das erstens soviel Lagerzins gekostet hätte, daß ich mir durchaus nichts erspart hätte, andererseits konnte ich natürlich auch nicht 14 Tage bis 3 Wochen ohne Wäsche und Kleider bleiben. Denn solange werde ich ja hier jedenfalls wohnen; ich will hier erst dann ausziehen, bis ich genau weiß, wo ich arbeite. Denn das Teuerste sind hier die Fahrten, die man sich daher nach Möglichkeit erspart. Mein Verhältnis zu Dr. W. ist folgendermaßen: Er will in einem bestimmten Gebiet, das meinem Arbeitsgebiet ziemlich nahesteht, einige Probleme gründlichst studieren, um die Resultate dann auch finanziell zu verwerten. (Es handelt sich um gewisse Fragen, die therapeutisch von Interesse sind.) Es hat sich eine Firma gefunden, die die spätere Verwertung übernehmen und die jetzige Arbeit finanzieren will. Faktisch würde ich also von Dr. W. angestellt, aber von dieser Firma bezahlt. Nun darf ich aber laut meinem Visum weder einen bezahlten noch einen unbezahlten Posten annehmen. Daher wird mir mein Gehalt von meinem Garanten ausbezahlt, der diese Summe natürlich zurückbekommt. Die Hauptbedingung W.s ist, daß die Versuchsergebnisse Eigentum des Laboratoriums bleiben, d. h., daß ich alle Arbeiten (über diese Themen) mit ihm gemeinsam publiziere und mich nicht damit selbständig mache. Das ist eine Selbstverständlichkeit und in jedem Laboratorium so. Hingegen habe ich ausdrücklich das Recht, meine eigenen Arbeiten weiterzuführen, soweit ich dazu Zeit habe. Das Ganze ist somit für mich äußerst günstig. Wo ich arbeiten werde ist insoferne noch unsicher, als Dr. W. ein Laboratorium in seinem Haus hat und ein zweites in einem Spital. Vorläufig bin ich in seinem Privatlaboratorium. Über das Laboratorium werde ich später einmal ausführlich schreiben. – Was die Höhe des Gehaltes betrifft (ob 3 oder 4 Pfund ist noch immer nicht geklärt), so kann man das freilich schwer übersetzen. Ich kann Euch nur einige Preise angeben. So zahle ich z. B. hier für Zimmer mit Frühstück (Bedienung und Licht incl.) 25/– pro Woche. (D. i. also 1,5.–) (Ach so: das bedeutet: 1 Pfund und 5/–). Das ist aber schon ziemlich viel. Allerdings, hier in der Gegend (Bloomsbury) kosten alle Zimmer mindestens soviel, denn es ist eine ausgesprochene Fremdengegend. Aber weiter draußen bekommt man dasselbe auch schon um 18–20/–. (Fußnote: das »mit Frühstück« ist nicht so eine Kleinigkeit wie in Wien. Denn ich habe z. B. täglich: Grapefruit, Ham oder Bacon and Egg, Toast, Weißbrot, Butter, Orangenmarmelade, eine Portion Tee, d. s. etwa 2 bis 3 Tassen, mit Zucker und Milch nach Belieben. Also eine ganz vollwertige Mahlzeit.) Lunch (ein nach diesem Frühstück recht ausgiebiges Mittagessen, bestehend aus Suppe, Fleisch mit Beilage, Sweet) bekommt man schon von 1/– aufwärts. 1/6 *ist schon sehr gut. Teure Hotels haben Lunch mit 2/– bis* 2/6. *(Bitte nicht zu vergessen, daß 1/– zwölf Pence hat). Herrenanzüge kosten zwischen 2 und 4 Pfund. Natürlich kann man auch teurere haben. (Aber die sind dann schon aus ausgesprochenen Luxusgeschäften.) Eine Unmenge von Sachen bekommt man zu je 3 d. oder 6 d. bei Woolworth, das ist das größte Einheitspreisgeschäft, dessen Filialen überall aufzufinden sind. Natürlich ist es dabei so, daß manche Sachen unerhört billig, andere dafür aber teurer sind. Man kann dort z. B. alle Papierwaren, alle Arten v. Süßigkeiten, alle kosmetischen Artikel, Teller, Geschirr, Besteck, Werkzeug, Wäsche, Krawatten, Badesachen, Kleiderrechen, Füllfedern usw. haben. In den meisten kann man auch billig essen. Dabei ist die Qualität der Artikel durchaus nicht schlecht. Dort kostet etwa: 1 Badehaube oder 1 Paar Tennisschuhe 6 d.; 1 große Flasche Eau de Cologne (ca. 250 ccm) 6 d.; 80 Blatt sehr gutes, starkes Maschinschreibpapier: 6 d., 1 kleine Flasche Füllfedertinte: 3 d., eine größere: 6 d.; eine Schachtel portugiesische Sardinen (wahrscheinlich 4 Stück): 3 d.; ½ lb (= ½ Pfund, d. s. etwa 23 dkg) eines ganz guten Käses (eine Art Edamer): 3 d.; usw. Orangen kosten jetzt durchschnittlich (nicht bei Woolworth, sondern überhaupt) 1–1½–2 d. pro Stück. Birnen 1½–2–2½ d. pro Stück. Äpfel 4–6 d. pro lb. Ein großer Weißbrotwecken kostet 4 d. Butter weiß ich momentan nicht. Alles in allem kann man mit 10 Pfund im Monat leben, mit 12 Pfund gut, mit 14 schon recht gut. Teuer sind nur die weiten Fahrten, da es keine Umsteigkarte gibt und eine größere Distanz auf der Underground bald 6 d. bis 1/– kostet. Dafür sind die Strecken, die ich gewöhnlich fahre, nicht so teuer. 1 d., 2 d., 3 d. Für 3 d. fährt man mit der Underground eventuell ein Stück, wo man sonst ½–¾ h geht. Billiger sind Trams, Autobusse und Trolley (elektrischer Bus), die aber den Nach-*

teil haben, daß sie sehr langsam vom Fleck kommen. Für Tram und Trolley gibt es eine kombinierte Tageskarte, für beliebig viele Fahrten, die 1/– kostet. Ich bin natürlich noch nicht genügend lange in London, um einen geordneteren Überblick über die Kaufkraft des Pfund zu geben.

Wie steht es mit der Devisenstelle? Ich verstehe diese Verzögerung nicht; faktisch war die Einreichung doch schon bewilligt. Kann man es nicht urgieren? Unklar ist mir auch die Erbschaftssache. Möglich müßte ein Verzicht doch noch sein? Oder bedeutet die bedingte Antretung, daß man nur in dem Falle verzichtet, wenn mehr Passiva als Aktiva bestehen? Besteht wenigstens die Aussicht, daß Gelder da sind, die, sagen wir vergleichsweise, mir zugute kommen könnten? Sodaß Ihr später etwas davon habt? Rührt sich etwas in der Hausverkaufssache? – Apropos: Ich habe Euch von Brüssel von 2 Tropenfirmen Kataloge schicken lassen (wegen der Preise). Schreibt mir gelegentlich, ob sie angekommen sind. Wegen Rudis Kaution: ich glaube nicht, daß ihm das große Schwierigkeiten machen kann. Muß das Geld sofort bar erlegt werden? Er könnte es sich doch sicher ausleihen. Im Notfall könnte man übrigens einen Teil hier auftreiben, gegen langsame Rückzahlung. Ich müßte das nur rechtzeitig (d. h. möglichst bald) erfahren, da man natürlich Zeit braucht, um einen Geldgeber zu finden. –

Jetzt ist es 22 h und ich werde den Brief jetzt noch aufgeben gehen. Draußen dämmert es noch immer (es ist ja hier Sommerzeit, also in Wirklichkeit erst 21 h. Und dann macht sich die nördlichere Lage bemerkbar.) Dann gehe ich noch ein bißchen die Southampton Row spazieren; das ist eine recht große Straße in meiner nächsten Nähe, und jetzt ist noch ein ziemlicher Wirbel dort. Die Londoner gehen spät schlafen. Dafür fangen alle Büros und Ämter erst gegen ½10–10 Uhr morgens an. Aber Schluß ist um 18 h. – Am Weg werde ich noch einen Pineapple Juice zu mir nehmen (d. i. Ananas-Saft,

der so gut ist, daß man dabei Antialkoholiker werden könnte). Denn das ist die Krankheit aller Fremden, und besonders der Wiener, in London: daß sie dauernd durstig sind. Denn das Londoner Wasser ist nicht sehr gut; es ist zum überwiegenden Teil Themse-Wasser, allerdings filtriert und sterilisiert, durchaus unschädlich und auch nicht schlecht schmeckend. Aber es ist nie richtig kalt. Das ist der Hauptgrund, glaube ich, warum die Londoner soviel Tee trinken. Aber man gewöhnt sich nach kurzer Zeit daran, und ich empfinde es jetzt schon kaum mehr; auch deshalb, weil man hier doch sehr viel Obst ißt.
Also, jetzt ist es für heute genug, sonst komme ich zu spät ins Bett.
Herzliche Grüße an alle
Euer Sohn

P.S.: Wie weit ist die Sache meiner Schwester? Ach so, ich sehe gerade, daß sie erst Montag zur Miss Houghton bestellt ist. Sie soll aber dort betonen, wie lange sich die Sache schon zieht und soll ersuchen, daß es möglichst beschleunigt wird. Wenn sie einmal hier ist, wird man dann schon alles richten können. Glücklicherweise habe ich eine Stelle, an die ich mich in dringenden Notfällen um finanzielle Unterstützung wenden kann. Es kann also eigentlich nichts passieren.

Wie ausführlich er doch schreibt. Wie sehr er wohl den Wunsch gehabt haben mag, denen daheim Ablenkung zu verschaffen, sie zu beruhigen, ihnen zu zeigen, dass es auch noch ganz normales Leben gab auf dieser Welt, die so ganz und gar aus den Fugen geraten war. Und wie genau er Preise und Ähnliches mehr kannte, stellt Elsa mit Staunen fest. Sie weiß nicht einmal zu Hause, wie viel Butter oder Milch genau kosten – was ihr von ihrer weitaus praktischeren und ordnungsliebenderen Schwester immer zum Vorwurf gemacht wird. Manchmal auch von ihren Kindern, die sie gern nach derlei

Dingen fragen, um dann enttäuscht festzustellen, dass ihre Mutter keine Ahnung vom praktischen Leben hat.

Ob der Vater dies alles wirklich selbst herausgefunden hat? Ob er nicht jene M., die er später verlassen hat, bat, dies und jenes für ihn festzustellen? Elsas Mutter allerdings meint, der Vater habe dies alles schon selbst entdeckt, sei neugierig gewesen auf den fremden Alltag und habe sich – auch als sie schon ein Paar und Eltern waren – immer für derlei Kleinigkeiten interessiert, die das Leben doch so schwer oder so leicht machten. Elsa denkt daran, wie sie selbst es liebt, in fremden Ländern Geschäfte aufzusuchen, in denen Alltägliches feilgeboten wird, und Vergleiche anzustellen. Wobei ihr die Preise weniger interessant erscheinen als die Art der Dinge, die man in anderen Ländern täglich benutzt oder isst. Diese Alltagsneugierde – ist sie also eine Erbschaft des Vaters?

Und was mögen jene zu Hause, die von anonymen Dienststellen gequält wurden, wohl gedacht haben über diese Beschreibung einer schönen, großen, ruhigen, friedlichen Stadt?

Wien, den 5. Juni 1939

Lieber Sohn!
Deinen Brief vom 2. d. M. haben wir gestern erhalten und uns mit ihm sehr gefreut. Als ich ihn vorlas, waren auch beide T.s anwesend. Er erregte bei ihnen noch größeres Interesse als die Briefe Deines Bruders, weil er für alle, die nach England kommen werden, Unmittelbareres zu sagen hatte, als es ein Congobrief könnte. Ich habe mit der Beantwortung bis jetzt – Montag nachmittag – gewartet, weil ich gleich berichten wollte, was Deine Schwester bei der Society of Friends ausrichtete. Sie war also heute vormittag bei der Miss Hougthon. Diese war sehr liebenswürdig, kannte sich aber nach dem Bericht Deiner Schwester überhaupt nicht aus. Jedenfalls sah sie schließlich ein, daß Deine Schwester mit ihrer Anschauung, daß, wenn sie schon in eine Krankenpflegeschule eintre-

ten müsse, es doch nicht der erste Jahrgang sein müsse, recht habe. Auch verstand sie nicht recht, warum Deine Schwester keine Auskunft über Spezialkurse erhalten habe. Das Resultat war folgendes: Es ist nicht notwendig, daß Deine Schwester die Fragebögen noch einmal einsendet, da sie ja das schon einmal getan hat. Miss Hougthon wird sofort an das Nurses Departement schreiben und zwar in dem Sinne, wie ich es darstellte, und überdies ersuchen, den Fall mit Rücksicht auf die lange Dauer und die persönlichen Verhältnisse Deiner Schwester dringlich zu behandeln. Deine Schwester selbst wird ebenfalls schreiben und sich auf die Miss berufen, daß diese einen Bericht über sie von hier aus erstattet. Der Brief Deiner Schwester wird zwischen 8. und 10. d. M. im Bloomsbury House bestimmt angekommen sein. Wenn es Dir möglich ist, so gehe der Angelegenheit, ungefähr von heute über einer Woche angefangen an, nach. – Wir sind alle schon sehr neugierig, wie sich Deine Berufsangelegenheit ordnen wird, und ich kann nicht umhin, Dir zu versichern, daß mir das Ganze, überhaupt, daß Du nun in London bist, außerordentliche Erleichterung gewährt. Ich habe es ja nie so ausdrücken können, aber ich hatte oftmals Deinetwegen ausgesprochen physische Angst, von der ich nun befreit bin. Ich stelle mir Deine fernere Zukunft aussichtsreicher selbst als die Deines Bruders vor. Ich bitte Dich nur, schreibe immer über Deine persönlichen Angelegenheiten so ausführlich wie nur möglich. Deinen Bruder habe ich in einem Brief vom 18. Mai von Deiner Abreise verständigt, sodaß er augenblicklich bereits von Deiner Anwesenheit in London weiß. Deine Adresse als noch nicht sicher habe ich ihm nicht angegeben. – Ich erhielt vorgestern von ihm einen Brief. Die Auskunft, die der Agronom in Brüssel erhalten hatte, war ihm noch unbekannt. Er schreibt aber, daß er, sobald er von diesem Nachricht haben werde, »gebe ich sofort die entsprechenden Flugpostanweisungen an meine Bank«. Daraus schließe ich, daß er annimmt, die Kaution be-

zahlen zu müssen, und auch über den nötigen Betrag verfügt. Er spricht auch davon, für uns einen Eiskasten anzuschaffen. Trotzdem, lieber Sohn, es machte auf uns starken Eindruck, daß Du, kaum in London, und doch mit Deinen eigenen Angelegenheiten mehr als genug beschäftigt, Dich für uns soweit exponieren wolltest, um Geld zu leihen.
Ich wünsche mir, daß dies nie notwendig werden sollte, weder für uns noch für Dich. – Natürlich habe ich die Kataloge der Brüsseler Firmen erhalten. Nur schrieb ich deren Übersendung der Initiative Deines Bruders zu, dem ich den Empfang bestätigte. Er wird sicher annehmen, daß der Agronom mir die Kataloge zukommen ließ. Die Preise sind bedeutend niedriger als die Hamburger. Aber da läßt sich leider nichts machen, wenn wir bestellen, werden wir aus Hamburg bestellen müssen. Leider sind wir noch lange nicht soweit. – Die Devisenstelle hat die Angelegenheit bisher nicht erledigt, trotzdem ich bereits urgiert habe und gebeten, die Sache dringlich zu behandeln, was auch zugesagt wurde, aber geschehen ist bisher nichts, wenigstens nicht zu meiner Kenntnis gekommen. T., der bei Gildemeester viele Leute kennt, hat mir eine Verbindung zu dem juristischen Berater in Vermögensangelegenheiten dort hergestellt. Ich werde, wenn bis Mittwoch noch immer keine Erledigung da sein sollte, am Abend zu dem betreffenden Herrn gehen, vielleicht, daß er einen Rat weiß. Ich bin aber sehr skeptisch. Ein von T. empfohlener Schätzmeister, der schon Samstag nachmittag hätte kommen sollen, wird morgen nachmittag kommen. Habe ich diese Sache erledigt, werde ich energisch mit dem Verkauf der Möbel beginnen, aber noch energischer als ich sein kann, verfließt die Zeit. Mir ist wirklich sehr bange. – Was nun das Erbe betrifft, so hat Dr. E. einen Fehler, wenn nicht gerade einen Kunstfehler gemacht. Er hätte uns informieren müssen, daß wir ein volles Jahr Zeit gehabt hätten, das Erbe anzumelden. Und es wäre natürlich am besten gewesen, das Erbe erst anzutreten,

wenn wir bereits bei Deinem Bruder gewesen wären. Nun läßt sich das nicht mehr ändern und ein Verzicht ist in der Tat nur möglich für den Fall, daß die Passiven die Aktiven überschreiten. Ob Dir etwas zugute kommen könnte, vermag ich nicht anzugeben, das Ganze läuft auf eine Farce hinaus, denn wir müssen in 4 Staaten 4 Vertreter haben! Was da übrigbleiben soll, ist mir rätselhaft. – Von der Reichsfluchtsteuerstelle habe ich neuerlich eine Zuschrift erhalten. Ich muß alle Angaben dokumentarisch belegen. Dies fällt mir nicht schwer, und überdies habe ich zu meiner Überraschung einen Rechenfehler in meinen Angaben bei diesem Anlaße entdeckt, der zu meinen Gunsten ausfällt. Ich habe nämlich die Schuld an P. S. nicht vom 1. Jänner 1938, sondern vom April 1938 angegeben, was eine Differenz von RM 1774,– ausmacht. Die stelle ich natürlich bei diesem Anlaße richtig. Bei Gildemeester, wo ich ebenfalls durch die Vermittlung von T. die unzähligen Formulare auf richtige Ausstellung provisorisch überprüfen ließ, wurde mir übrigens auch gesagt, daß wir nicht in die Reichsfluchtsteuer kommen können. Ich glaube es jetzt selbst nicht. – Wir haben jetzt herrlichstes und nicht zu heißes Wetter. Beispielsweise hat es jetzt um 16 Uhr im Schatten 21 Grad C, um 11 Grad mehr als vor wenigen Tagen. Damit schließe ich. Schreibe uns bald wieder. Wir erwarten immer sehnsüchtig Deine Briefe.
Sei von uns allen herzlichst gegrüßt,
Grüße an M.
Papa

Tropenkataloge? Wollten sie also wirklich verreisen, als ginge es in die Ferien? Mit Tropenausrüstung? Freilich, über diese Tropenausrüstung wurde viel gesprochen in Elsas Kindheit und das eine oder andere Stück ist sogar aufgetaucht in der elterlichen Wohnung. Dennoch, Elsa kann es nicht begreifen. Da spricht aus jeder Zeile Angst, Sorge, Mutlosigkeit, Unverständnis für Forderungen an Menschen, die keine Ahnung haben, was man von ihnen will – und dann verschickt man Tropenkataloge? Elsa, die irgendwie immer geglaubt hat, dass in Katastrophen alles unwichtig wird, dass man nur das Leben zu retten sucht, begreift jetzt erst langsam all jene Erzählungen von Menschen, die durch die schlimmsten Feuersbrünste hindurch versuchten ein Stück Alltag zu retten. Ein Foto, eine Spange, ein Ringlein. So zu tun, als ginge alles mit rechten Dingen zu – das muss es wohl gewesen sein, was die Großeltern über Tropenkatalogen brüten ließ.

Und noch etwas erstaunt Elsa. Die Sorge, die der Großvater um den Sohn hatte. Dieser Großvater, der dem Sohn doch seine kommunistischen Ideen nicht verzeihen wollte. Der seiner Frau verbat den Sohn, der im noch nicht überfallenen Österreich als Kommunist verhaftet worden war, im Gefängnis zu besuchen, ihm Pakete zu schicken. Nein, blind war er wohl nicht, dieser Großvater. Was sich da anbahnte, sah er nur allzu klar. Doch zu spät auch, denkt Elsa und wieder fragt sie sich, ob sie wohl den richtigen Zeitpunkt zu gehen erkennen würde, wenn er denn kommen sollte. Und zweifelt an sich, wie so oft.

Wie schnell die Post damals war, denkt Elsa an jenem Abend, nachdem sie wieder mit den Kindern gesprochen hat und diese mitteilten, ihr Brief sei immer noch nicht eingelangt. Damals konnte man Briefe von London nach Wien in einem Tag erhalten, trotz der herrschenden Barbaren, trotz der Entfernungen, die doch damals größer waren. Und heute braucht ihr Brief von Kärnten nach Wien eine Woche. Elsa muss plötzlich lachen. Denn Absurdes ist nicht änderbar, aber für Elsa hat es, sie weiß nicht warum, auch etwas sehr Beruhigendes. Dass eben doch nicht alles so unglaublich gut organisiert ist und funktioniert wie die große Menschenvernichtungsmaschinerie damals.

London, 6.6.1939

Meine Lieben,
danke für den langen Brief u. vor allem auch für die Photos. Ich habe augenblicklich wieder sehr viel zu tun und kann daher nicht ausführlich schreiben. Meine Angelegenheiten entwickeln sich ziemlich günstig; es ist beinahe sicher (99,89 %), daß ich jetzt 5 Pfund pro Woche bekommen werde. Das ist soviel, daß Ihr mir nicht einmal mehr Antwortpostscheine schicken müßt, wenn Ihr sie nicht bei der Hand habt! – M. fühlt sich im Spital ganz gut. Sie hat wohl schwer zu arbeiten, aber dafür ist für die Schwestern sehr gut gesorgt. Sie hat ein eigenes Zimmer mit fließendem kalten und warmen Wasser, sehr reichlich u. gut zu essen, kann täglich baden usw. Sie verträgt sich auch mit den anderen gut, außer ihr ist noch eine Wienerin dort (nebenbei sind sie beide außer der Oberin die einzigen Jüdinnen unter den Schwestern). – Ich hoffe, es wird mir möglich sein, meiner Schwester wegen nachzufragen, es ist aber schwer, da ich während der Amtsstunden des Bloomsbury House selbst auch Dienststunden habe (10–18 h). Aber es wird schon irgendwie gehen.
Viele Grüße an alle
Euer Sohn

Atemlos verfolgt Elsa diesen Dialog des Vaters mit den Zurückgebliebenen. Atemlos, weil sie die täglichen Schrecklichkeiten im Ohr hat, die ihr das Radio von heute übermittelt, und sie diese – wissend, dass es unsinnig ist – irgendwie doch stets den Schrecklichkeiten von damals gegenüberstellt. Elsa liest jetzt, wann immer es ihr die Anwendungen, bei denen alles, was in der Außenwelt passiert, so ganz und gar ausgespart bleibt, erlauben. Liest, als ob es einer ihrer geliebten Kriminalromane wäre. Liest mit zunehmendem Schrecken, weil sie den Ausgang der Geschichte nur allzu gut kennt und Angst hat vor jenem Punkt, an dem das Ende sichtbar und unausweichlich werden wird.

London, 13. Juni 1939

Meine Lieben,

ich glaube, ich habe schon etwas lange nicht geschrieben; es ist schon so, je mehr ich mich hier einlebe, desto mehr habe ich zu tun. Ein Tag sollte mindestens 36 h haben! Übrigens ist daran zum großen Teil auch das englische Tempo schuld, von dem man hier sehr bald infiziert wird. Das englische Tempo ist, bitte, nicht mit dem amerikanischen zu verwechseln – es ist das gerade Gegenteil. Hier beginnt alles unglaublich spät: die meisten Büros zum Beispiel zwischen 1/2 10 und 10 Uhr. Und alles dauert … Es ist unglaublich, wie bequem die Menschen hier sind und wie leger sie arbeiten. Man sagt hier, und mit Recht, wenn ein Engländer schon arbeitet, dann pfeift er dabei. Alles pfeift, die Autobus-Schaffner, die Polizeibeamten, während man mit ihnen verhandelt, jeder Handwerker usw. Viele Fremde hier haben sich schon bemüht, den Engländern das abzugewöhnen. Aber es geht ihnen wie dem Morizel im Dorf. – Apropos: Habe ich das erzählt, daß ich auf der Reise Brüssel–London bis Ostende mit dem Ober-Rabbiner von Brüssel gefahren bin, der mir, um zu beweisen, wie gut er Deutsch kann, während der ganzen Fahrt jüdische Witze erzählt hat? – Um auf das Tempo zurückzukommen: Die Bequemlichkeit ist ein hervorstechender Charakterzug der Engländer; oder vielleicht auch nur der Londoner, denn andere Engländer sehe ich ja hier nicht viele. Z. B. ist in der Underground alles so eingerichtet, daß man nicht fragen muß; denn das Fragen und Antworten ist für beide Beteiligten eine viel zu große Anstrengung. Sogar die Fahrkarten nimmt man zum größten Teil aus Automaten, die auch 1/– oder 6 d. wechseln. Dafür liest man während der ganzen Fahrt, auch auf dem Escalator, seine Zeitung. Richtige Londoner reden ja auch, ohne den Mund aufzumachen. Trotzdem ist man überall unerhört höflich. Man sagt auf alles »thank you« bzw. sagt man nur: »kju«. Oder: »ta« (aber das ist schon Cockney).

Übrigens, weil ich gerade von der Sprache rede: meine Schwester soll nur sehr viel Englisch lernen. Man kann nie genug können, besonders die gewöhnlichen Ausdrücke. Ich kann ja ausreichend, um mich überall zu verständigen, aber ich muß mich immer noch ziemlich anstrengen, um die Leute auch zu verstehen. Besonders, wenn sie ein bißchen Dialekt reden. Die Londoner sprechen alle ein etwas gefärbtes Englisch. Z. B. klingt jedes é oder ej (also z. B. take oder day) wie aj (also wie in time). Sie sagen zum Beispiel für away: awaj (die Wiener sagen: no eben, so wie man es schreibt). Oder: Guddaj. (Good day.) Dann wird entsetzlich viel verschmolzen und abgekürzt, wie es halt in jeder Umgangssprache schon so ist. Man gewöhnt sich natürlich daran. Das, was mir die Sache sehr erschwert, ist, daß ich wenig Gelegenheit habe, Englisch zu sprechen. Im Laboratorium sind fast lauter Deutsche, vor allem auch meine Laborantin ist eine Wienerin, die ich sogar aus Wien kenne. Allerdings haben wir 2 englische Laboranten; von denen zeigt aber der eine immer, daß er in der Schule Deutsch gelernt hat; nebenbei ist das sehr lustig. Wenn er jemand beschimpfen will, sagt er: »DU!« (nichts dazu). Manchmal auch: »Dumme Luder«. Da man das schwer ins Englische übersetzen kann, weiß er immer noch nicht, was es heißt. – Natürlich lerne ich doch so nach und nach verschiedene Ausdrücke, vor allem Fachausdrücke. Aber von fließend sprechen ist gar keine Rede. –

Ich glaube, ich muß doch etwas mehr zusammenhängend schreiben, sonst kennt Ihr Euch nicht aus, und ich vergesse die Hälfte.

Also werde ich jetzt einmal auf Brief und Karte antworten. Über die Bilder haben wir uns sehr gefreut. Wenn Ihr sonst irgendwelche habt, so schickt sie bitte. – Meine Wohnungssache ist eben wegen des Zeitmangels noch immer nicht geregelt. Ich wohne hier ja nicht schlecht, aber immerhin kann ich unmöglich dauernd da bleiben. Ich hab aber so wenig Zeit, mir andere Zimmer anzuschauen, und außerdem, vor allem, graust mir davor, wieder einzupacken. Übrigens ist bei der Gepäcksbeförderung doch etwas passiert, was ich das letzte Mal zu schreiben vergaß. Nämlich alle Haken in meinem Schrankkoffer sind zerbrochen, weil er zu voll war (was ich immer gesagt habe, aber ...). Den Kleidern ist nichts passiert, aber ich muß mir alle hier frisch machen lassen, und da die Größe hier nicht gebräuchlich ist, ist es kompliziert. – Ich werde aber, wie unangenehm das auch sei, jedenfalls in kurzer Zeit ausziehen. – Was das Essen hier betrifft, nach dem Mama speziell gefragt hat, so kann ich nicht allzuviel erzählen. Frühstück hab ich schon geschildert. Mittag u. Abend sind wesentlich unregelmäßiger, das hängt davon ab, wann ich gerade Zeit habe. Wenn es geht, esse ich einen stärkeren Lunch und esse abends zuhause (Sardinen, Wurst, Käse, Obst etc.). Es ist übrigens unrichtig, daß man hier keine Salami bekommt. Man kann alles haben, wenn man sich ein bißchen auskennt. Nur ist es teuer (London ist die teuerste Stadt der Welt). (Allerdings trifft das hauptsächlich diejenigen, die keine Pfund haben. Wenn man Pfund verdient, ist es nicht so arg.) Oft aber habe ich Mittag keine Zeit, dann esse ich ein paar Sandwich und trinke eine Flasche Milch u. dgl. Und esse dafür abends warm. Meistens esse ich bei Lyon's, das ist die größte sozusagen Speisehaus-Gesellschaft, mit hunderten Filialen. In jeder nur etwas größeren Straße gibt es ein Lyon's. Man bekommt dort ziemlich billig kleinere einzelne Gerichte, mittags auch einen Lunch gewöhnlich um 1/3. Wenn ich Hunger, Zeit und Geld habe, esse ich einen solchen Special Lunch, der z. B. (heute) folgendermaßen war: Lentil soup (eine Art passierter Linsensuppe mit Paradeis). Meat Rolly Polly with new Potatoes and Cabbage (eine Art Fleischroulade mit Beilage). Ananas-Scheiben mit Schlagobers. Kaffee. Das Ganze ziemlich ausgiebig. Richtig gedinnert, nämlich vornehm, mit 5–8 Gängen, habe ich noch nie. – Verschiedene

Fish-Fillets, Steaks, Pies und Paties, Chops etc. (d. s. – ab Pies: Pasteten verschiedener Art und verschiedenes gebratenes Fleisch – es heißt auch noch roast, grilled usw.) habe ich schon gegessen. Nichts davon ist besonders schlecht, manche Sachen sehr gut. Ich bin also mit der englischen Küche soweit ganz zufrieden; natürlich mit der Einschränkung, daß ich nur Gasthausküche esse. M. z. B., die in ihrem Spital richtige englische Küche bekommt, ist ganz begeistert. Sie mag sogar die verschiedenen Puddings sehr gerne, für die ich mich allerdings nicht sehr erwärmt habe. Ich ziehe die zahlreichen Arten von Fruit-Salad etc. vor. Auf jeden Fall: verhungern kann man in London nicht. Außer den Lyon's gibt es noch eine zweite große Gasthausgesellschaft, die ABC. Aus Konkurrenzgründen gewöhnlich unmittelbar nebeneinander. Und sonst noch eine Unmenge von einzelnen Gasthäusern, Tea- und Coffee-Houses, Bars (amerikanische, die nichts mit dem Wiener Begriff von einer Bar zu tun haben, sondern die sich von anderen Restaurants und Kaffeehäusern dadurch unterscheiden, daß man auf Stockerln an der Budel sitzt und man daher keine Kellner braucht). Im großen Woolworth in der Oxford Street (d. i. etwa die Londoner Kärntner Straße) ist auch ein amerikanisches Restaurant, wo man entlang eines langen Ladentisches geht: Am Anfang nimmt man sich eine Tasse, dann der Reihe nach, was man gerade essen will. Suppe, warme u. kalte Speisen, Sweets, Salate, Kompotte etc. Mitten durch wirft einem jemand das Besteck darauf, am Ende wird es ganz eng, dort ist die Kassa, man kann also nicht durchbrennen, weil man nur in eine Richtung gehen kann. Dort esse ich auch öfters; es ist nahe vom Laboratorium, und da man sich selbst bedient, muß man nicht lange warten und kein Trinkgeld geben. –

Wegen der Sache meiner Schwester: Bis jetzt konnte ich noch nicht ins Bloomsbury House gehen. Man muß sich dort eventuell einige Stunden anstellen und es fällt gerade in meine Arbeitszeit. Ich werde mir aber irgendwie einen Vormittag frei

machen, möchte aber zu diesem Zwecke wissen, ob meine Schwester schon irgendeine Antwort hat und wenn, von wem unterschrieben. Vielleicht weiß sie, an wen Miss Houghton geschrieben hat. Wenn ich nämlich weiß, wer die Sache führt, kann ich mir telephonisch oder schriftlich ein appointment abmachen, sodaß ich nicht so lange warten muß. Ich bitte also um baldige Auskunft darüber. – Nebenbei bemerkt: das Bloomsbury House ist jetzt ein ganz großer Amtsbetrieb, in dem einige hundert Leute arbeiten. Weitaus größer als etwa Gildemeester. Deswegen sind die Dinge so kompliziert.
Was meine Berufsangelegenheiten betrifft, so bekomme ich tatsächlich 5 Pfund in der Woche. Das ist für mein Fach nicht einmal viel. Research worker haben hier 300–400 Pfund jährlich. Bei mir ist es nur dadurch erschwert, daß ich ja laut Visum keinen Posten annehmen darf, ich kann aber in einigen Monaten um Änderung des Permits (in ein richtiges Arbeitspermit) einreichen, was zweifellos bewilligt werden wird (schlimmstenfalls wird man ein oder zweimal abgewiesen). Die Arbeit, die ich zu machen habe, ist ganz interessant, einzig das englische Tempo stört mich. Es dauert 14 Tage, bis ich Pipetten bekomme, die ich bestellt habe, ein neuer Apparat: 3 Monate usw. Das Laboratorium selbst ist zwar ganz gut eingerichtet, aber derzeit viel zu klein. Es befindet sich in einem Haus, das Dr. W. gepachtet hat, im Keller. (Die Keller werden hier sehr vielfach benützt.) Jetzt wird aber auch ein größeres Zimmer oben eingerichtet. Ich habe sehr viel tierexperimentell zu arbeiten, was derzeit für mich nicht möglich ist, da ich noch keine Vivisektionslizenz habe. Das ist hier nämlich sehr streng. Eingereicht wurde schon, aber es dauert! Sonst ist es sehr angenehm, man trinkt ununterbrochen Tee, und die Leute reißen sich keine Haxen aus mit der Arbeit. Die Gesamtsituation ist etwa die folgende (man darf nie vergessen, daß die Verhältnisse bzgl. wissenschaftlicher Arbeit hier ganz andere sind als in Wien): Dr. W. ist schon lange Zeit in England und

hat hauptsächlich in Schottland gearbeitet. Er kennt sehr viele Ärzte, für die er Befunde macht und Hormonpräparate erzeugt. Davon erhält sich das Laboratorium in der Hauptsache. Außerdem hat er Verbindung mit einigen Firmen, die ein Interesse an der Produktion neuer pharmazeutischer Präparate haben. Diese Firmen finanzieren jeweils bestimmte Arbeiten, so z. B. meine. Meine Arbeit ist dabei das weitaus größte kommerzielle Unternehmen, das heißt, wenn etwas herauskommt, wird es vermutlich einen größeren Betrag einbringen, an dem ich natürlich auch irgendwie beteiligt bin. Diese finanzielle Situation ermöglicht eine ganz schöne wissenschaftliche Tätigkeit, wobei natürlich dieselben Budgetschwierigkeiten auftreten, wie ich sie ja schon von früher gewöhnt bin. Immerhin, für ein Privatunternehmen ist die Sache ganz großzügig. – Einen großen Teil meiner Zeit bringe ich derzeit auf wissenschaftlichen Bibliotheken zu. Jetzt vor allem in der ganz wunderschönen Library der Royal Society of Medicine. Es ist dies eine der größten medizinischen Bibliotheken der Welt. Sie ist nur Mitgliedern der R.S.M. zugängig (Gäste bekommen nur eine für 7mal giltige Guestcard), sodaß ich nach Möglichkeit Mitglied werden muß. Das kostet zwar 5 Pfund im Jahr, aber ich hoffe, daß die Firma das zahlt. (Zugesagt hat sie es.) Voraussetzung ist, daß ich aufgenommen werde. Im Lesesaal hat jeder einen eigenen Tisch für sich, mit Papier, Bleistiften, Federn usw. aufliegend, bei jedem Platz ist ein Lichtsignal für den Attendant (also den Saalaufseher). Die Kataloge und Bücher sind frei zugänglich, man nimmt sich, was man braucht und läßt es beim Fortgehen einfach am Tisch liegen. Bis zu 8 Bücher kann man gleichzeitig entlehnen. Soweit ich bis jetzt etwas gesucht habe, scheint alles da zu sein, angefangen von physikalisch-chemischen Zeitschriften bis zur Psychoanalyse, in sämtlichen Sprachen, inklusive russisch. In dieser Bibliothek ist es ein ausgesprochenes Vergnügen zu arbeiten.

Hiermit schließe ich die Schilderungen, da es schon wieder sehr spät ist und ich auch noch einiges fragen will. – Wie steht es mit der Einreichung um Ausreise? Und wie mit den finanziellen Angelegenheiten? Ferner habe ich schon einmal gefragt, ob es allgemeine neue Verordnungen gibt. Bitte sendet mir eventuell Zeitungen ein. Ich sehe hier derzeit keine deutschen Blätter und bin daher nicht ganz auf dem laufenden. Wie steht es mit Eurer Diät? Eßt Ihr Obst? Fleisch? Usw. – Ferner: Bitte grüßt alle Bekannten von mir. – (T. dürften schon fort sein, wenn der Brief ankommt? Ich bin schon gespannt, ob ich von ihnen höre!) – Außerdem soll die Kinderfrau den Hunden von mir Grüße ausrichten. – Und jetzt:
Herzliche Grüße an alle
Euer Sohn

PS: Wenn ich in der Sache meiner Schwester etwas erfahre, schreibe ich natürlich sofort. Das Wetter ist hier jetzt schlechter, nach der Hitzewelle kam ein Regen und ein Temperatursturz. Jetzt hat es nur ca. 48 Grad F (ca. 9 Grad C).

PS 2: Schreibt nicht Luftpost. Es hat keinen Sinn, da die Briefe England–Kontinent u. umgekehrt auf jeden Fall nach Möglichkeit Air Mail gehen.

Wie wichtig das Essen in dieser Familie doch immer war, denkt Elsa. Sie hat soeben zu Abend gegessen, sehr sparsam, weil sie – so wie ihre Mutter, wie auch der Vater, bevor er erkrankte – stets mit ihrem Gewicht unzufrieden ist, sich nicht abfinden kann damit, dass ihr Körper sich ihrem Alter entsprechend verändert hat und es ihr nicht mehr gestattet, sich so schlank zu fühlen, wie sie sich als junges Mädchen gefühlt hat.

Ihr Vater hat immer gern gegessen, das weiß Elsa. Und ihre Mutter ist berühmt für ihre gute Küche.

Kalt und dunkel sieht der Bahnhof aus, mitten im Winter, zu Weihnachten. Elsas Mutter konnte als Erste der drei Schwestern nach England entkommen. Als Dienstbotin, denn anders hätte die Insel, die so großzügig zu sein schien, sie nicht aufgenommen. Kalt und dunkel ist der riesige Victoria-Bahnhof an jenem Winterabend, an dem Elsas Mutter, 22 Jahre jung, und ihre Freundin aus Brüssel ankommen. Wohin jetzt? Ein Jewish Shelter werde sie aufnehmen, hat man ihnen gesagt. Eine Herberge für Flüchtlinge also. Eine schreckliche Unterkunft, sagt Elsas Mutter. Aber jene M., die der Vater verlassen hat, jene M. – so schrieb der Vater doch – sei so zufrieden gewesen in der Herberge, in der sie die ersten Tage ihres Londoner Lebens verbracht hatte? Das wisse sie nicht, sagt Elsas Mutter etwas spitz. Da, wo sie gelandet sei, an ihrem ersten Abend auf der rettenden Insel, sei es schrecklich gewesen. Ein Freund habe sie und ihre Begleiterin gerettet, habe sie mit in sein Zimmerchen genommen, ihnen einen Diwan als Schlafstelle geboten und sie, Elsas Mutter, am nächsten Tag mitten in der Stadt ausgesetzt, am Piccadilly Circus.

Elsa erinnert sich an eine Londonreise, als sie jenen Platz sah und dachte, wie undurchschaubar er doch wirke, wie groß und überwältigend. Nun gut, es gab damals weniger Autos, aber doch nicht weniger Menschen auf diesem Platz im Zentrum jener unbekannten Stadt. Ein Bobby, so erzählt Elsas Mutter – einer jener englischen Polizisten, über die sich auch Elsas Vater in seinen Briefen so lobend geäußert hat –, ein großer dicker Mann mit dem unvermeidlichen Helm auf dem Kopf, habe sie, die kleine Ausländerin mit den spärlichen Englischkenntnissen, an der Hand genommen und zu jenem Haus geführt, in dem ein Freund ihres Onkels sie erwartet habe. Sehr klein und einsam und verlassen sei sie sich vorgekommen, erzählt Elsas Mutter. Und sehr hungrig sei sie gewesen.

Der Freund des Onkels aber habe ihr nicht einmal ein Glas Wasser angeboten. Er habe sie zu einem anderen Bahnhof gebracht, in einen Zug gesetzt und ihr eingeschärft, an welcher Station im ihr ganz und gar unbekannten Cornwall sie von ihren künftigen Dienstherren erwartet würde. Im Zug, so erzählt Elsas Mutter auch, sei ein Mann in ihrem Abteil gesessen, der nach der Abfahrt belegte Brote und eine Thermoskanne mit Tee ausgepackt habe. Und sie, die junge, unglückliche und eben auch sehr hungrige kleine Österreicherin habe ihm neidvoll zugesehen. Und da, so erzählt Elsas Mutter und auch nach mehr als fünfzig Jahren ist sie immer noch verwundert über das, was ihr in jenem Zug widerfahren ist und vielleicht auch den Grundstein zu ihrer großen Liebe für die rettende Insel gelegt haben mag, habe dieser Mann ihr plötzlich all seine belegten Brote und die Thermoskanne in die Hand gedrückt und danach das Zugabteil verlassen, damit sie ungehindert ihren Hunger stillen möge.

Ob auch deshalb das Essen so eine große Rolle spielte im Leben der Familie, fragt sich Elsa und erinnert sich an eine weitere Familienlegende, die ihr immer ein bisschen übertrieben erschienen ist. Die Legende von ihrer Mutter nämlich, die durchaus nicht imstande gewesen sei zu kochen. Die ihre spätere weitbekannte Meisterschaft in der Zubereitung von Nahrungsmitteln einerseits ihrer ersten Dienstherrschaft, zum größeren Teil aber der Kunst von Elsas Vater verdankte. Der, so erzählte Elsas Mutter gern und stets mit einem Lachen im Gesicht, habe ihr erst das Kochen nahe- und auch beigebracht. Vielleicht aber hat es auch mit der Kindheitsarmut der Mutter zu tun. Und mit dem Trostbedürfnis, das in den Jahren des Exils wohl außerordentlich groß gewesen sein muss und nach der Rückkehr, als feststand, dass die tröstenden Eltern nie mehr zurückkehren würden, nicht ganz schwinden wollte. Wann immer von Familienfesten und Zusammenkünften die Rede war, wurde die Frage des Essens in den Vordergrund gestellt. Und Elsas Schwester hat diese Tradition bewahrt, hat sich zu einer ebenso ausgezeichneten Köchin herangebildet wie die Mutter. Nur Elsa hat diesen Weg nie gefunden, kocht nur, wenn sie gar keine andere Wahl hat, und ist froh Kinder zu haben, die – was die Nahrungsaufnahme betrifft – doch sehr genügsam sind und nicht danach drängen, eine prächtige Köchin zur Mutter haben zu wollen.

Ach das Essen, denkt Elsa in ihrem Hotelbett, in dem sie, weil sie eben wieder einmal der festen Überzeugung ist, ihr Gewicht verringern zu müssen, mit leicht knurrendem Magen liegt. Aber, denkt Elsa auch und schämt sich, weil sie dem Essen gar so viel Zeit und so viele Gedanken widmet, wie wichtig muss das Essen erst für jene sein, die herumirren, kleine Kinder an der Hand, die hungrig sind?

4

WARUM tut denn niemand etwas, warum wirft nicht irgendjemand Bomben auf die Mörder?

Elsa stapft wütend und in gegen ihre Gewohnheit kriegerischer Stimmung durch den Wald. Wieder hat sie das Radio geweckt, mit Schüssen und Schrecken, mit den Nachrichten von hilflosen Beobachtern und Verhandlern, die das Schlimmste wieder einmal gerade noch verhindern konnten. Und Elsa fragt sich, während sie, die solche Angst vor Tod und Elend hat und schon erschrickt, wenn neben ihr fremde Menschen lautstark einen Streit austragen, allein durch den Winterwald rennt, warum alle Welt zusieht. So lange schon. Dort, in jenem kleinen, fernen Stückchen Erde, das sie nicht kennt, seien sich die Menschen, die zufällig in verschiedenen ethnischen Familien geboren wurden, schon seit Jahren fremd. Sprächen schon seit Jahren keine gemeinsame Sprache mehr. Und lebten bisher doch nebeneinander, ein Haus so, das andere so – und dazwischen eine Welt. Wie kann man so leben? Warum lassen sich Menschen derart gegeneinander aufhetzen? Und während ihres rasenden Spaziergangs, den ihr der Arzt verordnet hat, den sie also Tag für Tag zähneknirschend hinter sich bringt, wundert sie sich darüber, dass sie sich derlei Fragen immer noch stellt. Als ob sie es nicht längst wüsste, als ob sie nicht längst begriffen hätte, dass es bisher noch niemandem gelungen ist, darauf eine Antwort zu finden.

Wien, den 17. Juni 1939

Lieber Sohn!
Deinen Brief vom 13. d. M. habe ich bereits vorgestern mit der Abendpost erhalten. Ich wollte ihn nicht gleich beantwor-

ten, da ich von Deinem Bruder eine Nachricht, die fällig gewesen wäre, erwartete, sie blieb leider aus. Auch heute, Samstag, ist nichts gekommen. Ich muß eben Geduld haben. Aber immerhin, über die Kautionsfrage weiß ich noch immer nicht Bescheid. Zu meiner Erleichterung erhielt ich gestern die rechtskräftige Mitteilung, daß wir nicht reichsfluchtsteuerpflichtig sind. Für die Prinz-Eugen-Straße habe ich jetzt alles in Ordnung, und so werde ich am Montag, den 19., bei Gildemeester einreichen. Übrigens scheint jetzt ein neuer Auswanderungsrummel zu sein, denn am Rathaus waren hunderte von Menschen wegen der Bescheinigung angestellt und man mußte infolgedessen stundenlang warten. – Deine Schwester sandte gestern legalisierte Photokopien ihrer letzten Schulzeugnisse (7. Klasse und Semesterzeugnis der 8. Klasse) und die Fragebogen an das Nurse Departement. Die Sekretärin heißt Frey. Diese Einsendung wurde von ihr auf ihren letzten Brief hin, den sie im Einvernehmen mit Miss Houghton geschrieben hatte, verlangt. Daß die Miss ihretwegen geschrieben habe, wurde ihr brieflich bestätigt. Es ist selbstverständlich, daß Du nur dann intervenieren sollst, wenn Dir selbst keine Unannehmlichkeiten daraus erwachsen. Freilich verspreche ich mir von einer persönlichen Intervention mehr als von allen Briefen. Es wäre doch zu schade, wenn sie wirklich in den ersten Jahrgang eintreten müßte. Ich habe den Eindruck, daß die Angelegenheit in London ganz schematisch und nicht persönlich geführt wird. Mag sein, daß es nicht anders möglich ist. – Wir haben von der Creditanstalt den uns bewilligten Betrag behoben. Wir können außerdem noch monatlich RM 500,– und alle Steuerzahlungen, auch die Gemeindeabgaben, beanspruchen. Das wäre ja ganz gut, wenn nur die Haussache schon erledigt wäre, denn unser Konto bei der Creditanstalt beträgt nur mehr RM 2862,–. Das Geld, was ich behob, habe ich bereits verbraucht, d. h. für Mama und mich. Die von Deinem Bruder für mich angegebene Wäsche und die

Kleider werden aber etwas über RM 1000,– kosten. Ich bin äußerst besorgt, daß uns der Geldmangel hindern wird, rechtzeitig auszureisen, und das wieder dazu beitragen wird, daß wir das, was für Anschaffungen da sein sollte, werden aufessen müssen. – Wenn ich in meinem Brief vom 27. Mai schrieb, daß vieles für mich noch schlechter geworden ist, so meinte ich meine Diät. Ich durfte nicht einmal Kartoffeln essen, kaum Rindfleisch, sogar Obst war mir verboten. Aber jetzt geht's mir schon besser. Ganz erträglich. Freilich verlangt meine Diät besondere materielle Aufwendungen, die in unseren Verhältnissen kaum noch zu ertragen sind. – Wenn es Dir recht ist, werde ich Dir das Neue Wiener Tagblatt für den Monat Juli abonnieren, es ist nicht teuer. – Gestern Nachmittag war wieder eine Zusammenkunft bei Dr. E. wegen Deiner Großmutter, doch war es nichts Besonderes. Es handelte sich um die üblichen Erbformalitäten. – Die beiden T. sind am 14. nach Zug in der Schweiz geflogen. Sie bleiben dort eine Woche. Ich habe heute von ihnen eine sehr ausführliche Karte erhalten. Sie sind von der ihnen gegebenen Gastfreundschaft ganz gerührt. Sie werden Dich selbstverständlich von ihrer Ankunft in London verständigen. – Ich lege Mamas und meine Paßphotographien bei und eine Ansicht des Hauses straßenseitig. Dein Brief, soweit er Deine Schilderungen betrifft, Dein Leben und Deine Aussichten, freut uns alle in einem Maße, wie ich es kaum auszudrücken imstande bin. Es ist mehr, als ich mir erwartete, und gewährt mir in meinem nicht sehr erfreulichen Dasein jene Genugtuung, die man nun einmal braucht, um sich nicht ganz ins Hoffnungslose zu verlieren. Wenn ich nur schon von der Sorge Deiner Schwester wegen befreit wäre. Es ist mir ein unbehagliches Gefühl, annehmen zu sollen, daß wir früher als Deine Schwester von hier werden weg müssen. Vom Persönlichen abgesehen, ist Dein Brief auch sachlich interessant. Ich sehe jetzt, wie kleinstädtisch im Grunde genommen wir hier sind. Unbehaglich

fand ich Deine Schilderung der Arbeit in den Kellerräumen. Das heißt doch, daß Du den ganzen Tag bei künstlichem Licht arbeiten mußt. Ich stelle mir vor, daß Du dann in diesen Sommertagen und bei der Sommerzeit das Bedürfnis haben mußt, den Abend möglichst im Freien zu genießen. Ist das aber möglich? Wie aber wird das dann im Winter sein? Da muß man auf Tageslicht wohl verzichten? – Ja. Fast hätte ich vergessen! Ich ließ Deine Geige von dem mir von T. angegebenen Schätzmeister schätzen. Das Schätzungsgutachten lautet: 1 Schülerübungsgeige mit Kasten ca. 30 Jahre im Übungsgebrauch. Schätzwert: RM 15,– Deine Schwester wird Dir die Geige nach London mitnehmen. Was ja geht, da ich ja Deine Steuerunbedenklichkeit habe. Allerdings müßte Deine Schwester spätestens am 12. August gereist sein. Wir werden ja sehen. Schlimmstenfalls sende ich Dir die Geige per Post. – Ich erzähle noch, daß ich bei der Devisenstelle zwecks Ankauf einer Schreibmaschine eingereicht habe. Mir ist ja bereits mündlich zugesagt worden, daß ich die Erlaubnis dann erhalte, wenn ich den Nachweis erbringe, daß ich die Maschine aus beruflichen Gründen brauche. Diesen Nachweis habe ich erbracht. – Auch bei uns war ein empfindlicher Wettersturz mit furchtbaren Regengüssen, jetzt ist es zwar wärmer geworden, aber noch immer nicht schön. Es scheint eine neue Verschlechterung bevorzustehen.
Wir grüßen Dich alle aufs allerherzlichste
Papa

Was für ein Bürokrat er doch war, dieser Großvater, denkt Elsa, die an diesem Tag ihre schlechte Laune nicht einmal angesichts der Briefe jenes Unbekannten ablegen kann. Wie konnte er – der jüdische Schriftsteller, dessen Bücher schon auf dem Scheiterhaufen der Barbaren gelandet waren – glauben, sie würden es ihm gestatten, sich jenes Instrument zu beschaffen, das er braucht, um zu schreiben? Und Elsa erinnert sich an Erzählungen aus einer Zeit nach den Barbaren, aber doch mitten in der Kälte, als man in einem jener Länder, wo andere Barbaren herrschten, jede Schreibmaschine registrieren lassen musste – damit auch keiner auf den Gedanken kommen möge, er dürfe frei denken und dieses freie Denken zu Papier zu bringen.

Und ihr Großvater macht sich Gedanken um Schreibmaschinen und Wäsche. Und nicht um das Leben. Um das eigene und das seiner Angehörigen. Nein, Elsa kann es nicht glauben, dass es ihn ernsthaft sorgte, dass der Sohn seine Geige nicht ins Exil mitgenommen hatte. Wo er zur gleichen Zeit nicht sicher sein konnte, ob seine Tochter, der man am Beginn ihres letzten Schuljahres den Schulbesuch nicht mehr gestattete, aus dem für sie so gefährlich gewordenen Land rechtzeitig entkommen würde.

Halt, denkt Elsa. Halt. Wie dumm, ungeduldig, wenig nachdenklich bist du? Hättest du denn damals anders gehandelt? Was weißt du denn schon davon, wie sie damals lebten, als alles rund um sie zusammenbrach? Ob sie denn wirklich ahnten, was ihnen drohte? Wahrscheinlich nicht, muss sich Elsa selbst zur Ordnung rufen, denn hätte der Großvater geahnt, was drohte, hätte er wohl auf Wäsche und Geige verzichtet und versucht mit der Tochter zu entkommen. Aber keiner konnte eben – auch mit der dunkelsten Fantasie ausgestattet – wirklich vorausahnen, was da geplant wurde, in luxuriösen Villen an schönen Seen. Und wie leben die, denen man jetzt ihr Land als solches streitig macht?

Plötzlich fühlt sich die kämpferische Elsa sehr klein. Und sehr ängstlich und denkt, dass sie einfach nicht in einer Welt leben will, in der alle bei Mord und Vertreibung zusehen. Wie kindisch, als ob zählte, was sie sich hier in ihrem idyllischen Kurort, wo sich alle um ihr Wohlbefinden bemühen, wünscht.

Die ihr angesichts des Ausmaßes der Katastrophe, auf die

ihre Großeltern da zusteuerten, so klein erscheinenden Sorgen des Geldes wegen – waren die wirklich so klein?

Elsa begibt sich, wie vorgeschrieben, zur Unterwassergymnastik. Turnt gemeinsam mit anderen, die ebenso unbeweglich wie sie selbst zwischen den hohen Metallstangen im lauwarmen Wasser hängen, und fühlt sich ziemlich seltsam bei ihren Verrenkungen. Fragt sich, was sie hier eigentlich tut.

Während sie in ihrem komfortablen Hotelzimmer Badeanzug und Bademantel anlegte, hatte sie es im Radio gehört. Jene Beobachter, die bisher das Schlimmste verhindert haben, in dem fernen Stückchen Erde, das sie bis vor kurzem nicht einmal auf der Landkarte hätte finden können, jene letzten, schwachen Helfer in der Not ziehen ab. Werden abgezogen, so heißt es im Radio, und Elsa findet diese Ausdrucksweise kalt.

Und was geschieht mit den Menschen, die die Anwesenheit der nun Abbeorderten schützen sollte? Elsa fröstelt im lauwarmen Wasser des Gymnastikbeckens und sie muss an den Großvater mit seinen Sorgen um Wäsche und Tropenausrüstung denken.

London 19.6.39

Meine Lieben,
ich habe soeben Euren Brief erhalten. Ich bin froh, daß die Geldsachen wenigstens soweit in Ordnung sind. Von den drei Bildern finde ich das Haus gut getroffen, die anderen weniger. – Hauptzweck der Karte ist folgendes: Ich brauche für meine Schwester, wie ich soeben erfahren habe, dringend: 1. Genaue Daten über ihren bisherigen Briefwechsel (wann hat sie den ersten Brief bekommen und von wem, wann geantwortet usw.), 2. und vor allem unbedingt: ihre Aktennummer. Diese muß aus dem Brief von Miss Frey zu entnehmen sein, wahrscheinlich ist direkt angegeben, daß man sie bei Anfragen an-

geben soll. Falls Ihr Euch nicht auskennt, schickt mir eventuell die ganze Korrespondenz, vor allem aber den Brief von Miss Frey. Der Betrieb in Bloomsbury House ist so groß, daß man ohne Angabe der Aktennummer nichts erreicht. Bitte antwortet sofort.
Herzliche Grüße
Euer Sohn

Ach, wie sie hin und herschreiben, sich allen bürokratischen Anordnungen anpassen und diese nie in Frage stellen. Und wie die Zeit davonläuft und keiner davon spricht. Und irgendwie spukt in ihrem Kopf dieser Satz »Ordnung muss sein« herum, wenn sie sich jenen riesenhaften Betrieb, jenes Bloomsbury House, vorstellt, in dem über das Schicksal ihrer Tante entschieden wurde, weit weg und wohl ohne viel Vorstellung davon, was die Barbaren sich zu tun anschickten. Während ihnen allen bereits die Zeit davonlief, ahnten die, denen die Barbaren ans Leben wollten, es nicht, und schienen auch jene, die helfen konnten, es nicht wissen zu wollen.

Die Zeit, die jenen in dem kleinen, fernen Stückchen Erde jetzt auch davonläuft.

Elsa liegt auf ihrem Bett und hat Angst. Angst um ihre Kinder. Und denkt, dass sie jetzt eigentlich nicht so weit weg sein sollte von ihnen, die ihr das Wichtigste und Wertvollste auf der Welt sind und für die sie – so scheint es ihr oft, vielleicht allzu oft – viel zu wenig tut. Manchmal denkt Elsa, dass andere Kinder unter ganz anderen Bedingungen ganz gut zurechtkommen – und tröstet sich damit. Manchmal aber meint sie vollständig als Mutter zu versagen. Die Kinder einfach heranwachsen zu lassen. Zu mehr, so denkt Elsa oft, reicht es nicht. Sind sie denn aber gerüstet für diese Welt, in der immer neue Kriege, neue Katastrophen drohen? Elsa selbst fühlt sich überhaupt nicht imstande, damit zu leben. Und die Kinder? Soll ihr nachdenklicher, feinfühliger, schüchterner Sohn in einen Krieg ziehen? Soll ihre muntere, kluge, freundliche Tochter sich vor einer Soldateska retten müssen?

Unsinn, sagt Elsas Freundin am Telefon. Was reimst du dir da zusammen? Dein Sohn, deine Tochter, sind sicher, mach dir keine falschen Gedanken.

Wien, den 20. Juni 1939

Lieber Sohn!
Überraschenderweise habe ich Deine Karte von gestern bereits heute mit der Abendpost erhalten. Um nur keine Zeit zu verlieren, antworte ich sofort. Ich lege Dir die vier Briefe bei, die Deine Schwester im Verlauf der Zeit erhalten hat. Da Du ihre Antworten bis auf die letzte ohnehin kennst, ist es so am einfachsten. Hoffentlich kannst Du etwas für sie durchsetzen. Ich warte auf die richtige Beantwortung meines letzten Briefes vom 17., der ja manches enthält, das zu beantworten wäre. Mittlerweile dürftest Du die Drucksachen (Zeitungsausschnitte) erhalten haben. Ich werde Dir das »N. Wr. T.« für Juli nächste Woche abonnieren. – Da ich mittlerweile die Möbel habe schätzen lassen, so waren heute die Eltern und die Frau des Hauskäufers hier, die das meiste, das die Kinderfrau sich nicht nehmen will, kaufen werden, wahrscheinlich auch darunter das Altwiener Zimmer Deiner Schwägerin. Die Kinderfrau hat doch vor, sich eine größere Wohnung zu mieten. Die Mutter Deines Cousins wird wahrscheinlich das Haus Ecke Weimarer Straße und Währinger Straße kaufen. Es ist dies das Haus, an dessen Ecke früher eine Bankfiliale war und jetzt eine Weinhalle ist. In diesem Haus ist eine Wohnung frei, die sie übernehmen will und der Kinderfrau überlassen. Allerdings lauter Zukunftsmusik. – Von der Hamburger Tropenfirma verlangte ich einen Kostenvoranschlag. Diese wollen Zahlung per Nachname, was ich schwer erfüllen könnte, wenigstens augenblicklich. Doch hoffe ich, daß die Sache mit unserem Hause, wie ich heute erfuhr, jetzt rasch gehen wird.

Bei der Vermögensverkehrsstelle soll die Angelegenheit bereits erledigt sein. Die 2. Amtliche Schätzung ergab einen Wert von RM 29.160,– (!). Der Vater des Hauskäufers sagte mir zuverlässig zu, daß die Auszahlung in kürzester Zeit zu meiner Zufriedenheit geregelt sein wird. Hoffentlich! In Hamburg aber sind sie nicht einmal sicher, ob sie die Tropenkoffer werden liefern können. Nicht liefern können sie den sac impermit. Den Blechhutkoffer und die Badewanne, wie sie Dein Bruder beschrieben hat. Ich habe heute an eine andere Firma geschrieben, aber es verrinnt die Zeit. – Gestern war ich bei Gildemeester. Der Andrang ist so groß, daß sie schon beim Tor Nummern ausgeben, die man beim Verlassen wieder abgeben muß. Doch dank einem Trinkgeld und einem Beamten, den ich durch T. kennengelernt hatte, war ich schon nach einer Stunde abgefertigt. – Allerdings blüht mir morgen die Prinz-Eugen-Straße, ich soll schon um sieben Uhr früh dort sein. Auf meinem versiegelten Cuvert habe ich die Nummer 6 – ich lasse die Steherei gerne über mich ergehen. Ich habe jetzt nur mehr den beinahe schon krankhaften Wunsch, sobald wie möglich fort von hier. Ja, richtig. Ich wurde für den Paß mit RM 20,– Mama mit RM 1650,– bemessen. Es trifft uns natürlich schwer, besonders, wenn ich daran denke, daß meine Schwester mit diesem Gelde ein Jahr hätte hier leben können. Neu ist auch, daß man für die Gemeindesteuern-Unbedenklichkeit auch den Nachweis über bezahlte Bürgersteuer erbringen muß. Das kostete mich 2 Vormittage, da wir nicht bemessen waren. Überdies erfolgte die neue Bemessung sichtlich falsch, nach dem Jahr 1936 und nicht nach 1937. Aber ich sagte nichts und zahlte. Der Betrag war erträglich. Daß ich zuwenig herumlaufe und zuwenig stehe und zuwenig Geld verfahre, könnte ich gerade nicht behaupten. Hoffentlich habe ich das Ganze bald überstanden. Sehr schwer ist auch das Beschaffen der notwendigen Kleiderstoffe. Ich bin beim Schneider Deines Bruders. Er war nicht imstande, Palm-

beachstoff Khaki zu verschaffen, nicht einmal Stoff für weiße Hosen! Wir sind eben mit allem zu spät daran. – Sonst finde ich die Verhältnisse reichlich unbehaglich. Ich mache mir Sorgen, was werden wird. Aber ich denke, hat es solange ausgehalten, wird es noch eine Zeitlang aushalten.
Sei von uns allen herzlich gegrüßt,
Papa

P. S: Ich würde Dir gerne Antwortscheine beilegen, aber nicht einmal in der Stadt sind augenblicklich welche zu bekommen.

Nein, der Großvater war nicht blind und nicht taub, denkt Elsa. Und auch nicht mutig und energisch. Halb gelähmt vor Angst und Ungewissheit, so scheint er ihr mit all seinen Sorgen. Und doch hatte er wenigstens noch etwas zu verkaufen. Dieses Haus, in dem ihr Vater geboren war. Musste es verkaufen, nicht nur des Geldes wegen, sondern … Elsa stockt. Ihr Vater hat jahrelang daran festgehalten, dass von Rasse keine Rede sein könne. Er sei Österreicher, Kommunist, vor allem aber Atheist und daher kein Angehöriger jener Glaubensgemeinschaft, die insgesamt zum Paria gemacht wurde. Und doch. Elsa hat lange gebraucht, bis sie sich selbst auch offiziell dieser Gemeinschaft angeschlossen hat, weil sie lange nicht akzeptieren wollte, dass sie ihr angehört, ob Atheistin oder nicht. Der Vater aber wollte dies nie zugeben, nannte sie eine Rassistin ob ihrer Feststellung, dass sie nun einmal in diese Gemeinschaft hineingeboren sei, so wie auch er und sein großdeutscher Vater, der es ebenfalls nie wahrhaben wollte und doch daran zugrunde ging.

Wie seltsam gleichmütig, normal fast, die Vertreibung ihrer Großeltern vor sich gegangen ist. Da war sogar einer, der ihr Haus tatsächlich kaufte und nicht eines Tages einfach da stand und sagte, hinaus mit euch, hier wohne jetzt ich. Ob dieser Mann das Haus wirklich zu seinem Wert gekauft hat, damals in jenem furchtbaren Jahr? Wohl kaum, angesichts des Rufzeichens, das der Großvater in seinem Brief hinter den Preis gesetzt hat. Eine Otto-Wagner-Villa, die sich die Großeltern vor allem dank des Wohlstands der großmütterlichen Verwandtschaft hatten leisten können. Elsa kennt das Haus nur von außen. Sie ist mit der Mutter einmal daran vorbeispaziert. Im väterlichen Schreibtisch hat Elsas Mutter auch Dokumente des Hauskäufers gefunden. Es erschien Elsa seltsam, bis sie sie durchgesehen hatte. Hals über Kopf muss der Hauskäufer nach dem Ende jener Barbarei wohl seinen billig erworbenen Besitz verlassen haben. Denn er, der immerhin Geld bot für den Besitzwechsel, der anderswo viel brutaler vor sich ging, war einer der Barbaren gewesen, ein sehr hoch stehender im Übrigen, der lange vor der Übernahme der Macht durch seine Freunde schon zu ihnen gehörte. Ein Barbar, der einem Paria Geld für ein Haus zahlte, das er unbedingt besitzen wollte.

24. Juni 1939

Meine Lieben,
den Brief vom 20. habe ich leider erst gestern mit der letzten Post erhalten. Daher kann ich erst am Montag in das Bloomsbury House gehen, da sie Samstag und Sonntag nicht amtieren. Aus den Briefen ist die Aktennummer zwar nicht zu entnehmen, aber ich hoffe, daß sie genügen werden, um die Angelegenheit zu beschleunigen. – Die Drucksachen habe ich erhalten. Die Namensverordnung ist ja nichts Neues. Wie ist es aber mit der anderen Sache? Ist etwas bekannt, daß es und wie es gehandhabt wird? Betrifft es Euch unmittelbar? – Apropos: bitte abonniert mir n i c h t *das Tagblatt; erstens ist es schade ums Geld, zweitens weiß ich nicht sicher, ob ich es auch immer bekommen würde, drittens liegen im hiesigen österreichischen Klub auch einige Zeitungen auf. – Ich bin froh, daß die Geldsache soweit in Ordnung ist, wie sie ist. Be-*

sonders auch wegen der Reichsfluchtsteuer. Ich glaube, daß durch ihren Wegfall auch die ganze Ausreise-Einreichung viel schneller gehen wird. Habt Ihr übrigens von meinem Bruder schon Nachricht? – Wie war es auf der Prinz-Eugen-Straße? Muß man sich tatsächlich so früh anstellen? Meistens ist es besser, später zu kommen. Ich hoffe, daß dies jetzt schon ganz erledigt ist. Das Abholen ist ja im allgemeinen keine Affaire. Wie steht es mit Euren Französisch-Kenntnissen? Welcher Ansicht ist mein Bruder bezüglich der Reiseroute? Falls Ihr über Brüssel fahren solltet, so könnte ich Euch möglicherweise dort besuchen. (Die Fahrt hin und zurück ist nicht sehr teuer, ich weiß nur nicht, ob ich von hier aus die Bewilligung zu so einer Reise bekommen würde, glaube aber schon.) – Die Mitteilungen über Papas Diät und über die Einkäufe haben mich sehr interessiert; bitte teilt mir solche Dinge auf jeden Fall von Zeit zu Zeit mit. Auch für gelegentliche Briefe wie den letzten um 5 pf bin ich sehr dankbar; sie genügen vollständig. – Das Wetter ist hier jetzt dauernd trüb und reichlich kühl; alle Leute sind verkühlt, ich merkwürdigerweise nicht (unberufen!). Das gesamteuropäische Klima gefällt mir auch nicht, obwohl man hier komischerweise an eine Besserung oder zumindest keine Verschlechterung glaubt. Die Engländer scheinen im großen ganzen auf ihren Augen zu sitzen. – Ich glaube aber selbst, daß das Wetter noch so lange aushalten wird, daß Ihr wegfahren könnt; und bezüglich lokaler Störungen hoffe ich dasselbe wie Ihr.

Bezüglich verschiedener Anfragen aus den letzten 2 Briefen: das Arbeiten im Keller ist zweifellos nicht besonders angenehm. Das Bedürfnis nach frischer Luft am Abend läßt sich insofern leicht stillen, als das Laboratorium nur etwa 5 Minuten vom Hyde Park entfernt ist. Überhaupt hat man in London dank der Unzahl wunderschöner Parks trotz der ungeheuren Ausdehnung der Stadt nicht das Gefühl, in einem Häusermeer begraben zu sein. Auch ist der Großteil der Straßen sehr breit, sodaß man genug Licht und Luft hat. Allerdings ist es furchtbar rußig, und in jedem Haus gibt es Mäuse. Daher gibt es auch eine Unmenge von Katzen, in jedem Haus mindestens 2. Um auf das Laboratorium zurückzukommen: Ich glaube, ich habe schon geschrieben, daß ich mir ein ganz neues Laboratorium einrichte, das im dritten Stock desselben Hauses sein wird, also reichlich Licht und Luft hat. Es ist ein großer Raum mit 3 Fenstern; ich bin augenblicklich mit der Einrichtung der Arbeitstische usw. beschäftigt, ich muß mir alles Inventar, inklusive Sessel, Stockerl, Handtuchständer usw. bestellen. Dabei lerne ich wenigstens etwas Englisch. Letzthin habe ich volle 3 Stunden mit dem Vertreter unserer Glasfirma verhandelt, da ein neues Laboratoriumsinventar natürlich ziemlich umfangreich ist. Die Verhandlungen wurden von meinen englischen Laboranten und einer Unmenge Papier unterstützt. Ich mußte nämlich die meisten Sachen aufzeichnen, da ich ihre englischen Namen nicht kannte; oder wenn ich glaubte, sie zu kennen, so konnte mich der arme Mann nicht verstehen: Die Namen kommen sehr oft aus dem Lateinischen und werden ganz unmöglich ausgesprochen. Eine ungeheure Erschwerung ist das geradezu blödsinnige Maß-System. In wissenschaftlichen Arbeiten wird hier zwar schon in g, cm und Celsius-Graden gerechnet. Die Glas-Sachen sind daher schon zum größten Teil in ccm geeicht. Aber plötzlich kommt er mir dann mit Flaschen, die in ounzes angegeben sind, oder mit Durchmessern in inches. Ich muß natürlich alles erst in g und cm umrechnen, da ich sonst gar keine Vorstellung von der wirklichen Größe habe. Ich und der Vertreter haben geschwitzt, meine Laboranten aber haben sich dabei königlich unterhalten. Jedenfalls wird das Laboratorium sehr schön, nur fürchte ich, daß es noch 4 Wochen dauern wird, bis ich es benützen kann. Bis dahin bin ich zwar im Keller, aber da das Office im 1. Stock ist, bin ich auch nicht dauernd unter der Erde. Außerdem gehe ich ja meistens zwischendurch Mittag essen. – Bezüglich nachzusendender Sachen: Die Schätzung der

Geige ist so sehr gut. Meine Schwester könnte sie mitnehmen, wann immer sie fährt, sie kann sie doch ruhig als ihr Eigentum deklarieren. Man wird sie bestimmt nicht auffordern, zu spielen. Nur ist freilich der Transport der Geige eine ziemliche Belastung. Doch würde ich es einer Sendung per Post durchaus vorziehen, da sonst die Gefahr einer Beschädigung besteht. Es wäre sehr gut, wenn man auf jeden Fall einen neuen Kasten (nicht Holz, sondern die üblichen flachen Kasten) kaufen könnte. – Die Kofferhaken (ich glaube, Hacken sind zum Bäumefällen, oder schreibt man diese Haken auch mit ck?) muß ich mir selbst besorgen, da ich sie schon zum Übersiedeln brauche. Die Steppdecke werde ich hier sehr gut brauchen können, ich werde Euch bitten, sie mir zu senden, sobald ich umgezogen bin. (Ich schreibe noch deswegen.) Hingegen könntet Ihr mir gelegentlich mein Holz- und mein Schlauchstethoskop schicken. Das gibt ja nur ein ganz kleines Packerl. – Das Wäsche- und Strümpfe-Stopfen hat mir bisher noch keine Sorgen gemacht; ein paar Kleinigkeiten habe ich mir selbst gerichtet, und sonst habe ich noch nichts gehabt, ich bin ja noch nicht so lange weg. – Ich habe hier schon herdenweise Bekannte getroffen.

M. arbeitet fest in ihrem Spital, sie hat schon ein paar Krachs gehabt, ist aber im übrigen sehr angesehen, weil sie ja sehr geschickt ist. Ich fahre sie öfters abends besuchen, da sie von 1/2 9–1/2 11 h Ausgang hat. Es ist von mir nicht so schrecklich weit, etwa 1/2 h. Montag hat sie day off, da kommt sie in die Stadt. Den Sonntag nachmittag kann sie jetzt auch ab 6 h weg. Sie ist also nicht gar so arg eingesperrt. Sie läßt übrigens alle herzlichst grüßen.

Hiermit schließe ich für heute und grüße alle herzlichst
Euer Sohn

PS: Von den T. habe ich noch nichts gehört.

So vieles aus den Briefen zu erfahren und doch nichts tun zu können für die daheim – wie furchtbar hilflos sich ihr Vater gefühlt haben muss im sicheren London, auch wenn er nach Steppdecke und Stethoskopen fragt. Aber wieso, denkt Elsa an diesem Abend und der hilflose, ohnmächtige Zorn, mit dem sie des Morgens durch den Wald gelaufen ist, droht wieder zu kommen, kann ihr Vater in jenem Sommer davon sprechen, dass es nicht schlimmer werden würde? Wie kann er zwei Monate, bevor die Barbaren jenen furchtbaren Krieg lostraten, von Ruhe sprechen? Er, der sich so sehr mit Politik beschäftigte, der ein so scharfes Auge hatte, wenn es um derlei Dinge ging, er sollte nicht geahnt haben, was sich da zusammenbraute?

Vielleicht aber war es nicht vorhersehbar, nicht zu erahnen, was sich da anbahnte, vielleicht konnte sich kein Mensch, der diese Bezeichnung noch irgendwie verdiente, vorstellen, was da noch kommen sollte. Trotz der neuen Verordnungen. Und sie, fragt sich Elsa? Hätte sie es denn vorhergesehen, hat sie denn je etwas vorhergesehen? An diesem Abend im überheizten Hotelzimmer weiß sie zwar, dass ein neuer Krieg droht – aber wirklich vorstellen kann sie es sich nicht.

5
Ausflug in die Gegenwelt

DER große, braune Esstisch im Wohnzimmer von Elsas Eltern ist bedeckt mit Papieren. Die meisten sind vergilbt, auf vielen prangt das unsägliche Kreuz mit den Haken.

Viele Wochen, nachdem Elsa ihre Reise in die so gegenwärtige Vergangenheit hinter sich gebracht hat, sitzt sie mit der Mutter vor dem Tisch mit den Papieren und den Briefen aus dem Schreibtischungetüm des Großvaters.

Bankbestätigungen, immer mit den Zwischennamen Sara oder Israel unterzeichnet, Versicherungsurkunden, die längst ihre Gültigkeit verloren haben, Prospekte für Heizungen und Lüftungen aus vergangenen Tagen mit längst überholten Zeichnungen.

Ein etwas verwischter Brief eines Rechtsanwalts:

2. Juli 1938

Euer Wohlgeboren!
Ich teile ihnen mit, daß ich, wenngleich ich als Frontkämpfer zur weiteren Ausübung der Rechtsanwaltschaft zugelassen wäre, mich doch entschlossen habe, die Ausübung meines Berufes in der Heimat in naher Zeit einzustellen und im Ausland eine neue Existenz zu suchen. Dieser Entschluß fällt mir umso schwerer, als Klienten, die ich so hoch schätze wie Sie, mich viele Jahre für vertrauenswürdig gehalten haben. Ich danke Ihnen aufs herzlichste dafür …

Einer, der rechtzeitig gegangen ist, denkt Elsa und betrachtet ein Foto und eine Zeichnung, die gleich neben diesem Brief liegen – ein junger blonder Mann mit kalten Augen. Der Blutordensträger, sagt die Mutter. So wird der Hauskäufer in Elsas Familie genannt, seit Elsa sich erinnern kann. Ein kalter Mann, denkt Elsa und fragt sich, wofür er diesen schrecklichen Orden wohl bekommen haben mag. Die Mutter kramt in den Papieren auf dem Tisch, zieht ein Stück Zeitung unter den Briefen hervor, reicht es Elsa.

Völkischer Beobachter steht ganz oben und darunter findet Elsa das gleiche Foto. Zum Oberstführer des Roten Kreuzes sei er ernannt worden, der Blutordensträger. Leiter des Gesundheitsamtes im Ministerium für innere und kulturelle Angelegenheiten und SS-Sturmbannführer war er da schon, kann Elsa der Zeitungsnotiz entnehmen. Und Arzt war er auch, wie ihr Vater und ihr Onkel. Arzt? Die Mutter kramt weiter und zeigt Elsa ein amtliches Dokument, gedruckt in jener verschnörkelten Schrift, die die Barbaren wohl für die einzig wirklich deutsche hielten: »Neuordnung des Volksgesundheitsamtes«.

Zuständig war er für die Organisation der staatlichen Gesundheitsverwaltung, dieser Dr. SS-Obersturmbannführer, zuständig war er aber auch für Bevölkerungspolitik, Erb- und Rassenpflege und gerichtsärztliche Angelegenheiten.

Elsa fröstelt, sie nimmt einen weiteren Zeitungsausschnitt von dem Papierstoß auf dem Tisch. *Wiener Zeitung*, tägliches Beiblatt zum *Völkischen Beobachter*, auf der Rückseite kann sie noch das Datum finden: 27. Februar 1940.

»Die höchste Auszeichnung der Bewegung, 68 neue Wiener Blutordensträger«, steht über einer langen Namensliste – darin findet sich auch der Hauskäufer. Oder doch nicht? Der Vorname ist ein anderer. Nennen sie ihn also seit fünfzig Jahren fälschlicher Weise den Blutordensträger? Nein, sagt die Mutter, der in der Liste sei der Bruder jenes Mannes mit den kalten Augen, der habe die schändliche Medaille wohl einfach etwas später erhalten. Und wieder zieht sie aus dem Stapel ein Papier hervor: Ein Rechtsanwalt, dessen Briefpapier mit dem obligaten Nazisymbol geschmückt ist, gratuliert dem Hauskäufer im Oktober 1939:

Vom Militär auf Urlaub zurückgekehrt, erfahre ich mit Freuden, daß Dir der Blutorden verliehen wurde. Ich gratuliere Dir hierzu herzlich.

Und dann schreibt er über das Haus, das eigentlich Elsas Elternhaus sein sollte und das der Blutordensträger den Großeltern um eine lächerliche Summe abgekauft hat. Schreibt über bürokratische Details und endet »mit herzlichem Gruß und Heil Hitler«.

Und trotz der Gänsehaut, die Elsa jetzt ganz und gar zu überziehen beginnt angesichts dieser Stimmen aus dem barbarischen Damals, muss sie lachen. Weil sie sich an des Vaters ironische Darstellung der Nazigrußformen auf österreichisch erinnert, die zum Beispiel gelautet hätten: »… und ein Heil Hitler auch an die Frau Gemahlin«. Eigentlich, denkt Elsa, waren sie wirklich lächerlich – oder sieht nur sie, die glücklich Nachgeborene, wie diese gekünstelte, unwirkliche Sprache zum Lachen herausfordert?

Und doch waren diese Menschen aber auch gerade in ihrer Lächerlichkeit so furchtbar, denkt Elsa, während die Mutter einen zweiten Brief dieses Rechtsanwalts aus dem Papierstoß hervorholt. Einen Brief, in dem er im März 1940 über ihren Großvater schreibt:

Der Umstand, daß er plötzlich verduftet ist, ohne sich in meiner Kanzlei noch zu melden, macht mir jetzt große Schwierigkeiten.

Ein feiner Mann war dieser Rechtsanwalt offensichtlich, denkt Elsa bitter, ein Mensch mit vornehmer Ausdrucksweise, der vom »Verduften« eines Mannes schreibt, der doch um sein Leben lief. Schreibt dies wenige Wochen, bevor die Barbaren den Großvater einholten. Und immer noch weiß Elsa nicht, wofür der Blutordensträger, den dieser feine Mensch zu seinen Freunden zählte, die schändliche Auszeichnung bekommen haben mag.

Da aber zieht die Mutter eine längliche, gelbe Mappe hervor, auf der ganz oben das Jahr 1936 angegeben ist, noch über dem breiten – ebenfalls verschnörkelten – Schriftzug: »Präsidentschaftskanzlei«.

Und darunter steht: »Gnadensache Dr. und Ing. X«. Die Brüder Blutordensträger hatten anscheinend damals schon etwas ausgefressen. Aber was?

Bundespolizeidirektion Wien
Wien, am 24. September 1934

STRENG VERTRAULICH !

An
Die österreichische Präsidentschaftskanzlei,
in Wien.

Am 24. Juli 1934 brachte die Bundespolizeidirektion auf vertraulichem Wege in Erfahrung, daß mehrere Nationalsozialisten unter bedenklichen Umständen eine Autofahrt von Wien nach Klagenfurt angetreten hätten und setzte sich sogleich telephonisch mit dem Bundespolizeikommissariat in Klagenfurt ins Einvernehmen. Daraufhin wurde am gleichen Tage gegen 14 Uhr vom Bundespolizeikommissariat Klagenfurt das Auto mit Kennzeichen A 1009 beim Hotel Stadt Triest in Klagenfurt zur Ausweisleistung angehalten und dessen Insassen, der Mietwagenchauffeur und ein Fahrgast Ing. X, Garageninhaber, dem Bundespolizeikommissariate Klagenfurt vorgeführt. Später meldete sich dortselbst noch ein zweiter Fahrgast des Autos, der praktische Arzt Dr. X, der Bruder des vorgenannten Ing. X, um sich nach dem Verbleib seines Bruders zu erkundigen.

Der Chauffeur gab bei der Einvernahme an, daß er über Auftrag seines Dienstgebers, des Autoverleihers, die Fahrt nach Klagenfurt unternommen habe. Das Auto sei von einem Reichsdeutschen, welcher die Fahrt ebenfalls mitgemacht habe, gemietet worden. Die Brüder vermochten über den Zweck ihrer Fahrt nach Klagenfurt keine glaubwürdigen Angaben zu machen und behaupteten, daß der dritte Fahrgast des Autos ein gewisser »Kurt März« gewesen sei, ein entfernter Verwandter, den sie auf einer Urlaubsreise nach Kärnten begleitet hätten.

Durch die Erhebungen wurde noch festgestellt, daß Dr. X und der angebliche Kurt März in Klagenfurt mit einem blonden Burschen zusammengetroffen waren, der durch zahlreiche Schmisse im Gesicht auffiel. Die Brüder wurden noch am 24. Juli 1934 zwecks weiterer Klarstellung des Sachverhaltes zur Bundespolizeidirektion in Wien überstellt.

Bei den wiederholten Einvernahmen verwickelten sich die Brüder in zahlreiche Widersprüche. Schließlich gaben sie zu, daß der angebliche Kurt März kein Verwandter sei, sondern ein SS-Mann aus Deutschland.

Inzwischen langte von dem angeblichen Kurt März aus Jugoslawien ein Brief an Dr. X ein, in welchem März seine Flucht aus Kärnten über Ungarn in die Tschechoslowakei nach Deutschland schildert und später noch eine Ansichtskarte aus Berlin, in welcher März den Dr. X ersucht, ihm sein im Auto zurückgebliebenes Gepäck an seine Berliner Adresse zu senden. Trotz Vorweisung dieser Schreiben verweigerten die Brüder beharrlich nähere Angaben über die Person des angeblichen Kurt März.

Am 3. September 1934 brachte nun die Bundespolizeidirektion auf vertraulichem Wege in Erfahrung, daß die Fahrt des Dr. X und seiner Begleiter nach Kärnten den Zweck verfolgt habe, gegen die Person des Herrn Bundespräsidenten in Velden eine »Aktion« durchzuführen. Nach hartnäckigem Leugnen mußte schließlich Dr. X am 8. September 1934 zugeben, daß er von der beabsichtigten Aktion gegen die Person des Herrn Bundespräsidenten aus den Erzählungen des »Kurt März« jedoch erst in Klagenfurt Kenntnis erhalten habe. Dr. X schilderte dann den Sachverhalt folgendermaßen: »Kurt März«, den er im Juni 1934 anläßlich eines Aufenthaltes in Berlin kennengelernt habe, sei am 21. Juli 1934 aus Deutschland nach Wien gekommen und habe in seiner Wohnung Quartier genommen. Am Montag, den 23. Juli 1934, nachmittags, habe ihm »März« mitgeteilt, daß er als Kurier in einer politischen Mission über Auftrag eines Mittelsmannes des Dr. R. nach Kärnten fahren müsse, daß er jedoch Näheres über seinen Auftrag erst am Abend erfahren werde. »Kurt März« welcher inzwischen an einem ihm nicht bekannten Orte in Wien eine Besprechung gehabt habe, hätte ihm dann in der Nacht zum 24. Juli 1934 mitgeteilt, daß er sofort nach Klagenfurt fahren müsse und ihn zugleich ersucht, sofort ein Auto für diese Fahrt zu beschaffen. Nach der Ankunft in Klagenfurt habe »Kurt März« im Hotel Stadt Triest mit einem Burschen, welcher durch zahlreiche Schmisse im Gesicht aufgefallen sei, seine Besprechung abgehalten. Nachher habe ihm »Kurt März« Näheres mitgeteilt und hierbei erwähnt, daß die politische Situation zu einer Klärung dränge, zumal ein österreichisch-deutsch-französisches Militärbündnis vor dem Abschluß stehe. In Kreisen des Bundesheeres und der Exekutive herrsche jedoch gegen ein solches Bündnis große Abneigung, weshalb beabsichtigt sei, einer blutigen Auseinandersetzung zuvorzukommen und eine Lösung der Krise durch die Bildung einer Konzentrationsregierung mit Dr. R. an der

Spitze herbeizuführen. Im Auftrage dieser neuen in Bildung begriffenen Regierung sei ein diplomatischer Kurier nach Velden entsendet worden, der dort am 24. Juli 1934 um 1/23 Uhr nachmittags mit dem Zuge aus Wien ankommen werde. Diesen Mann sollte er – »März« – in Velden erwarten; es sei dann beabsichtigt, dem Herrn Bundespräsidenten eine Proklamation vorzulegen und ihn von der Notwendigkeit einer solchen Lösung zu überzeugen. Der Herr Bundespräsident sollte auch ersucht werden, sich mit Dr. R. telephonisch in Verbindung zu setzen, der dann die weiteren Verhandlungen führen werde. Er selbst – »März« – habe den Auftrag, in Klagenfurt Leute für diese Aktion zu sammeln und einen »Sturm« in Velden stellig zu machen, da beabsichtigt sei, den Herrn Bundespräsidenten allenfalls in Schutzhaft zu nehmen, allerdings nur – so wollte Dr. X glauben machen –, um ihn nicht zu gefährden.

Dr. X gab noch an, er sei der Meinung gewesen, daß es sich um eine legale Aktion handle, da in Verbindung damit auch der Name des Gesandten Dr. R. gefallen sei. Er – Dr. X – habe dann auch seinen Bruder mit einigen Worten über das geplante Unternehmen informiert.

Im Zuge der weiteren Erhebungen in Klagenfurt wurde nun festgestellt, daß der erwähnte blonde Bursche mit den Schmissen mit dem Hörer der Hochschule für Welthandel identisch ist. Dieser ist am 26. Juli 1934 aus Klagenfurt geflüchtet und bisher nicht mehr dorthin zurückgekehrt. Sein gegenwärtiger Aufenthaltsort ist unbekannt.

Bezüglich des angeblichen Kurt März konnte nach langwierigen Erhebungen schließlich festgestellt werden, daß er mit dem bekannten, ungemein verwegenen nationalsozialistischen Terroristen, dem ehemaligen Traktorführer Y, identisch ist, welcher zu Weihnachten 1933 an dem Tränengasattentat bei der Firma Gerngross beteiligt war und deshalb vom Landesgericht I in Strafsachen in Wien wegen Gefährdung der kör-

perlichen Sicherheit mit 2½ Monaten Arrestes bestraft wurde, und der nach den am 12. Juni 1933 verübten Sprengstoffattentaten (Mord am Juwelier Norbert Futterweit, versuchter Sprengstoffanschlag im Café Produktenbörse), als deren Anstifter er in Betracht kommt, nach Deutschland geflüchtet ist. Er bekleidet in Deutschland die Charge eines Obersturmführers der SS.

Die beabsichtigte Terroraktion gegen die Person des Herrn Bundespräsidenten ist zweifellos durch die rechtzeitige Verhaftung der Brüder X vereitelt worden. Beide sind als radikale Nationalsozialisten bekannt und stehen, wie aus dem Gesagten hervorgeht, im dringenden Verdachte, an den Vorbereitungen zu dieser Aktion mitgewirkt zu haben. Dr. X und Ing. X wurden nach der Verordnung der Bundesregierung vom 19. Juni 1933, B.G. Bl. 240 polizeilich mit 4, beziehungsweise 3 Monaten Arrestes bestraft. Weiters wurden sie dem Staatsanwalte beim Militärgerichtshofe in Wien wegen Verbrechens des Hochverrates zur Anzeige gebracht und dem Landesgericht für Strafsachen I in Wien eingeliefert. Zur Ausforschung des Traktorführers Y und des Hörers an der Hochschule für Welthandel wurden eingehende Erhebungen sowie umfassende Fahndungsmaßnahmen in die Wege geleitet.

Ergeht an den Herrn Bundeskanzler, den Herrn Vizekanzler, den Herrn Staatssekretär für Sicherheitswesen, den Herrn Leiter der Generaldirektion für die öffentliche Sicherheit, das Bundeskanzleramt, Generaldirektor für die öffentliche Sicherheit, Staatspolizeiliches Büro, Amt für Auswärtige Angelegenheiten und an die österreichische Präsidentschaftskanzlei.

Jetzt weiß sie also, wofür er den Schandorden bekommen hat, der Hauskäufer. Stümper sind sie wohl gewesen, denkt Elsa und empfindet so etwas wie Vergnügen bei der Vorstellung, wie sie sich einfangen ließen, noch bevor sie ihren Plan in die Tat umsetzen konnten. Stümper, die sich selbst sehr heldenhaft gefühlt haben in jener Zeit. Verhaftet worden war er also, dieser so frühzeitig den Barbaren anhängende Hauskäufer, verhaftet in jenem Jahr, als in Wien auch die Arbeiter niedergeschossen wurden. Und danach?

Elsas Mutter reicht ihr ein weiteres auf dünnem Papier geschriebenes Manuskript. Ohne Titel, die Seitenzahl mit Bleistift oben in eine Ecke gekritzelt.

Der Vorsitzende erhebt sich, mit ihm der Gerichtshof und das Auditorium. »Sie sind des Hochverrates schuldig erkannt und werden im Namen des Bundesstaates Österreich zu lebenslangem schwerem verschärftem Kerker verurteilt.« Eines der ungezählt vielen Urteile, die im Namen Gottes des Allmächtigen, von dem alles Recht ausgeht, gefällt werden. Im großen und ganzen immer das gleiche; für uns war es gleich, ob das Urteil auf lebenslang oder zwanzig Jahre lautete. Wir dürfen also für Großdeutschland weiterleben, wenn auch hinter Kerkermauern. In diesem Augenblick gedenken wir unserer Freunde und Kameraden, die das schwerste Opfer auf sich genommen haben, die stolz erhobenen Hauptes, den Gedanken des dritten Reiches im Herzen, zum Galgen schritten. Vor uns versinken die uniformierten Gestalten des Militärgerichtshofes, versinken die Barren und Schreiber des Gerichts – wir sehen nur hinaus in die Zukunft, in das dritte, großdeutsche Reich, und ein freudiges Lächeln spielt um unsere Züge, denn nunmehr sind wir gewiß, daß wir diesen stolzen Augenblick erleben werden. Nach einer endlos langen, mit eintönig leiernder Stimme verlesenen sogenannten Urteilsbegründung geht es zurück in die Zelle. Nachdem der Aufsichtsbeamte mit einem mitleidigen Blick die Tür verschlossen hat, geht's im Sprung zum Fenster hinauf. An den anderen Fenstern hängen und kleben die Kameraden in banger Sorge. Nun, da der Verurteilte hinter den Gittern erscheint, geht ein freudiges Rufen und Fragen los, denn nun wissen sie, daß er nicht in die Todeszelle »übersiedelt« ist.

Elsa fühlt eine Übelkeit in sich aufsteigen angesichts der Sprache, derer sich dieser Held bedient. Die Worte klingen so falsch in ihren Ohren, dass sie sich schütteln muss. Aber sollte sie nicht dankbar sein, dass dieser Mensch, der da schreibt, eben jene Sprache, die auch die ihre ist, die ihr so ungemein wichtig ist, eben nur so unzureichend beherrschte, nur so unbedarft einzusetzen wusste? Und dann liest sie, immer noch mit einem leichten Gefühl von Übelkeit, weiter.

Aufnahme im Zuchthaus:
Zuerst einmal bekommt jeder eine Nummer, unser Name wird ausgelöscht. Wir müssen die Zivilkleidung ablegen, stehen nun in der dünnen Unterkleidung stundenlang in den kalten Gängen und Gewölben herum. Draußen hat es 10 ° unter Null, herinnen scheint's noch kälter zu sein. Kalte, weißgetünchte, endlos lange, kahle Gänge.
Der Photograph, ein aus einem Sensationsprozeß bekannter Mörder, setzt uns vor dem Apparat zurecht, steckt uns die Nummern an den Rock. Wir haben eine hohe Nummer, es schmachten also schon viele Nationalsozialisten hier.
Der Haarschmuck des freien Mannes fällt, ganz kahlgeschoren passen wir würdiger in unsere Umgebung.
Wir werden in eine Zelle gesperrt, die schon gut besetzt ist. Meist sind es Parteigenossen, Burschen darunter, eben erst Jünglinge geworden, noch bartlos. Männer in den besten Lebensjahren mit harten Gesichtszügen, Kämpfer für Großdeutschland – Kameraden. Aus allen Gauen der Ostmark sind sie hier, aus allen Berufen, aus allen Lebensaltern. Garsten, in Deinen Mauern ist das deutsche Österreich!
Wir rücken zusammen und tauschen unsere Erlebnisse aus. Vor dem Schlafengehen eine kleine Feier: Wir feiern den

3. Jahrestag der Machtübernahme im Reich. Singen dürfen wir nicht, auch nicht laut sprechen. So sehen wir uns denn in die Augen und erheben die Rechte zu unserem Gruß.
Und jeder weiß es: Wir schaffen es dennoch!
Dann legen wir uns eng gedrängt auf die Pritsche und träumen vom kommenden dritten Reich.

Nein, wie er doch im Pathos versinkt, dieser Hauskäufer und Blutordensträger. Und was er da erzählt aus dem Gefängnis. Elsa denkt an die Bilder aus den KZs, denkt an jene Freunde der Eltern, die auf dem Unterarm die schändliche Nummer als Tätowierung ihr Leben lang trugen – als eingebrannte Erinnerung daran, was ihnen angetan worden war. Und wieder schüttelt sie der Ekel vor der Sprache, in der jener Mann, der sich später im so eleganten Haus ihrer Großeltern breitmachen sollte, seine Ergüsse zu Papier bringt.

Wir werden ja ärger als kriminelle Verbrecher behandelt. Sagte doch unlängst erst der Wachkommandant und der Direktor: »Die sträflichen Tathandlungen der Kriminellen sind zu entschuldigen. Sie selbst sind arme Kerle, die von einer mitleidlosen Umwelt verachtet und verstoßen wurden. Sie wollten sich nur selbst besserstellen, indem sie anderen, reicheren etwas wegnahmen.
Sie dagegen, die Politischen, wollten nicht einen einzelnen schädigen, Sie wollten einen Staat zertrümmern und das ganze Volk ins Unglück stürzen. Sie hetzten zum Brüderkrieg, daher sind Sie schlechter zu behandeln als die Kriminellen.«

Und der, der das sagte, der wusste wohl nicht, wie Recht er hatte, wie Recht er noch bekommen würde, denkt Elsa und fragt sich, was wohl mit ihm geschehen sein mag, nachdem die Barbaren ins Land eingefallen waren.

Arrangiert wird er sich haben mit der neuen Macht, meint Elsas Mutter lakonisch, auf die »anderen« Politischen wird er seinen Ausspruch gemünzt haben, wenn man ihn denn danach gefragt haben sollte.

Von den vielen Beamten gibt's nur zwei, die, strafweise nach Garsten versetzt, wirkliche Nationalsozialisten sind, die ihre eigene Existenz aufs Spiel setzten. Sie geben uns Schokolade, Zigaretten, Flugblätter der NSDAP, aus denen wir Kraft saugen, denn daraus erkennen wir, daß der Kampf draußen weitergeht und wir Eingekerkerten neben unseren toten Kameraden die Garanten des Sieges sind. Es sind dies zwei ganze Kerle. Sie werden uns immer, wenn wir an diese schwerste Zeit zurückdenken werden, als unsere Engel erscheinen. Der dritte im Bunde ist unser evangelischer Pfarrer. Er ist seit Monaten der einzige Mensch, der in unsere Zellen kommt und uns die Hände drückt. Er erzählt uns weniger von den Evangelien als vom politischen Kampf, von der unterirdischen Arbeit unserer freien Parteigenossen, von der Zuversicht aller am endgültigen Sieg. So ist uns unser Pfarrer ein väterlicher Freund geworden. Und der katholische Pfarrer? Er bringt nur Haß und Gemeinheiten in die Zelle, sodaß nach und nach alle katholischen Kameraden aus ihrer Kirche austreten ... So rundet sich das Bild ab: Direktor, Arzt, katholischer Seelsorger und Aufseher – Verbrecher an der Volksgemeinschaft. Ehrlose Büttel, die willig und mit grausamer Niedertracht die Anordnungen des christlichen, freien, unabhängigen, deutschen Österreich durchführen. Sie haben unseren Haß gegen dieses Österreich durch die Niedrigkeit ihrer Gesinnung bis zur Weißglut gesteigert, sie, in Verbindung mit dem volksverräterischen Phrasenschwall der Regierungsmitglieder und ihrer Trabanten.

Ein Bericht mit der Absicht zu schaden war das, denkt Elsa und wirft die Blätter voller Widerwillen zurück auf den Papierstoß. Wer weiß, was ihnen geschehen ist, dem Arzt, dem katholischen Pfarrer, dem Direktor, nach der Machtübernahme der Freunde jenes Schreibers? Vielleicht hat die Mutter ja Recht und sie haben sich arrangiert, vielleicht aber auch nicht.

Und dann finden Elsa und ihre Mutter unter den Papieren noch ein Schreiben, das anklagt. Ein Schreiben, das der Bruder des Hauskäufers verfasst hat, in Berlin, im Mai 1937.

Wir hatten anläßlich der nationalen Juli-Erhebung 1934 einen Anschlag auf den österr. Bundespräsidenten Miklas geplant.
Die österr. Staatspolizei hätte von diesem Vorhaben keine Kenntnis erlangt, wenn wir nicht von einem gewissen L., z. Zt. Sturmbannführer der SA in Godesberg, verraten worden wären.
Dieser war als Konfident der Wiener Polizei im Gefängnis Wien-Elisabethpromenade, als mein Bruder nach 4 Wochen langer Einzelhaft in eine Gemeinschaftszelle gebracht wurde, dort berichtete er L., von dem ihm damals noch nichts Nachteiliges bekannt war und den er seit Jahren als SA-Führer kannte, von unserem Vorhaben im Juli-Putsch.
Wie später ausgeführt wird, hat sich L. bei dem als »Fachmann für Terroristenverhöre« bekannten Polizeirat Dr. B. vorführen lassen und verriet diesem unsere Aktion gegen Miklas, worauf L. wenige Tage nachher aus dem Gefängnis entlassen wurde, während wir dem Militärgerichtshof überstellt wurden. Diese Tatsache des Verrates wurde uns von einem ehem. Militärkameraden meines Vaters, dem bei der Wiener Staatspolizei tätigen Dr. T. bekannt, doch bitte ich, diese Mitteilung streng vertraulich zu behandeln, da der Betreffende uns vielleicht noch nützen kann …

Wie unglaublich feige sie auch waren, denkt Elsa, während sie liest. Da wurde gerechtfertigt, da wurden Schuldige gesucht und gefunden, da wurde ängstlich darum gebeten, nur ja nicht zu sagen, woher man wusste, was man wusste. Unglaublich, denkt Elsa, dass sie wirklich so gewesen sind, wie sie sich diese Männer vorgestellt hat. Eine Vorstellung, die ihr immer ein wenig kindlich erschienen ist, weil sie nicht wahrhaben wollte, dass es solche Menschen wie jenen Briefschreiber jemals wirklich gegeben hat. Oder immer noch gibt?

Aus dem nächsten Dokument auf dem Stapel geht hervor, dass der Herr Dr. Blutordensträger trotz lebenslanger Verurteilung nur sehr kurz im Gefängnis war. Im August 1936 wurde er begnadigt. Unter bestimmten Bewährungsauflagen, gegen die zu protestieren sich der Blutordensträger sehr beeilte.

Am 10. Ds. erhielt ich vom Militärgerichtshof Wien den Begnadigungsbescheid …
Da dieser Bescheid einige Unklarheiten birgt, möchte ich von autoritärer Stelle einige Aufschlüsse haben, um nicht neuerdings strafbar zu werden.
Auf dem Bescheid ist der Doktortitel sorgfältig ausradiert worden, weshalb ich annehme, daß der akademische Grad nach wie vor gestrichen bleibt. Die Berufsbezeichnung »Sekundararzt« ist nicht ausradiert, meine ärztlichen Fähigkeiten scheinen mir also nicht abgesprochen worden zu sein. Soweit ich orientiert bin, gibt es aber in Österreich keine Praxisberechtigung ohne Diplom.
Punkt 2 der Belehrung handelt vom Außerkrafttreten der bedingten Begnadigung, wenn ich mich u. a. dem Müßiggang ergebe. Welcher »rechtschaffenen Arbeit«, welchem Beruf soll ich mich zuwenden, wenn nicht dem erlernten? Schutzaufsicht

heißt laut Belehrung: Erleichterung des Fortkommens. Ferner habe ich zu den mit der Schutzaufsicht betrauten Personen volles Vertrauen zu haben und in ihnen einen wohlwollenden Berater zu erblicken.
Ich erlaube mir daher die Frage, welcher Arbeit ich mich zuwenden soll, bzw. welche rechtschaffene Arbeit mir gestattet ist, um nicht dem Müßiggang anheimzufallen, und ersuche Sie um ehebaldigste Stellungnahme bzw. Antwort auf diese für mich so grundlegende und lebenswichtige Frage.
Ad Punkt 3 der Belehrung: Zieht jede »strafbare Handlung« eine Wiederverhaftung nach sich oder ist darunter bloß ein politisches Delikt gemeint?
In Erwartung ihrer Antwort zeichnet
Hochachtungsvoll
X

Elsa spürt, wie sich ihre Fäuste ballen, und gleichzeitig in ihr ein eiskaltes Lachen aufsteigt angesichts der ungebrochenen Siegesgewissheit dieses Blutordensträgers und Hauskäufers, der, kaum aus der Haft entlassen, aus jenem Kerker, in dem er eigentlich den Rest seines Lebens zubringen sollte, schon wieder ganz der forsche junge Mann ist, der vom großdeutschen Reich träumt und hochmütig Aufklärung von jenen verlangt, die er so offensichtlich verachtet. Eine Provokation sollte das wohl sein. Vielleicht, denkt Elsa, wollte er zurück ins Gefängnis, einer Stärkung seines Heldentums zuliebe?

Und dieser Mensch also saß auf den Sesseln ihrer Großeltern, lümmelte am Schreibtisch, ging durch das liebevoll geplante und gestaltete Haus, das Elsa nur von außen kennt.

Rektorat der Universität Wien
Wien, den 19. April 1938

Herrn Dr. X
Zuhanden des Herrn Ing. X
Sie wurden mit dem Urteile des Militärgerichtshofes in Wien vom 12. Jänner 1935 wegen verbotener Betätigung für die NSDAP des Verbrechens des Hochverrates schuldig erkannt und zur Strafe des schweren Kerkers auf Lebensdauer verurteilt. Damit war gemäß § … der Verlust ihres an der Wiener Universität erworbenen akademischen Grades eines Doktors der Medizin verbunden.
Mit Rücksicht darauf, daß nunmehr der Nationalsozialismus in Österreich zur Macht gelangt ist, habe ich angeordnet, daß im Promotionsprotokoll der Vermerk, wonach Ihr akademischer Grad durch die erwähnte gerichtliche Verurteilung ungültig geworden ist, gestrichen werde. Ihr Doktordiplom haben Sie dem Rektorate nicht abzuliefern.
Es gereicht mir zur Genugtuung, Sie, sehr geehrter Herr Doktor, als bewährten Kämpfer für den Nationalsozialismus und damit für den Aufstieg Österreichs hievon in Kenntnis setzen zu können.

Heil Hitler!
Der kommissarische Rektor der Universität in Wien

6

Heute Nacht wurde die Hauptstadt bombardiert, meldet das Radio.

Krieg, denkt Elsa noch halb im Schlaf in ihrem Hotelzimmer. Es ist Krieg. Die Kinder, denkt Elsa auch und greift automatisch zum Telefonhörer.

Aber in der Wiener Wohnung meldet sich nur der Anrufbeantworter und Elsa gerät in Panik. Die Kinder sind in der Schule, sagt ihr vernünftiges Ich eindringlich. Ach ja. Das Leben geht ja seinen gewohnten Gang. Die Kinder sind nicht in Gefahr, sie leben in einer ganz ruhigen, friedlichen Stadt, warum sollte es ihr Leben irgendwie verändern, dass ein paar hundert Kilometer weiter südlich Krieg ist? Und warum hat sie, Elsa, einen Felsbrocken auf der Brust? Hat sie sich diesen Krieg nicht erst gestern noch herbeigewünscht? Um dem Morden und Vertreiben ein Ende zu setzen? Eigentlich müsste sie jetzt doch erleichtert sein?

Wien, den 26. Juni 1939

Lieber Sohn!
Dein Brief vom 24. d. M. kam mit der ersten Post. Ich bin schon gespannt, was Du Deiner Schwester wegen erreichen wirst. Denn mir ist es doch sehr unbehaglich, sie hier allein zurücklassen zu müssen, was sich kaum mehr wird verhindern lassen. Es war tatsächlich notwendig, schon um sieben Uhr früh in der Prinz-Eugen-Straße zu warten. Der Andrang war sehr groß. Es dauerte auch mehr als 3½ Stunden, ehe ich daran kam. Dabei hatte ich einen unangenehmen Zwischenfall, da der Beamte der Vermögensverkehrsstelle meine Anga-

ben mit Rücksicht auf unser geringes Kapital nicht anerkennen wollte. Ich mußte also heute vormittag zwecks Aufklärung der Differenz zur Vermögensverkehrsstelle in die Strauchgasse. Infolge meiner genauen Angaben war die Angelegenheit vor dem außerordentlich höflichen und korrekten Referenten in ca. 5 Minuten erledigt. Sodaß die »Sperre« der Einreichung sofort aufgehoben wurde. Vor dem Abholen fürchte ich mich in Wirklichkeit, denn dann muß ich ja die RM 1680,– für die Pässe erlegen. Wie das aber mit dem Geld sein wird, weiß ich noch nicht. Von Deinem Bruder habe ich einen Brief am Freitag erhalten und heute einen zweiten von seiner Frau. Ich kann Dir aber nur mitteilen, daß mir besonders der Brief seiner Frau jähen Schreck einjagte. – Dein Bruder schrieb in seinem Brief vom 15. d. M., daß er ein Übereinkommen getroffen habe, daß ich zum »Directeur des Plantations Molenge de la Firme Lima et Pollet« ernannt werde, mit einem Gehalt von BFr. 2500,– Das ist wegen der Kaution. Ich soll von der Firma einen rekommandierten Anstellungsbrief per Flugpost erhalten. Ferner fragte Dein Bruder ein wenig verstört an, was es mit dem Passus für uns zu bedeuten habe, der in den Einwanderungsbestimmungen lautet: »Ce passport doit permettre á l'interessé de rentrer dans son pays d'origine.« Ich konnte ihm nur antworten, daß wir Pässe erhalten werden mit dem Passus: gültig für Reisen im In- und Ausland und für Afrika. Denn in den Pässen besteht ja wenigstens dem Wortlaut nach kein Verbot für eine Rückreise. Nun erhielt ich heute von der Frau Deines Bruders einen Brief auf dem Briefpapier der Firma Pollet aus Libenge. Sie schreibt, sie habe dort mit dem Administrateur gesprochen, wegen unserer Einreise und dieser, der für uns der Beamte ist, der für die Einreise maßgebend ist, legte Gewicht auf obigen Passus. Sie verlangt von mir »präzise« Antwort. Aus ihrem Brief geht nicht mit Klarheit hervor, ob unsere Sache solange zurückgestellt bleiben soll, bis sie die Antwort hat, aber immerhin bin ich darüber entsetzt, daß die beiden, nachdem es bereits in den fünften Monat geht, erst jetzt anfangen, sich um alles jene zu kümmern, worum sie sich von allem Anfang an hätten kümmern müssen. Denn auch wegen der Kaution hätte Dein Bruder sich längst sagen müssen, daß man in solchen Angelegenheiten und in unseren Tagen doch genaue Auskünfte einholen muß. – Ich habe seiner Frau bereits geschrieben und habe mit meiner Meinung nicht zurückgehalten. Ich habe sie besonders darauf aufmerksam gemacht, daß wir jetzt nicht mehr zurückkönnen, weder aus materiellen Gründen noch wegen der Auswanderungsbehörde, und daß eine Verhinderung unserer Einreise für uns zu einer Katastrophe von unabsehbaren Folgen führen müßte. – Ich bitte Dich nun, lieber Sohn, schreibe Deinem Bruder mit der Flugpost, möglichst sogleich, lege ihm unsere und die allgemeinen Verhältnisse dar, schreibe ihm auch alles, was Du über die Paßverhältnisse weißt, und mache ihnen begreiflich, daß wir unter allen diesen Zwischenfällen mehr leiden, als sich sagen läßt.

Erzähle ihm vielleicht auch von der letzten Drucksache. Über unser Klima schreibe ihm auch, daß wir es im Herbst vielleicht nicht mehr werden ertragen können, und daß ich unter alledem mehr leide, als ich ausdrücken kann. Dein Bruder schrieb mir, daß sein nächster Brief nicht mehr deutsch geschrieben, sondern französisch sein wird. Ich selbst komme jetzt zu nichts, wegen der vielen Laufereien. Nachher bin ich müde. Mir ist das alles ja ziemlich ungewohnt. Was Du sonst schreibst, ist im höchsten Grade erfreulich. Ich hätte nicht gedacht, daß Du es von allem Anfang an so gut treffen wirst. Es ist doch ein Zeichen größten Vertrauens, daß man Dich ein Laboratorium einrichten läßt. Und ich wünsche Dir weiter allen Erfolg. Übrigens habe ich nie daran gezweifelt, daß Du imstande bist, nur an die richtige Stelle gesetzt, auch Tüchtiges zu leisten. – Wegen der Geige. Die Schätzung erfolgte auf Deinen Namen. Wenn Deine Schwester sie mitnehmen wollte, müßte ich das Protokoll umschreiben lassen. Aber das ist eine Kleinigkeit. – Von T. habe ich bisher auch noch nichts gehört. – Dein Bruder ist selbstverständlich mit dem Flug einverstanden. Nur sagt er, daß ein 8tägiger Aufenthalt in Brüssel unbedingt notwendig sei, aus verschiedenen Gründen. Er will uns nach Brüssel BFr. 5000,– anweisen lassen u. zwar zu folgender Verwendung:

1 Woche Unterkunft BFr. 500,–
1 Woche Essen BFr. 700,–
Trinkgelder BFr. 100,–
Fahrgelder BFr. 300,–
Flugzeug Übergewicht BFr. 1000,–
Allfälliges BFr. 2400,–
BFr. 5000,–

Er fragt mich, ob ich glaube, daß es genug sei, er könnte mehr anweisen, ich würde halt dann den Rest zurückbringen. Ich habe natürlich keine Ahnung, ob das genug ist. Was meinst Du dazu? Bitte äußere Dich darüber. Daß Mama und ich mich ganz außerordentlich freuen würden, wenn Du zu uns nach Brüssel kommen könntest, brauche ich nicht noch besonders zu schreiben, das weißt Du doch ohnehin. Wenn es Dir also nur halbwegs möglich sein sollte, so komm, sobald wir in Brüssel sind. Aber, ich bin bereits sehr mißtrauisch geworden, werden wir auch nach Brüssel kommen? Die Unbedachtsamkeit Deines Bruders ist ganz unverantwortlich.
Wir grüßen Dich alle sehr herzlich.
Papa

Elsa schluckt. Nur noch wenige Wochen bis Kriegsbeginn – und keiner schien es zu ahnen.

Aber hätte sie je gedacht, dass sie, die glücklich Nachgeborene, einmal mehrere Kriege »direkt vor der Haustür« erleben würde? Nie hat sie sich derlei vorgestellt. Nie hat sie das für möglich gehalten.

Wie heftig der Großvater über seinen Sohn im fernen Afrika herfällt. Aber vielleicht hatte dieser, da er ja das Land verließ, als die Barbaren kamen, gar keine Vorstellung von dem, was sich zu Hause, im fernen Europa, inzwischen zusammengebraut hatte? Vielleicht hatte er wirklich nicht begriffen, dass es um Leben und Tod ging? Ja, denkt Elsa, so muss es wohl gewesen sein, nur so kann es gewesen sein, denn mutwillig hätte der Sohn die Eltern doch wohl kaum dem Verderben ausgesetzt?

Elsa taumelt zu ihren täglichen Anwendungen, jedoch ohne Freude daran, sich völlig sich selbst zuwenden zu können. Das so beglückende Gefühl, sich für ein paar Wochen in eine bequeme, gefällige Reiseform der Vergangenheit zurückzuziehen, ist ihr abhanden gekommen. Die Vergangenheit, die ihr jetzt entgegentritt, ist nicht gefällig, sondern bedrückend nahe.

Während sie bis zum Hals eingepackt im Schlamm liegt, hört sie durch den Vorhang um ihr Bett die Menschen sprechen. Über ihre Schmerzen, über die Diät, die nicht anschlägt oder zu gut, dieses und jenes. Nicht aber über den Krieg.

28.6.39

Meine Lieben,
Den Brief vom 26.6. habe ich erhalten. An meinen Bruder schreibe ich sofort, im übrigen sind die Pässe selbstverständlich nach dem Gesetz zur Rückreise giltig. Übrigens ist all dies doch dem belgischen Konsulat bekannt. – Die Sache meiner Schwester habe ich urgiert, es wird vermutlich schnell erledigt werden. Hingegen hat man entschieden abgeraten, daß sie von Wien aus wegen des 2. Jahrgangs etwas unternimmt. Das verzögert nur die Erledigung. Wenn sie einmal hier ist, wird sich das alles viel leichter richten lassen. Mein Chef hat

sehr gute Beziehungen und hat schon sehr vielen Leuten geholfen. Daß es gerade in meinem Fall so lange gedauert hat, war, wie ich jetzt sehe, wirklich ein besonders unglücklicher Zufall. – Wegen des Geldbetrages für Brüssel kann ich noch nichts sagen, ich erkundige mich aber. – Bitte schreibt mir nach Möglichkeit, was es Neues gibt. – Sobald ich bezüglich meiner Schwester Genaueres erfahre, schreibe ich ausführlich.
Herzliche Grüße
Euer Sohn

Elsas Vater war nie besonders gut mit seinem Bruder. Elsas Mutter sagt, dieser hätte den Vater stets ein bisschen von oben herab betrachtet, ihn kaum je ernst genommen. Und doch vertraut der Großvater auf die Überredungskünste des jüngeren Sohnes? Merkwürdig, denkt Elsa. Vielleicht vertraute der Großvater im schrecklichen Wien ja auch nur auf die Möglichkeit, aus England in den Kongo genauer, offener, unumwundener darüber berichten zu können, was den Daheimgebliebenen Tag für Tag angetan wurde?

Und der Vater, der von Pässen mit Rückkehrrecht schreibt? Als ob es nicht allen sonnenklar gewesen sein muss, dass man die aus dem Land Getriebenen nie mehr zurücklassen wollte?

Elsa hört Nachrichten. Massen von Menschen werden über die Grenzen getrieben, kampieren auf freiem Feld, ohne Schutz und Hilfe. An der Grenze, so heißt es, nimmt man ihnen ihre persönlichen Papiere weg. Auf dass sie nie wieder nach Hause zurückkehren mögen, nie wieder zurückkehren können. Weil ein Mensch ohne Ausweis kein Mensch ist. Kein Recht hat. Kein Recht auf Heimat. Seit die Bomben fallen, werden sie zu Hunderttausenden vertrieben. Was nützen die Bomben dann?, fragt sich Elsa.

Am Telefon erzählen Freunde von der Verwirrung, die in

ihren Köpfen herrscht. Man tauscht sich über die eigene Hilflosigkeit aus, denkt Elsa. Die Mutter liest ihr am Telefon einen Brief vor, den sie – über einige Umwege – von einer alten Bekannten aus jener Stadt erhalten hat, auf die jetzt die Bomben fallen und in der jener Mann residiert, der die Vertreibungen angeordnet hat. Der Brief erzählt davon, wie furchtbar das Leben in der Stadt ist, die jede Nacht von Bomben heimgesucht wird – und will doch die Schuld daran durchaus nicht bei den Schuldigen, bei jenem Mörder, der das Land in eisernem Griff hält, sehen. Der Brief ist an dem Tag geschrieben worden, an dessen Ende die ersten Bomben fielen. Man drohe ihrem Land, schreibt die alte Dame. Man drohe ihr und den Ihren, »weil wir unser Land den Fremden nicht überlassen können und wollen. Das ist das Ende der Zivilisation.« Und nirgendwo gebe es Hilfe und Verständnis!

Elsa spürt, wie ihr übel wird. Wie kann diese alte Frau, die damals, als die Barbaren auch in ihr Land kamen, gegen diese gekämpft hat, im Namen von Menschlichkeit und um zu verhindern, dass die einen plötzlich zu Fremden wurden, zu Menschen, denen ihr Menschsein abgesprochen worden ist, wie kann sie nun die Vertriebenen als Fremde bezeichnen?

Da ist es also wieder – dieses Bedürfnis, das Schreckliche zu rechtfertigen, in dem man die, denen das Unaussprechliche geschieht, zumindest zu Fremden macht.

4.7.1939

Meine Lieben,
Ich habe schon wieder einmal so viel zu tun, daß ich kaum zum Schreiben komme. Daher diesmal nur eine Karte. In der Sache meiner Schwester weiß ich noch nichts Neues, ich soll verständigt werden, sobald es nötig ist, werde aber vorsichtshalber nochmals nachfragen. An meinen Bruder habe ich gleich nach Empfang Eures Briefes vom 26.6. in gewünschtem Sinne geschrieben. Wegen der Summe, die mein Bruder für

Brüssel angibt, habe ich meinen Freunden nach Brüssel geschrieben, habe jedoch noch keine Antwort, es scheint mir aber ausreichend. Mit Herrn T. stehe ich in Korrespondenz, habe ihn aber noch nicht gesehen. Er wohnt in Kent, nahe von London, und ich glaube, ich werde ihn treffen, sobald Frau T. aus Folkestone kommt. – Wie stehts mit dem Erbe? Ist von den Vorauszahlungen etwas vorhanden? – Das Klima ist hier natürlich auch entsprechend gewittrig, immerhin ist es denkbar, daß es besser wird. – Die Diäteinschränkungen Papas müssen sehr unangenehm sein. Darf er Gemüse und Obst essen? Ist ihm Fettes (Butter oder Schmalz) erlaubt? Fleisch? – Bei uns ist nichts besonderes Neues, ich habe deshalb so wenig Zeit, weil unser Laboratorium ganz umgebaut wird, im ganzen Haus ist ein Wirbel, und es kostet viele Überstunden. Wenn ich dann nach Hause komme, schlafe ich beim Tisch ein.
Herzliche Grüße
Euer Sohn

Elsa fragt sich, ob sie das, was zwischen den Zeilen steht, auch richtig versteht. Kann es wirklich sein, dass sich der Vater in Zeiten wie jenen nach Diätvorschriften erkundigt? Ganz der Arzt, der er immer war? Oder fragt er – verschlüsselt – danach, was in den Geschäften Wiens noch zu kaufen ist? Ganz der Politiker, der er eben auch war? Will er auf diesem Weg Genaueres über das Land erfahren, aus dem er geflüchtet ist, oder handelt es sich doch nur um die medizinische Sorge um das Wohlergehen des Vaters? Und plötzlich denkt Elsa, die den Großvater irgendwie immer als alten Mann gesehen hat, dass dieser so alt gar nicht war, am Ende seines Lebens. Nicht älter, als ihr älterer Bruder jetzt ist, kaum älter als sie selbst. Mit einem Mal überfällt sie die vertraute Angst, mit der sie immer gelebt hat. Dass die Barbaren sie – die glücklich Nachgeborene – doch noch irgendwann ereilen könnten. Jetzt, da ihr Leben seine Mitte schon überschritten hat, da sie nicht mehr weiß, ob sie eine Flucht, eine Rettung überhaupt noch bewerkstelligen könnte.

Unsinn, sagt Elsa zu sich selbst, als sie wieder einmal durch den Wald stapft und sich Beruhigung aus der unberührt scheinenden Landschaft holt. Unsinn. Die Geschichte wiederholt sich nicht, heute ist nicht gestern, alle wissen, was geschieht und wer mordet und wen – niemand würde mehr einfach zusehen bei derlei Ungeheuerlichkeiten.

Und doch. Am Abend sieht Elsa im Fernsehen die Bilder von den Hunderttausenden. Im Schmutz, auf dem nackten Boden. Ohne Hoffnung, ohne Hilfe. Und alle wissen es und keiner scheint etwas dagegen zu tun.

Wien, den 7. Juli 1939

Lieber Sohn!
Deine Karte vom 4. habe ich erhalten. Es ist ja selbstverständlich, daß Du ausführlicher nur dann schreiben sollst, wenn Du dazu Zeit hast. Wir sind zufrieden mit jeder Nachricht, die von Dir kommt. – Deiner Schwester wegen hätten wir natürlich gerne Genaueres erfahren, denn die Zeit beginnt zu drängen, obwohl wir selbst noch immer nicht wissen, wann endlich wir von hier werden fort können. – Daß Du Deinem Bruder geschrieben hast, dafür danke ich Dir. Ich bin über ihn ein bißchen verstimmt, noch immer haben wir keine Nachricht, wie er die Angelegenheit endlich zu beendigen gedenkt. Vielleicht, daß mit der Abendpost ein Brief von ihm einlangt. – Wir sind alle außerordentlich gedrückt. Es hat seinen Grund darin, daß wir außerstande sind, irgend etwas (außer dem bißchen Wäsche und den Kleidern, die ich für Mama und mich bereits bestellt habe) für die Ausreise aus Mangel an Geld anzuschaffen. Der von der Devisenstelle freigegebene Betrag war viel zu klein. Damit Du aber ein genaues Bild unserer Lage Dir machen kannst, will ich Dir einen Überblick geben. Bei der Creditanstalt haben wir um Freigabe von

RM 1650,– für die Paßgebühr nachgesucht. Mit diesem Betrag ist unser Konto dort bis auf eine Kleinigkeit erschöpft. Es bleiben ca. RM 250,– übrig. (Ein Detail: Ich reichte um Freigabe von RM 271,50 ein, um mir eine Schreibmaschine zu kaufen. Der Ankauf wurde nicht bewilligt. Gestern erhielt ich den ablehnenden Bescheid. Ich rekurierte heute dagegen und bin auf die Erledigung neugierig.) Eventuell kommen zu den RM 250,– noch die RM 271,– hinzu. Sollte es nicht anders gehen, muß ich mir meinen alten Scherben nach Möglichkeit herrichten lassen. – Der Hausverkauf wurde von der Vermögensverkehrsstelle bewilligt. (Ich glaube, dies Dir noch nicht mitgeteilt zu haben.) Den entsprechenden Erlaß haben wir erhalten. Doch heißt es in dem Schriftstück, daß der »Entjudungserlös« zur Gänze in eine Devisenbank einzuzahlen ist und unter Sperre der Devisenstelle bleibt. Der Hauskäufer erklärte, dagegen nichts unternehmen zu können. Wenn er mir auch nach Möglichkeit zur Freimachung behilflich sein wolle. Aber jetzt steht noch die Behandlung der Wertzuwachsabgabe durch die Gemeinde bevor und die grundbücherliche Übertragung. Wie lange das alles brauchen wird, weiß ich nicht. Bevor aber die Geschichte nicht erledigt ist, kann ich auch von dem gesperrten Geld keinen Gebrauch machen. Weiters hat die Mama von der Kontrollbank eine Zuschrift erhalten, daß sie dort ein Konto von RM 4720,– habe. Es ist das alles vom Erbe nach Abzug aller Gebühren und Schulden. Doch ist dieses Konto ebenfalls und zwar unter strenger Sperre, sonst hätten wir für 5 Monate RM 1300,– beheben können. Dr. U. riet mir, die 4. Rate der Kontribution von diesem Konto zu bezahlen. Das ist in der Tat geschehen. Diese Zahlung wurde bewilligt. Es hat den Vorteil, daß wir jetzt keine Steuerschulden mehr haben, sodaß ich hoffe, die Steuerunbedenklichkeit anstandslos zu erhalten. – Unsere Vermögenslage ist nun ungefähr folgende:

Creditanstalt ca. RM 520,–

Kontrollbank RM 3070,–
Haus ca. RM 10.000,–
also RM 13.590,–

Wir brauchen natürlich unvergleichlich weniger. Mit den Fahrkarten und dem Spediteur, Fracht und alles andere, auch Zahnarzt, glaube ich nicht mehr als RM 8000,– annehmen zu brauchen. Allerdings würde unser Verbrauch durch die Lebenshaltung und Wohnung sich vergrößern, aber immerhin bliebe doch noch soviel übrig, um meiner Schwester den Lebensunterhalt mindestens für ein Jahr sicherzustellen. Apropos meine Schwester. Weißt Du da keinen Rat, wie man sie hinüberbringen könnte? Hier kann sie ja nicht bleiben, weil sie auf die Dauer keine Lebensmöglichkeit hätte! – Augenblicklich wäre uns mit einem Barbetrag von RM 4000,– geholfen, um alles, was Dein Bruder zur Ausrüstung für notwendig hält, anzuschaffen. In Wirklichkeit sieht aber die Sache so aus, daß wir unter Umständen für den Monat August nicht einmal genug Geld zum Leben auftreiben könnten, von irgendwelchen Anschaffungen ganz zu schweigen. Sag selbst, soll man da nicht allen Lebensmut verlieren? Denn mit jedem Tag, der vergeht, werden Anschaffungen schwieriger. Dazu kommt noch, daß Dein Bruder in einem seiner letzten Briefe schrieb: Wir müßten spätestens Mitte Oktober von hier abreisen, und wenn das nicht ginge, könnten wir erst Mitte Januar fahren. Kommen wir also bis Mitte Oktober hier nicht weg, dann finge die Geschichte mit der Steuerunbedenklichkeit von neuem an. Ich weiß mir nicht zu helfen. – Ich glaube, ich werde doch Deinem Bruder wegen mehr Geld als BFr. 5000,– schreiben. Es stellte sich nämlich heraus, daß die Hamburger nichts liefern können. Ich muß mir also alles hier in Wien besorgen. Doch sind Tropenhelme hier nicht aufzutreiben und Mosquitonetze wahrscheinlich auch nicht. Beides zusammen wird ungefähr BFr. 1000,– kosten und diese tausend Franken werde ich von ihm noch verlangen. – T. schrieb mir ebenfalls, daß er mit Dir zusammenkommen will, sobald nur seine Frau bei ihm ist, sie sollte am 3. d. M. in Pettswood eintreffen. Die Freunde von T., die über große Beträge hier verfügen, könnten mir wohl in irgendeiner Weise helfen, aber das ist natürlich etwas, worum ich ihn nicht angehen kann. – Gesundheitlich geht es mir seit ungefähr 3 Tagen wieder besser. Ich esse Kartoffeln, Gemüse und Obst und alles wie immer. Nur mit der Butter muß ich vorsichtig sein. Und auch das Fleisch bekommt mir nicht sehr gut, am ehesten darf ich noch Rindfleisch essen. – Vollkommen im unklaren sind wir auch noch, ob wir am 1. August das Haus werden räumen müssen und was wir dann tun werden. Die Kinderfrau ist bereits entschlossen, nicht zu ihrem Bruder nach Vorarlberg zu gehen. Sie will hier zurückbleiben, sich eine größere Wohnung mieten und sich durch Zimmervermieten durchbringen. Was mit meiner Schwester geschehen soll, weiß ich auch nicht. Das Zimmer, das sie jetzt hat, ist unmöglich. Es ist alles so schwer! – Schreibe wieder einmal, wenn Du ein bißchen zu Atem kommst, ausführlich über das Laboratorium und über Dein Leben, wie es sich sonst gestaltet. Mir fällt gerade ein, Deine Schwester hat von ihrer Engländerin (sie hat da eine am Graben) Adressen von Boardinghäusern erhalten, die gut sein sollen und überdies in Deiner Nähe wären. Ich werde den Brief noch nicht schließen und warten, bis Deine Schwester kommt. Sie muß jeden Augenblick kommen. Oder gedenkst Du in Deiner jetzigen Wohnung zu bleiben? Die Adressen sind auf einem Zettel, den ich beilege. – Ich denke, daß ich Dir diesmal erschöpfend alles geschrieben habe, was uns betrifft. Was weiter werden wird, weiß ich nicht. Wie beispiellos die Unbedachtsamkeit Deines Bruders ist, geht aus folgender Überlegung hervor. Wenn nun die Pässe tatsächlich so gewesen wären, daß aus ihnen die Unmöglichkeit einer Rückkehr hervorginge? Dann hätten sie geschrieben, nein, ihr dürft nicht kommen? Jetzt nach 5 Monaten? Wenn alles ande-

re, was sie für uns unternehmen, ebenso bedacht ist, dann kann einem schon bange werden. Sei von uns allen aufs herzlichste gegrüßt und wenn es Dir möglich ist, schreibe wieder einmal ausführlicher.
Papa

Die Schwester des Großvaters.

Das war eine jener Tanten, die so kitzlig waren und deren Korallen Elsas Mutter irgendwann in einer der Schubladen fand. Zum ersten Mal spricht der Großvater über sie. In Elsas jetzigem Alter muss sie gewesen sein, denn in der Mappe findet Elsa unter den Briefen auch ein Schulzeugnis aus Wien. Und da Elsas Großvater kein Kind mehr war, als er mit seinem Vater aus Polen nach Wien gekommen ist, muss diese Schwester jünger gewesen sein. Und in diesem Alter, in Elsas Alter ist sie wohl dann irgendwann in der Hölle verschwunden. Denn Elsa kann keine späteren Zeugnisse ihrer Existenz entdecken, keine Erzählung der Mutter gibt es über sie, ebensowenig wie über ihre Schwester, die, so meint die Mutter etwas zögernd, als Elsa sie an jenem Abend am Telefon danach fragt, wohl schon gestorben sein mag, bevor das große Unheil eintrat.

8. Juli 1939

Meine Lieben,
Die letzte Nachricht, die ich von Euch habe, war die Karte vom 30. Juni. Ich bin schon ziemlich unruhig und bitte um baldige Mitteilung, was los ist. – Falls Ihr meine letzte Karte nicht bekommen haben solltet: Ich habe an meinen Bruder sofort nach Erhalt des Briefes vom 26. 6. Flugpost geschrieben und ihm Eure Situation und die unbedingte Dringlichkeit geschildert. Ich glaube, daß die Flugpost von hier aus schneller geht, sodaß er den Brief wahrscheinlich in 8 Tagen haben muß. – Aus Brüssel haben mir inzwischen meine Bekannten geantwortet: der angegebene Betrag ist sehr reichlich, ihr

könnt damit unter allen Umständen auskommen; sie haben zu dritt 2 1/2 Monate von derselben Summe gelebt. Die als Allfälliges angegebene Summe ist für Brüsseler Verhältnisse so groß, daß man wahrscheinlich schon ein billiges Auto dafür haben kann, jedenfalls aber 2–3 Schreibmaschinen! (Das mit dem Auto ist sicher keine Übertreibung, hier bekommt man welche schon von 5 Pfund aufwärts!) – Bei dieser Gelegenheit haben sie mir für Euch die Pension Elite, rue Jourdan 36c, empfohlen, in der Deutsch gesprochen wird, und die ungefähr BFr. 40–50 pro Tag kosten dürfte (tout compris). Taxi von bzw. zur Bahn ca. BFr. 25,–. Dort wohnt eine Wienerin, die Euch gerne behilflich wäre. Sie war übrigens mit einem Arzt aus Aspang befreundet, den Papa angeblich kennt. So geht der Tratsch durch alle europäischen Städte. – Ich hoffe unbedingt, daß Ihr doch werdet fahren können; das Wetter sieht zwar schlecht aus, aber es wird Euch hoffentlich doch nicht an der Reise hindern. – Hier ist das Wetter übrigens wirklich scheußlich. Den ganzen Juni war kein Tag dauernd Sonne, und jetzt regnet es beinahe täglich und ist auch ziemlich kühl. Die Londoner sagen, daß mit der heißen Zeit Ende Mai, als ich ankam, der englische Sommer sich auch schon erschöpft hat. – Die Verzögerung in der Angelegenheit meiner Schwester war dadurch bedingt, daß, wie das im Bloomsbury House öfter vorzukommen scheint, ein Teil ihres Aktes verloren gegangen war. Er ist aber auf mein dringliches Urgieren jetzt aufgefunden worden, und ich hoffe, daß es bald erledigt wird, kann aber gar nicht sagen, wie lange es dauern kann. Hat sie irgendeine Nachricht bekommen? Sie könnte auf jeden Fall auch durch die Quäker nachfragen lassen, es schadet nie, wenn von mehreren Seiten angefragt wird. Apropos: Vorige Woche war ich einen Abend bei der Schwester meiner Schwägerin im Youth House. Sie ist inzwischen von dort weggegangen, weil sie Schwierigkeiten mit dem Permit hat. Sie hat (unverständlicherweise) noch immer kein richtiges Arbeits-

permit, wird aber jetzt, soviel ich weiß, ein Ferienheim an der Südküste übernehmen, wo sie dann wahrscheinlich auch wird richtige Arbeitserlaubnis bekommen. (Stellenweise fällt mir Deutsch schon etwas schwer!) Von T. habe ich 2 Karten bekommen, habe ihn aber noch nicht gesehen, da er anscheinend erst in die Stadt kommen will, wenn seine Frau auch nach Pettswood kommt. (Pettswood ist in Kent, etwa 1 Stunde von London.) – Gilt der Brief von M. P., den Ihr bekommen sollt, anstelle der Kaution? Oder muß die Kaution außerdem erlegt werden? Werdet Ihr das Brüsseler Visum ohne Schwierigkeit für 8 Tage bekommen? (Wenn nicht, ist es auch kein Unglück, mit einem 2tägigen Visum kann man ohne weiteres 1 Woche bleiben; ich habe meine Zeit auch um 2 Tage überschritten, und es hat nicht einmal jemand eine Bemerkung darüber gemacht.) Wie stehen die Geldangelegenheiten?

Von mir hab ich nicht viel Neues zu berichten. Ich habe sehr viel zu tun, da das ganze Haus, in dem sich unser Laboratorium befindet, jetzt umgebaut wird und ein dementsprechender Wirbel herrscht. Es wird, wenn es fertig ist, eine kleine Fabrik sein. Schrecklich ist das englische Tempo, über das ich mich schon mehrfach beschwert habe! Und die Leute arbeiten mit einer unglaublichen Sorglosigkeit. Z. B. ist vor einigen Tagen folgendes passiert: Während ich einen Raum, der ganz umgebaut wird, mit dem Builder (also dem Bauleiter) betrachte, kommt plötzlich ein Mann durch den Plafond durchgefallen; ich bin natürlich sehr erschrocken, weil ich gedacht habe, daß er sich erschlägt, aber sein Chef und seine Arbeitskollegen im Stockwerk darüber haben derart gelacht, daß die Leute auf der Straße stehengeblieben sind. Sie machen nämlich überall Löcher in den Boden, weil eine Unmenge von Rohren, Kabeln usw. durchgeleitet werden. Ein solches Loch von etwa 1 Quadratmeter haben sie geistvollerweise einfach mit Papier bedeckt, sodaß der Mann, der ahnungslos hinging, glatt hinun-

terfiel. Übrigens hat er sich nichts gemacht. Aber ich bin das noch nicht gewöhnt, daß die Leute durch die Decke ins Zimmer kommen. –
Gerade bin ich angerufen worden, daß ich dringend hinkommen muß (dabei ist heute Samstag!), weil irgendeine Geschichte mit der Lichtleitung ist; das hätte sicher bis Montag Zeit, aber was soll man machen! Ich muß also jetzt schließen und gebe den Brief gleich auf.
Bitte schreibt bald, wenn möglich auch über die Fragen, die ich auf meiner letzten Karte gestellt habe.
Herzliche Grüße
Euer Sohn

Am unteren Ende dieses Briefes findet Elsa eine handschriftliche Anmerkung des Großvaters, welche Karte und welchen Brief er als Antwort gesandt hat.

Ganz penibel, als ob er jeden Brief und jede Antwort archiviert habe. Vielleicht, denkt Elsa, sind die Briefe aber auch nur wegen der ihr so bürokratisch erscheinenden Genauigkeit dieses Großvaters noch vorhanden und liegen nur deshalb jetzt hier vor ihr auf dem Tisch in ihrem Hotelzimmer? Wohin aber, fragt sich Elsa, ist all diese Genauigkeit geraten? Denn sie, das weiß sie nur allzu gut, hat diese Sorgfalt nicht geerbt von ihrem Großvater und leidet des Öfteren unter ihrem eigenen inneren Chaos.

Und wieder fragt sie sich, ob der Vater wohl deshalb derlei Geschichten, wie jene von dem Arbeiter, der durch die Zimmerdecke fiel, erzählte, um den Daheimgebliebenen etwas zu bieten, was ihre Sorgen ein bisschen verdrängte? Und der Hinweis auf die Schreibmaschinen? Er hat es gewusst, denkt Elsa und ist ein bisschen amüsiert und auch erleichtert. Er hat gewusst, dass der Großvater, der jüdische Schriftsteller, von den Barbaren keine Schreibmaschine bewilligt bekommen würde – und spendete Trost. Und die billigen Autos? Damals schon hat der Vater also an derlei gedacht?

Der Vater, der später, als der Krieg vorbei, die Barbaren besiegt und die Rückkehr vollzogen war, als Elsa schon lebte und schon etwas größer war und als nur wenige Menschen ein Auto besaßen, ein solches anschaffte, sobald es nur irgendwie möglich war, und die Familie chauffierte – manchmal nicht ganz ohne Zwischenfälle, übrigens.

Und mitten in die beängstigende Brieflektüre hinein entsteht in Elsas Kopf das Bild von jener Ausfahrt im ersten eigenen Auto, als der Vater zu wenig Benzin in den Tank gefüllt hatte, weshalb die Familie einen heißen Sommersonntag zu einem guten Teil an einem – zum Glück – schattigen Straßenrand zubrachte, weil der geliebte Wagen aus Mangel an Treibstoff die Weiterfahrt verweigert hatte und sich der Vater mit dem halbwüchsigen Bruder in der Mittagshitze aufgemacht hatte zu einer ein paar Kilometer entfernt liegenden Tankstelle.

Damals waren Elsa, Elsas Mutter, Elsas Schwester und deren damalige beste Freundin im Schatten zurückgeblieben, hatten das Picknick, das eigentlich für einen anderen Ort gedacht gewesen war, fröhlich aufgegessen und auf Vater und Bruder gewartet, die schließlich völlig aufgeweicht von der Hitze, aber erfolgreich zurückgekehrt waren. Den Tag hatte man in einem wunderschönen Bad beendet, wo sich alle den Staub und den Benzingeruch vom Leib geschwommen hatten. Und der Vater war danach viele Wochen böse gewesen auf die beste Freundin der Mutter, die mit ihrem kleinen Auto vorausgefahren war und nicht bemerkt hatte, dass sie ihr nicht gefolgt waren, sie also ihrem benzinlosen Schicksal überlassen hatte, was Elsas Vater nicht verstehen konnte, weil er stets mit einem Auge darauf zu achten pflegte, was jenen, die mit ihm gemeinsam unterwegs waren, gerade zustieß oder nicht zustieß.

Kindheitserinnerungen. Erinnerungen an Zeiten, wo man sich über derlei zerstreiten mochte, sich später auch wieder versöhnte, und, so scheint es Elsa, keinerlei Sorgen hatte, die über diese oder jene Kleinigkeit hinausgingen. Aber Elsa war damals ein wohl behütetes Kind. Und, so denkt sie, während sie die dicke Mappe betrachtet, was hat sie damals schon gewusst von den Sorgen und Ängsten der Eltern, von deren nicht auflösbarem Schmerz über den Mord an den Großeltern, über welchen man nicht sprach, weil er zu groß war, um ihn bereden zu können? Jener Schmerz und wohl auch jenes Gefühl der nicht wieder gut zu machenden Schuld, die doch alle in sich tragen, die überlebt haben?

16. Juli 1939

Meine Lieben,
Die Karte vom 10. habe ich erhalten und mit beträchtlicher Verspätung auch den Brief vom 7. d. M. – Zunächst zum Dringlichsten: Trotz aller Bemühungen konnte ich in der Sache meiner Schwester bis jetzt noch keine Erledigung erreichen, der Akt muß anscheinend seine bestimmte Zeit laufen. Ich bin aber sicher, daß es bald fertig sein wird; man kann die Wartezeit erst vom Augenblick an rechnen, wo Miss Frey die Sache übernommen hat, und da die Erledigung vom Home Office immer 6–10 Wochen dauert, so ist bis jetzt die normale Zeit noch nicht überschritten. Natürlich frage ich trotzdem immer wieder an, weil das häufige Anfragen manchmal doch eine schnellere Erledigung bewirkt. Mehr kann ich leider im Augenblick nicht sagen. – Wegen meiner Tante möchte ich folgendes sagen: Falls sie ca. 1/2 Jahr nach Eurer Abreise von Wien noch zu leben hat, so glaube ich, daß es sicher gelingt, sie nachher nach England zu bringen. Das Austrian Self Aid Committee hat vor kurzer Zeit durchgesetzt, daß ältere Leute ein Permit zur Aufnahme in ein Altersheim bekommen, wenn ihnen eine Unterstützung von 30/– in der Woche garantiert

ist. Augenblicklich könnte ich persönlich eine Garantie nicht geben, da ich kein Arbeitspermit habe (offiziell lebe ich ja selbst von der Unterstützung durch meinen Garanten). Aber ich glaube, daß ich bis in einem $^{1}/_{2}$–$^{3}/_{4}$ Jahr entweder schon selbst in der Lage bin zu garantieren, oder aber bestimmt einen Garanten aufgetrieben haben werde. Vorausgesetzt, daß die Verhältnisse sich bis dahin nicht geändert haben, glaube ich also, daß meine Tante sich über später keine Sorgen machen muß. – Bezüglich der Geldsachen: Das alles ist ja nicht so schlecht, wenn eine Freigabe durchgesetzt ist. Ich hoffe (ich kann es mir auch kaum anders vorstellen), daß die lebensnotwendigen Beträge doch ebenso freigegeben werden wie von dem anderen Konto. Ist dieser Betrag vom Erbe alles, inklusive der auswärtigen Unternehmungen? Mit den Anschaffungen ist natürlich nichts zu ändern; Brüssel ist aber doch ziemlich billig, und ich glaube, daß mein Bruder Euch da ohne weiteres aushelfen kann, da er ja schließlich dafür keine Fahrtspesen zu bezahlen hat. Ein bißchen kann ich ja übrigens auch mithelfen. – Von den T.s habe ich leider noch immer nichts gesehen. Er besucht anscheinend einen täglich mehrere Stunden dauernden Englischkurs in London, hat aber seine Mittagspause zwischen 12 h und 1 h, wo ich unmöglich aus dem Laboratorium weggehen kann. Wann er abends Zeit hat, hat er mir noch immer nicht geschrieben. –

Hingegen hat mich ein anderes Ehepaar vorgestern im Laboratorium besucht, nämlich Herr und Frau Dr. A. Sie sind seit Montag in London, und es geht ihnen augenblicklich ganz gut. Sie lassen Euch alle herzlich grüßen. Ich mußte mich ihm übrigens durch Flucht entziehen, weil er, kaum daß ich sie begrüßt habe, schon angefangen hat, mir eine seiner bekannten höchst geistvollen Theorien über die allgemeine Lage zu erläutern. – Für die beiden Adressen lasse ich mich bedanken, ich kann sie aber zu nichts brauchen; erstens kenne ich Tavistock Square sehr gut, es ist ca. 5 Minuten von meiner jetzi-

gen Wohnung entfernt, und zweitens will ich ja gerade aus dieser Gegend wegziehen. Denn alles das ist im Bezirk Bloomsbury. Das ist ein Studenten- und Fremdenviertel und daher ziemlich teuer. Außerdem kostet mich die Fahrt ins Laboratorium 2 d. Ich will aber nach Westen ziehen, wo ich entweder billiger wohne oder aber um dasselbe Geld viel schöner, und von wo ich außerdem nur 1 d. Fahrgeld zahle oder zu Fuß gehen kann. – Mein Laboratorium wird noch immer gebaut. Der große Arbeitstisch steht schon, aber ich mußte gestern z. B. die Kraftstrom-Stecker festlegen (letzthin, als ich weggerufen wurde, handelte es sich um die Licht-Stecker). Ferner die Gasrohre usw. Erst bis das alles ordnungsgemäß eingeleitet ist, kann gestrichen werden; dann kann ich erst einziehen, muß aber anschließend das Glasinventar einteilen, Apparate kaufen usw. Es kostet also immer noch eine ziemliche Arbeit, aber es ist ganz interessant, einmal sozusagen als Innenarchitekt zu arbeiten. Außerdem betätige ich mich derzeit als Elektriker; diese Sache ist typisch für die englische Mentalität. Ich habe Euch schon vor längerer Zeit geschrieben, daß ich einen ziemlich teuren Apparat bestellt habe (ein Elektrophotometer), den ich dringend für meine Arbeit brauche, und daß er nicht und nicht kommt. Jetzt habe ich ihn endlich nach langen Kämpfen bekommen. Dazwischen spielte sich einmal folgende Szene ab: Die Firma vertröstete mich immer von einem Tag auf den anderen. Einmal sagte ich ihnen: Wenn wir es nicht in einer Woche haben, so werden wir es uns von Zeiss bestellen und ihren Auftrag stornieren. Drauf bekam ich zur Antwort: Bitte schön, dann haben wir wenigstens nicht die Plage! Nun habe ich das Photometer endlich doch bekommen (es kostet ca. 78 Pfund!), aber es war nicht durchzusetzen, daß ein Mann von der Firma mitkommt, um es bei uns zu montieren. Ich mußte mir selbst Leitungsdraht, Schalter usw. besorgen und die ganze Geschichte an unsere Starkstromleitung mit Widerständen etc. adaptieren. Zum

Glück habe ich von zuhause her eine so gute elektrotechnische Vorschule, sonst hätte ich noch ein paar Wochen nichts damit machen können! – Diese Leute haben immer noch so viel Geld, daß ihnen die Mühe nicht dafür steht, neue Kundschaften zufriedenzustellen. Ihnen genügen ihre paar Stammkunden, alle anderen werden als lästige Ruhestörer empfunden.
Für heute muß ich schließen, ich hoffe, daß ich doch Anfang nächster Woche schon Genaueres über meine Schwester schreiben kann.
Allen herzliche Grüße
Euer Sohn

Und wieder ist Elsa fassungslos. Eineinhalb Monate bis Kriegsbeginn und der Vater spricht von einem halben Jahr und davon, dass er die Tante dann nach England holen werde. Und doch muss er geahnt haben, was kommen würde. Hätte er sonst angeboten Geld aufzutreiben? Hätte er sich sonst um Tante und Schwester gesorgt? Nein, nie wird sie wirklich verstehen, was in ihnen allen damals vorgegangen ist, denkt Elsa. Und vielleicht ist es ja sogar gut so, vielleicht rettet ihr das den Schlaf in mancher Nacht.

Und dann diese Fröhlichkeit, mit der der Vater über die komischen Engländer schreibt, die immer noch genug Geld haben. Und wie er sich zurecht findet mit so komplizierten Dingen wie Stromanschlüssen.

Längst zurück in der Heimat, hatte sich Elsas Vater später einen Namen gemacht als einer, der jede Maschine reparieren und wieder in Schwung bringen konnte. Hatte von seinen Mitarbeitern zu seinem sechzigsten Geburtstag sogar einen goldenen Schraubenschlüssel geschenkt bekommen, weil er in seinem Laboratorium in Wien alles stets eigenhändig zum Laufen bringen konnte. Abends, wenn er erschöpft nach Hause kam, erzählte er gern, wie er wieder einmal einem Firmenmitarbeiter den weiten Weg in sein Laboratorium erspart hatte, indem er sich von dem Betreffenden am Telefon hatte erklären lassen, was hier oder da zu tun war und die entsprechenden Arbeiten dann meist besser erledigt hatte, als alle Firmentechniker dies konnten. Und Elsa hatte ihn stets dafür bewundert, dass er nie die Geduld verlor, wenn es um Technisches ging, ja nicht einmal damals, als er ihr zwei Monate lang die Grundzüge der Mathematik beibrachte, weil sie diese in der Schule so gar nicht verstehen wollte.

Nr. 10. Wien, den 18. Juli 1939

Lieber Sohn!
Ich entschloß mich, von nun an die Briefe zu numerieren, es ist doch übersichtlicher. Nur die Karten, die ich bisher geschrieben habe, zählte ich nicht mit. Deinen Brief vom 16. d. M. erhielt ich heute. Ich nehme an, daß Du mittlerweile meine Zeilen von Sonntag mit der Briefbeilage der Miss Houghton erhieltest. – Bei uns gibt es nichts Neues. Unsere Verhältnisse änderten sich bisher in keiner Weise. Auch wegen der Paßeinreichung habe ich bisher noch nichts gehört, obwohl es morgen bereits 4 Wochen sind. Doch erscheint mir dies im Augenblick, da wir ja kein Geld haben, nicht so dringend. Die Behebung des Geldes für die Paßgebühren wurde uns bewilligt mit Giltigkeit bis zum 31. August. D. h., wenn wir bis dahin für diesen Zweck das Geld nicht beheben, müssen wir noch einmal einreichen. Ich hoffe aber, daß es nicht notwendig sein wird. – Dein Bruder schreibt nicht, oder genauer, wir haben bisher von ihm nichts gehört. Von seiner Frau sind mittlerweile an ihren Vater und ihre Mutter, der letzte Brief vom 3. d. M., Schreiben eingetroffen. Von uns aber erwähnt sie nichts, mit keinem Wort, obschon ich 4 Briefe und Du 1 Brief in dieser Angelegenheit geschrieben hast. – Was das heißen soll, weiß ich nicht. Am 21. sind 4 Wochen seit

dem letzten Brief Deines Bruders vergangen. – Ich sehe ein, daß Du Deiner Schwester wegen nicht mehr unternehmen kannst als zeitweilig urgieren. Ich bin trotzdem ungeduldig, weil alle diese Verhältnisse sehr schwer auf mir lasten. Denn wir wissen noch nicht, wann wir werden ausziehen müssen, lange kann es ja nicht mehr dauern, und das Wohin ist bisher ein noch ungeklärtes Problem, das natürlich umso schwerer zu lösen sein wird, je mehr Personen mit übersiedeln müssen. Was Du meiner Schwester wegen sagst, ist doch tröstlicher, nur habe ich sehr wenig Zutrauen zu ihrer Fähigkeit, sich irgendwo eingewöhnen zu können. Schließlich hat sie sich selbst bei uns, obwohl schon 9 Monate vergangen sind, noch immer nicht richtig eingewöhnt. Sie ist ein unglaublich schwerer Fall. – Die Beträge bei der Kontrollbank beziehen sich nur auf Österreich, die Auslandsangelegenheit kann noch Monate dauern. – Auch von T. erhielt ich heute einen Brief. Er fühlt sich sehr unglücklich in London, besonders darüber, daß er sich schon am 4. August in Southampton nach Australien einschiffen soll. – Das Politisieren Dr. A.s ist mir nichts Neues. Er hatte genau dieselben törichten Ansichten bereits vor 30 Jahren. Ihm ist nicht zu helfen. Und selber kann man sich nur dadurch helfen, daß man sich mit ihm in keine Gespräche einläßt. Ich erwartete viel mehr, daß er von Dir verlangen würde, Du sollst mit ihm wissenschaftlich arbeiten. Was vielleicht noch übler gewesen wäre als das Politisieren. Ich kann mir den Betrieb bei Euch nur schwer vorstellen. Dein Chef scheint ja über große Geldmittel zu verfügen, denn alle diese Änderungen müssen ja hunderte von Pfund kosten. Unsere Möbel scheinen schwer oder gar nicht verkäuflich zu sein. Heute erschien bereits die 3. Anzeige in der Zeitung, doch ohne Erfolg. Sollte es nicht anders gehen, so muß eben die Kinderfrau die Sachen bei einem Spediteur einlagern, bis sie sie dann vielleicht doch verkaufen wird können. – Von Gildemeester bekam ich für Dich eine Ladung für den 19. d. M.

um zehn Uhr Vormittag unter Mitnahme aller Deiner Dokumente etc. Was das bedeuten sollte, kann ich mir nicht erklären. Möglicherweise Arbeitsdienst oder Ähnliches. Ich schickte die Karte zurück. Für die Devisenstelle mußte ich wieder einmal eine Vermögensaufstellung einsenden. Wozu eigentlich dient das Elektrophotometer? Das ist ein Apparat, den ich mir nicht vorstellen kann. Sonst ist nichts Neues über uns zu berichten. Es geht uns allen gesundheitlich gut. Die Hitze ist groß, aber erträglich. Die Kinderfrau hat sich vor einigen Tagen den Mittelfinger der rechten Hand beim Teppicheinrollen verstaucht. So arg, daß sie zum Arzt gehen mußte, der den Finger schiente. Da die Verletzung sich scheinbar kaum besserte, bringt Deine Schwester sie heute zum Arzt. Die Kinderfrau ist sehr unglücklich darüber, da sie nicht arbeiten kann. – Ich mache jetzt Schluß und grüße Dich allerherzlichst. Was macht eigentlich M.? Ihre Schwester war Sonntag und heute bei uns.
Papa

Vorladungen, Geldverweigerungen, Hausverkauf und Ausreiseängste. Wie haben sie das alles ausgehalten, fragt sich Elsa und denkt an ihre vielen Übersiedlungen, bei denen sie immer dachte, sie würde sie nicht überleben. Wie töricht, derlei Dinge so ernst zu nehmen, wenn es doch ganz anderes, viel Schlimmeres gibt!

In den Nachrichten, die Elsa mit geradezu selbstzerstörerischer Gier in sich aufnimmt, ist von immer neuen Gräuel die Rede und von immer neuen Bomben, die das Land in Schutt und Asche legen. Nur von den Menschen, die noch in dem bombardierten Land leben, hört sie wenig. Manchmal sieht sie Bilder von Demonstranten, die alle den Mörder an ihrer Landesspitze zu lieben vorgeben, und kann nicht glauben, dass diese Menschen alle nicht wissen, was sie da reden und tun, nicht wissen, was da anderen Menschen angetan wird. Massenvergewaltigungen gebe es inzwischen, so erfährt sie auch. Denn auf diese Art demütige man die Männer, die Fremden, wird ihr erklärt und Elsa verspürt Ekel nicht nur vor den Vergewaltigern, sondern auch vor jenen, die das Leid und die Schmach, die ihren Frauen, Töchtern und Schwestern angetan werden, beantworten, indem sie die Opfer verstoßen. Wie unerträglich diese ganze Welt doch zuzeiten erscheint, denkt Elsa.

Nicht alles so nahe an sich herankommen lassen, sagt eine Freundin am Telefon. So kannst du nicht leben. Hör weniger Nachrichten, schalt ab, denk an anderes, Wichtigeres, du wirst sonst verrückt. So wie der Großvater, der inmitten des furchtbaren Jammers, von dem er so ausführlich schreibt, fragt, was dieser geheimnisvolle Apparat aus dem Laboratorium des Vaters sei und wie er denn funktioniere.

7

24. Juli 1939

MEINE Lieben,
ich bestätige den Empfang des Briefes Nr. 10 und des vorhergehenden mit der Mitteilung an meine Schwester. Ich halte diesen Brief (von den Quäkern) übrigens mehr für nichtssagend als unerfreulich. Er zeigt nur, daß Miss H. von der Sache augenblicklich auch nicht mehr weiß als ich. Tatsächlich hat die Zeit seit der Einreichung noch nicht den normalen Termin überschritten, wie ich ja schon letzthin geschrieben habe. Ich habe übrigens heute wieder nachgefragt, aber nicht mehr erfahren, als daß ein Teil des Aktes verloren war und daß jetzt angeblich alles seinen normalen Verlauf genommen hat. Ich denke, wenn ich ihnen auch weiterhin keine Ruhe lasse, so wird die Geschichte doch in absehbarer Zeit erledigt werden. – Von meinem Bruder habe ich ebenfalls noch keine Nachricht; ich kann mir auch durchaus nicht erklären, was eigentlich los ist. – Wie steht es mit dem Ausziehen? Jetzt müßt Ihr doch schon einen Termin wissen? Daß die Möbel so schwer zu verkaufen sind, ist sehr unangenehm; kann Euch da nicht vielleicht M.s Vater raten, er hat ja gerade in dieser Richtung Beziehungen. – Heute hat mich Herr T. im Laboratorium besucht. Er muß, wie er Euch ja schon geschrieben hat, am 5. 8. abreisen, weil ihm das Reisegeld zuhause für ein bestimmtes Schiff bewilligt wurde und wenn er nicht mit diesem fährt, müßte er frisch einreichen lassen. Er wäre gerne bis Herbst hier geblieben, aber andererseits ist es vielleicht ganz gut für ihn, wenn er jetzt schon hinunterfährt. Die Kinder kommen sie nächste Woche in Pettswood besuchen, ich

denke, daß ich da einmal die ganze Familie treffen werde. T. hat auch außerdem seinen Lift noch nicht bekommen, da er das Geld dafür nicht freimachen kann und seine Freunde anscheinend auch nichts mehr haben. – Bezüglich der Fragen über den Betrieb bei uns: Es ist auch schwer vorstellbar; das Wort »Betrieb« ist nämlich derzeit ein weitaus zu euphemistischer Ausdruck. Augenblicklich ist es nur ein Saustall; aber es wird hoffentlich einmal ein Betrieb werden. Die Geldmittel, die für den Umbau nötig sind, stammen nicht von meinem Chef, sondern von der interessierten Firma, von der ich ja berichtet habe. Sie bezahlt alle Einrichtungskosten, weil wir ihr plausibel machen konnten, daß es sich auszahlen wird. Wir sollen uns zum Forschungslaboratorium dieser pharmazeutischen Firma entwickeln, während die fabriksmäßige Herstellung natürlich in einem richtigen Fabriksgebäude stattfinden müßte. Für mich ist die Sache insoferne interessant, als ich ja von diesem Zweig der praktischen Chemie bisher keine Ahnung hatte, und die Kenntnisse über pharmazeutische Technik, die ich mir so erwerben kann, sind für mich sicher sehr nützlich. Meine eigentliche Forschungsarbeit liegt dabei durchaus in meinen bisherigen Arbeitsgebieten, sodaß die ganze Sache für mich, wenigstens für die erste Zeit, sicher sehr befriedigend ist. Und über später zerbreche ich mir vorläufig noch nicht den Kopf; außerdem sind gerade für Biochemiker die Aussichten im allgemeinen sehr günstig. Das Elektrophotometer ist ein wunderschöner Apparat, mit dem ich mich seit über einer Woche unaufhörlich spiele. Es dient zur Messung von Farbstoff-Konzentrationen, also zu quantitativen Bestimmungen. Das Prinzip ist dabei, daß die Farbintensität von (gefärbten) Lösungen in einem gewissen Verhältnis zur Konzentration der gelösten Stoffe steht. Mit dem Photometer mißt man direkt die Farbintensität durch die Größe der Lichtabsorption in gewissen Wellenlängen (also durch gewisse Farbfilter). Während man nun bei den bisherigen Appara-

ten zur Ablesung in einem Gesichtsfeld zwei verschieden helle Hälften auf gleiche Helligkeit einstellen mußte, was sehr ermüdend ist und natürlich einen großen subjektiven Fehler einschließt, ersetzt man jetzt das Auge durch zwei Selenzellen (die bekanntlich bei verschieden starker Lichteinwirkung verschieden starke Ströme liefern) und kann so die Messung ganz objektiv (mit einem empfindlichen elektrischen Meßinstrument) und sehr rasch erledigen. Da ich mit Flüssigkeitsmengen von ca. 0,2 ccm und einer Farbstoffkonzentration von etwa 1 mg% arbeite, handelt es sich um absolute Mengen von ungefähr 2–3 Gamma (d. s. 0,000002 g, also zwei Millionstel Gramm), die ich auf diese Art ganz exakt mit geringer Fehlerbreite bestimme. (Genauigkeit etwa auf 1 Zehnmillionstel Gramm.) Das Ganze ist also eigentlich ziemlich unvorstellbar. – Abgesehen vom Laboratorium bin ich auch sonst sehr vielbeschäftigt. Ich treffe sehr viele Landsleute, wir haben hier einen sehr großen, ständig wachsenden Klub (Austrian Centre), in dem unter anderem auch ein sehr gutes und billiges Wiener Restaurant ist; es ist ungemein angenehm, von Zeit zu Zeit ein richtiges Wiener Schnitzel oder ein Gulyas zu essen. Daher ist auch der Andrang so groß, daß man meistens nichts mehr bekommt. Außerdem gibt es dort eine sehr hübsche Kleinkunstbühne und auch sonst ist es recht interessant; der große Nachteil ist, daß man so viele Deutsch-Sprechende trifft, sodaß man viel zu wenig Englisch übt. Um das auszugleichen, nehme ich jetzt Stunden bei einer sehr netten englischen Röntgenschwester, die wir durch M.s Bruder kennengelernt haben. Sie war nämlich lange Zeit in Nizza (wo M.s Bruder ist) und ist jetzt nach London gekommen; durch sie kommen wir auch mit verschiedenen englischen Leuten zusammen, was sehr angenehm und nützlich ist. – Daß ich noch Stunden nehmen will, habe ich schon lange beschlossen, weil sich nämlich herausstellt, daß man mit einem so geringen Wortschatz im täglichen Leben auskommt, daß ich für besondere Zwecke, etwa wissen-

schaftliche Diskussionen, oder um zu schreiben (was für mich wegen der Publikationen sehr wichtig ist), praktisch weitaus zu wenig lerne. Außerdem verschlampt man sich in London sehr die Aussprache, weil hier alles mit einem starken Londoner Akzent spricht; und dieses Mädchen spricht ein wunderschönes Oxford-English, da sie bis zu ihrem 10. Jahr in Ägypten gelebt hat und zur Kompensation ihres Kolonialdialektes dann ein besonders reines Englisch gelernt hat. M. ist sehr fleißig in ihrem Spital. Wir waren gerade zusammen, sie hat nämlich von Sonntag 18 h an und den ganzen Montag frei; da kommt sie gewöhnlich Sonntag abends herein und darf dann bis 12 Uhr nachts ausbleiben, sodaß wir diesen Abend für Kino u. ä. benützen. Gestern waren wir z. B. mit unserer englischen Bekannten in einem Soho-Restaurant (in Soho, einem zentral gelegenen Stadtteil, sind die meisten ausländischen Restaurants, chinesische, italienische usw.). Man ißt dort sehr gut und billig, und es ist eine mehr kontinentale Atmosphäre, was zeitweise ganz angenehm ist. – Montag, also auch heute, kommt M. dann wieder in die Stadt, aber da muß sie schon um ½11 h zuhause sein. Unter der Woche fahre ich sie, je nachdem wie ich Zeit habe, noch 1 oder 2 Mal besuchen, denn sie hat jeden Abend von ca. ¼9 bis ½11 frei. Ihr Spital ist gar nicht so weit, man kann von meiner Wohnung in ca. 25 Min. draußen sein, allerdings kostet das dann pro Fahrt 5 d., weil man mit der Underground fährt. Ich fahre aber gewöhnlich mit dem Trolleybus um 6 d. hin- und zurück, und es dauert auch nur ca. 35–40 Min. Wie man in London am billigsten fährt, ist eine eigene Wissenschaft, über die interessanterweise die Ausländer gewöhnlich viel mehr wissen als die Londoner. Ich bin zum Glück darin schon ziemlich gebildet, weil ich immer mit den Plänen von Bus und Trolley herumgehe; komischerweise kennen sich nämlich die Schaffner nur in ihrem engsten Fahrtgebiet aus, und man kann z. B. von einem Bus-Schaffner nichts über Untergrundbahn oder Trolley erfahren

und umgekehrt. Hingegen ist es mir schon öfters passiert, daß mich ein Schaffner um den kürzesten Weg gefragt hat, wenn er bemerkte, daß ich einen Plan besitze. – Von Eurer Hitze könnten wir hier etwas brauchen. Es regnet täglich und ist reichlich kalt. Sonne haben wir schon lange nicht gehabt. Die Engländer reden sich aus, daß es in anderen Jahren besser ist, aber ich glaube es nicht; ich kann mir jedenfalls einen richtigen Sommer hier schon nicht mehr vorstellen, obwohl es so heiß war, wie ich angekommen bin. Man tröstet sich hier damit, daß man von einer Woche zur anderen eine Hitzewelle voraussagt. –
Richtig, daß ich nicht vergesse: Bitte schickt mir gelegentlich meine beiden Stethoskope, ich glaube, ich habe schon einmal darum gebeten. Außerdem wird es bald auch nötig sein, die Steppdecke zu schicken, da sonst die Unbedenklichkeit abläuft. Ich denke, Ihr könntet die Portospesen vom Empfänger einheben lassen, wenn die Post das gestattet.
Jetzt muß ich aber schlafen gehen, es ist schon wieder 12 Uhr. Was macht der Finger der Kinderfrau? Wahrscheinlich hat sie ihn sich gebrochen, nicht? Aber so etwas heilt für gewöhnlich sehr schnell.
M. läßt alle sehr herzlich grüßen. Und ich auch
Euer Sohn

Endlich erzählt er über etwas, das ihr vertraut ist, denkt Elsa. Jener österreichische Klub. In Elsas Familiengeschichte spielt dieser Klub, den ihr Vater als österreichischen bezeichnet, von dem sie aber aus den Erzählungen doch weiß, dass er eigentlich ein kommunistischer war, eine herausragend wichtige Rolle. Die Legende besagt, dass der Vater die Mutter eben dort kennen lernte. Die Mutter, die als Hausmädchen nach England kam, es dann bei den Herrschaften nicht aushielt und schließlich als Kellnerin in jenem österreichischen Restaurant landete, von dessen Schnitzeln und Gulyas der Vater in seinem Brief schwärmt. Und eines Abends, da habe der Vater Gulyas essen wollen, doch die Kellnerin – die Mutter – sei so schrecklich müde gewesen, dass er sie stattdessen eingeladen habe, sich zu ihm zu setzen – so weit die Familienlegende. Und ein Freund des Vaters hat später gemeint, der Vater habe die Mutter nur geheiratet, weil er endlich tatsächlich sein Gulyas bekommen wollte. Eine glatte Lüge, wie die Mutter gern kichernd erzählt, denn sie habe, als sie den Vater in jenem Klub kennen lernte, gar nicht kochen können, habe dies erst vom Vater gelernt, ihn also nicht mit einem Gulyas einfangen und von jener M. wegholen können.

Und auch die Kleinkunstbühne hat ihren Platz in den Familiengeschichten: war es doch der sehnlichste – und für immer unerfüllt bleibende – Traum der Mutter, Schauspielerin zu werden. Und als Laiendarstellerin war sie denn auch in England aufgetreten, allerdings nicht auf jener Kleinkunstbühne, denn die betrieben nur Berufskünstler. Aber wenigstens als Sekretärin durfte die Mutter für eben diese Kleinkunstbühne arbeiten und manches Mal, so wird gern erzählt, hätte sie die Kasse des Unternehmens mit ins Bett genommen und unter dem Kopfpolster vor diebischen Händen bewahrt.

Wie sich die Briefe verändert haben im Laufe der Monate, denkt Elsa jetzt auch. Ja, London, das beschreibt der Vater immer noch mit dem ihm eigenen Humor. Elsa muss an eine Londonreise denken, bei der sie tatsächlich – fünfzig Jahre später – all das mit Busschaffnern und U-Bahn-Bediensteten erlebte, was der Vater in seinem Brief beschreibt. Aber die immer nachdrücklicheren Fragen, die immer ungeduldigeren Beschwörungen lassen erkennen, wie die Sorge des Vaters stetig wächst. Und wie hilflos er sich wohl gefühlt haben mag im sicheren England.

Und doch. Da schreibt er seitenweise über jenen Apparat, sein neues Spielzeug. Über seine Forschungsarbeit – die er auch später nie aufgegeben hat, weil er es sich zum Ziel gesetzt hatte, zum Kampf gegen den Krebs etwas beizutragen, und dann selbst der Krankheit erliegen sollte, später, viel später. Schreibt, denkt Elsa, nur für den Großvater, der irgendwann einmal ähnlichen Tätigkeiten nachgegangen ist. Als Trost, zur Ablenkung? Elsa kann es nicht sagen und denkt, dass sie anderes wissen möchte, wissen hätte wollen, wäre sie eine Zurückgebliebene gewesen. Aber vielleicht war es so gerade richtig für den Großvater, den die Last der herrschenden Bedingungen so sehr zu Boden drückte?

Nr. 11. Wien, den 27. Juli 1939

Lieber Sohn!
Deinen Brief vom 24. d. M. erhielt ich mit der heutigen Abendpost. Ich wollte ursprünglich mit der Antwort bis morgen warten, um Dir mitteilen zu können, ob Dein Bruder endlich geschrieben hat. Ich bin aber so gedrückt und durch alle Ereignisse beunruhigt, daß es mir eine Wohltat ist, mich wenigstens brieflich aussprechen zu können, und so schreibe ich Dir gleich, werde aber noch die morgige Post abwarten, ehe ich den Brief schließe. – Es muß da etwas mit unserer Ausreise nach dem Congo nicht stimmen. Wie ich Dir schon mitteilte, ist der Brief Deines Bruders vom 11. Juni. In der Zwischenzeit muß Dein Bruder Deinen Brief, von mir 3 Briefe und seine Frau von mir einen Brief erhalten haben. Da mein letzter Brief an Deinen Bruder vom 30. Juni ist, könnte seine Antwort selbst auf diesen Brief bereits morgen eintreffen. Mir fällt auf, daß seine Frau in der Zwischenzeit sowohl ihrer Mutter als auch ihrem Vater geschrieben hat und gegen ihre sonstige Gewohnheit den Empfang meines Briefes nicht bestätigte. Jedenfalls werden es morgen 5 Wochen seit dem letzten Brief Deines Bruders. – Wegen des Hauses kenne ich mich nicht mehr aus. Bisher ist nichts erledigt. Ich habe den Hauskäufer in der letzten Zeit nicht gesehen. Es ist natürlich aus-

geschlossen, daß wir früher ausziehen, als uns der Kaufpreis bei einer Bank erlegt sein wird, aber wann das sein wird, vermag ich nicht anzugeben. Auch sonst geht Verschiedenes, was Wohnungen betrifft, vor. Ich vermag mich nicht so auszudrücken. Ich glaube, unsere Freunde werden mit August für November gekündigt werden, aber nicht nur sie. Ich sandte Dir ja seinerzeit aus dem »N. Wr. Tgbl.« einen Ausschnitt. Müssen wir aus dem Haus, dann weiß ich nicht, was aus uns werden soll. Nun gibt es für uns vielleicht, aber nur vielleicht, einen Ausweg. Du weißt ja, daß die Mutter Deines Cousins in der Währinger Straße, Ecke Weimarer Straße ein Haus gekauft hat. In diesem Hause wird mit 12. August eine »Judenwohnung« frei. 1. Stock, sämtliche Fenster in die Weimarerstraße. Die Wohnung enthält 3 Zimmer und 2 Kabinette. Die Mieter hatten seinerzeit in dieser Wohnung eine Etagenwarmwasserheizung eingerichtet und ein Badezimmer mit verkachelter Wanne und Warmwasserautomaten, für das Badezimmer und die Küche. Ferner im Vorzimmer einen großen Kasten einbauen lassen, überdies bleiben verschiedene Beleuchtungskörper, Vorhänge usw. zurück. Sie verlangten für alle diese Adaptationen RM 1500,– Die neue Hausbesitzerin verständigte mich davon. Diese Wohnung erschien der Kinderfrau und uns sehr günstig. Sie meint, und ich bin der gleichen Meinung, daß sie sich durch Zimmervermieten, wenn nicht alles, so doch wenigstens einen Teil des zum Leben Notwendigen verdienen könnte. Überdies dachten wir, besonders, wenn uns der Hauskäufer zu Hilfe kommen wollte, daß es uns möglich sein würde, bei ihr so lange in Untermiete wohnen zu können, bis unsere Auswanderung geregelt sein würde, vielleicht auch, daß Deine Schwester und Deine Tante bis zu ihrer Ausreise dort wohnen bleiben könnten. – Diese Wohnungsschwierigkeiten, sie sind, seit Du in England bist, gigantisch angewachsen, machen mich ja besonders Deiner Schwester wegen so besorgt. Das ist ja der Hauptgrund, warum ich so in

Dich dringe, die Angelegenheit Deiner Schwester zu betreiben – Ich hatte einige Unterredungen mit dem Hausverwalter. Meine Annahme, daß die neue Hausbesitzerin über die Wohnung verfügen könnte, war natürlich falsch. Die Entscheidung fällt durch das Wohnungsamt, eben weil es eine »Judenwohnung« ist, ich glaube, auch die Partei spricht mit. Jedenfalls empfahl in einer Eingabe an das Amt der Verwalter die Kinderfrau als Mieterin, aber auch dieser Weg war unrichtig. Die Kinderfrau mußte ein begründetes Gesuch an das Wohnungsamt richten, was geschehen ist. Ich einigte mich für die Kinderfrau mit den Mietern auf einen Betrag von RM 1000,– zum Ankauf der von ihnen eingerichteten Apparate. Der Mietzins beträgt durchschnittlich RM 70,– monatlich und das Reinigungsgeld. Die Wohnung steht unter Mieterschutz. Ob die Kinderfrau die Wohnung erhalten wird, wissen wir noch nicht. Das dicke Ende kommt aber nach. Dadurch, daß unsere Hausangelegenheit noch ungeordnet ist, haben wir und natürlich auch die Kinderfrau noch kein Geld. So blieb mir nichts anderes übrig, als der Mutter Deines Cousins, die augenblicklich bei ihrer Mutter im Burgenland ist, zu schreiben, sie möge der Kinderfrau diese tausend Mark borgen, wobei ich sie allerdings versicherte, daß sie spätestens Mitte September das Geld wieder zurück haben wird, was meiner Meinung nach bestimmt der Fall sein kann. Damit aber die Sache sich noch mehr kompliziere rief mich heute die Schwester Deiner Mutter an – Du mußt wissen, daß ich mit ihr des Erbes wegen bereits Unterredungen hatte, die allerdings von beiden Seiten sehr kalt und förmlich geführt wurden – auch sie reflektiert auf die Wohnung, die ihr angeblich von der Mutter Deines Cousins »in die Hand versprochen worden sei«. Ich will das Gespräch nicht wiedergeben. Ich fasse es dahin zusammen, daß ich meiner Frau Schwägerin mit einem Achselzucken antwortete. Ob die Mutter Deines Cousins ein Doppelspiel gespielt hat, ist mir unbekannt. Es ist möglich, aber unwahr-

scheinlich. – Und nun zur Komödie mit meiner Schreibmaschine. Ich erhielt auf meinen Rekurs hin eine Vorladung zur Devisenstelle. Man stellte mir vor, daß ich, um eine neue Maschine kaufen zu dürfen, einen Betrag in der Höhe des Kaufpreises bei der Golddiskontbank erlegen müßte, auf meine Vorstellung hin, daß mir das doch unmöglich sei, daß die Schreibmaschine doch für mich ein Handwerkszeug bedeute, wurde der Beamte schwankend und ich bat ihn, in diesem Falle doch eine Ausnahme zu machen. Er antwortete, es sei eigentlich diese Angelegenheit nicht sein Ressort, er werde die zuständige Stelle anrufen, was er in meiner Gegenwart tat. Dort erhielt er den Bescheid, daß neue Maschinen grundsätzlich auszuführen verboten sei. Ich werde also meine Maschine herrichten lassen und mitnehmen, muß übrigens dazu eine besondere Erlaubnis erhalten. Der Anwalt, der übrigens bereits in London mit seinen Töchtern sein dürfte, teilte mir mit, daß es vielleicht nicht unmöglich sein dürfte, von der Kontrollbank für Mama die RM 3000,– freizubekommen, wenn sie nur den Nachweis erbringe, daß sie keine Steuerverpflichtungen habe, also die Steuerunbedenklichkeit. Ich gehe also dieser Sache schon die 2. Woche nach. Gleich stellte sich heraus, daß die 2. Rate der Kontribution beim Finanzamt nicht gebucht erschien, was sich mittlerweile wieder als ein Irrtum erwies, mir aber viele Laufereien machte. Während man aber bis 25. diese Angelegenheiten persönlich betreiben durfte, erschien plötzlich ein Erlaß, der den Dienstweg vorschreibt, sodaß ich von jetzt ab nur mehr nachfragen gehen kann. Ich werde also nächste Woche nachfragen gehen und so verrinnt Tag um Tag und Woche um Woche, wir zehren das letzte freie Geld (RM 500,–), das wir noch haben, auf, dazu kommt die Ungewißheit des Congos wegen usw. Auch wegen der Pässe habe ich noch nichts gehört. Das geht nun schon in die sechste Woche. Wegen unserer Möbel werde ich noch mit M.s Schwester reden, die wahrscheinlich am Sonntag kommen

wird. Einen großen Teil will ohnehin die Kinderfrau nehmen. – Wegen ihres Fingers war die Kinderfrau bei einem anderen Arzt. Es ist eine ganz dumme Geschichte. Der Finger hätte nicht geschient werden sollen, es war kein Bruch, sondern ein Sehnenriß. Die Folge der unrichtigen Behandlung ist nun, daß das oberste Glied des Fingers herabhängt, also einen Hacken bildet, mit einem Wort, der Finger bleibt krumm. Ein Nähen der gerissenen Sehne wollte der Arzt nicht riskieren, da ihm der Erfolg zu unsicher schien. Überdies wäre es schon reichlich spät gewesen. – Wir hatten hier sehr heiße Tage. Doch kam vergangenen Samstag ein so heftiger und plötzlicher Wettersturz, wie ich ihn schon lange nicht erlebt habe. Von Temperaturen um 30 Grad sank das Thermometer unter Regenstürmen bis auf 10 Grad. Das ist heute schon der 4. Tag. Augenblicklich, es ist 19 Uhr, regnet es nicht, und das Thermometer ist auf 15 Grad gestiegen.
Deine Steuerunbedenklichkeit läuft am 12. August ab. Das Porto ist natürlich unwesentlich, was ich bisher gescheut habe, sind die Formalitäten. Sendung an einen Nichtarier! Aber ich werde Dir bestimmt im Laufe der nächsten Woche alles senden und Dich vorher noch verständigen. – Jetzt kenne ich mich mit Deinem Elektrophotometer erst aus. Es ist alles in allem ein präzis arbeitendes Kolorimeter. Wenn ich daran denke, mit welch primitiven Kolorimeter ich vor mehr als vierzig Jahren arbeiten mußte, und ich habe viel kolorimetriert, so erscheint mir allerdings Dein Apparat als ein Zauberapparat. Ich habe die Fehlerquellen bereits vergessen, aber ich glaube mich nicht zu irren mit der Annahme, daß es sich immer um einige Prozente handelte, dabei mußte man doch ca. 25 ccm verwenden für die Standardlösung. Bedeutend erscheint mir nach Deiner Schilderung das ganze Unternehmen. Da kann für Dich wirklich sehr viel herausschauen wissenschaftlich und wirtschaftlich. Ich hoffe es und wünsche Dir, daß Du nach jeder Seite hin Erfolg haben mögest. Deine

Aussichten sind wenigstens ein Trost für mich und nehmen mir ein wenig von der mich immer stärker ergreifenden Mutlosigkeit, die manchmal so groß ist, daß ich nicht weiß, wie ich sie überdauern soll. Denn, ganz offen gesprochen, mir bangt doch vor dem Congo, mir bangt überhaupt vor jedem kommenden Tag, hier wird es immer schwieriger, und ich fürchte sehr, daß ich mich mit Deinem Bruder kaum und mit seiner Frau schon gar nicht vertragen werde. Freilich, ich werde mich beherrschen, weil ich mich beherrschen muß. Aber je mehr ich daran denke, desto schrecklicher erscheint mir das Ganze, wobei mir meine Unkenntnis des Französischen das Leben auch nicht erleichtern wird. Ich fange bereits zu fragen an, wozu überhaupt das Ganze? Jetzt braucht nur, obwohl ich den Gedanken abwehre, eine Einreise sich als unmöglich herausstellen. Ich weiß wirklich nicht, was werden wird. Wenn morgen auch kein Brief von Deinem Bruder eintrifft, bin ich ratlos. Denn zu urgieren ist bei der schleppenden Postverbindung untunlich, ebenso untunlich wie das Warten. Im Grunde genommen sind sie beide von einer Gedankenlosigkeit, die nicht zu erwarten war. Hätte seine Frau nicht in ihren Briefen an ihre Eltern einige aufklärende Zeilen für uns hinzufügen können? Zumindestens den Empfang der Briefe bestätigen? Ich glaube, auch ihr Vater wird diesmal die Kündigung erhalten. Eine 80jährige Bekannte hat sie bereits erhalten. Freunde von uns haben ein Affidavit erhalten, jedoch mit dem Vermerk des amer. Konsulats, daß der Termin ihrer Einreise nach USA durchaus unbestimmt wäre! Jetzt kommen jeden Sonntag Freunde von T., die ich flüchtig kannte, zu uns. Er ist ein Halb-, sie eine Ganzarierin. Es sind sehr nette Leute. Sie haben ein elfjähriges Mäderl bei Quäkern in Bath in England, der Sohn, ein 17jähriger Bursch, war bei seinem Bruder in einem Geschäft an der Goldküste, da aber der Bruder starb, kommt der Junge jetzt ebenfalls nach England. – Das ist alles, was ich heute schreiben wollte,

und jetzt warte ich mit dem Schluß des Briefes bis morgen, eventuell bis morgen abend, falls mit der ersten Post kein Brief von Deinem Bruder kommen sollte! – 28. Juli – Soeben ist mit der Abendpost der Brief Deines Bruders vom 15. d. M. gekommen. Es waren in der Tat Schwierigkeiten durch neue Erlässe, die die Einwanderung regeln. Diese schließen es also aus, daß ich eine Stelle erhalte, und Dein Bruder muß die Kaution von BFr. 20.000,– erlegen. Da er aber nicht soviel Geld hat, bleibt ihm nichts anderes übrig, als sich BFr. 10.000,– auszuborgen. Er schreibt, daß ich die Quittung für die erlegte Kaution entweder am 3. oder am 10. August in Händen haben werde. – Heute erfuhr ich auch durch den Hauskäufer, daß der Akt bereits beim Grundbuchamt ist, es kann also nicht mehr lange dauern. Er erklärte, das Geld sofort nach Erledigung einzuzahlen. Ich hoffe, daß es in einigen Tagen der Fall wird sein können. – Und nun schließe ich, um Deinem Bruder noch zu schreiben. – Ja, richtig. Der Brief Deines Bruders ist vom 15. Juli. Er schrieb, daß er von Dir nichts erhalten habe. Ich nehme aber an, daß er mittlerweile schon Deinen Brief haben wird.
Papa

Die Kinderfrau des Vaters – die allgegenwärtige. Bisweilen schien es Elsa, dass sie wichtiger war als die Großmutter. Die Geliebte des Großvaters sei sie gewesen, erzählt Elsas Mutter. Und so habe sie sich benommen, als wäre sie die Frau des Hauses. Elsas Vater hat nicht darüber gesprochen, doch diese Kinderfrau hat in jedem Fall ganz zur Familie gehört, sich wohl auch um sie gesorgt. Diese arische Kinderfrau, deren Rolle mit Zunehmen des Terrors auch immer wichtiger geworden ist.

Und die Kündigungen? Elsa erinnert sich an die Erzählungen ihrer Mutter. Zimmer, Küche, Kabinett – so habe ihre Familienwohnung in der proletarischen Leopoldstadt ausgesehen. Ein winziges Loch, wo man kaum Atem holen konnte. Und doch hat man die Großeltern auch aus dieser Wohnung noch vertrieben. Hat sich auch für dieses Loch noch ein Arisierer gefunden, mussten sie umziehen aus ihrer »Judenwohnung« in ein Zimmer, in dem schon drei andere Paria-Familien lebten.

Die Ängste des väterlichen Großvaters, ohne das letzte bisschen Sicherheit zurückzubleiben. Das Heim verlassen zu müssen, das er sich so bequem und elegant eingerichtet hatte, damals, als er als Schriftsteller noch etwas galt und das Leben seinen ruhigen gewohnten Gang zu gehen schien – obwohl es die Zeichen an der Wand schon gab. Und Elsa bemerkt, dass auch für sie, die im Frieden Geborene, das Nest, das Heim, in das man sich zurückziehen und in dem man sich auch verstecken kann, von großer Bedeutung ist, auch wenn sie im Laufe ihres Lebens unzählige Nester in unzähligen Wohnungen gebaut hat. Eine sichere, dicke Tür hinter sich zumachen zu können – das erschien ihr immer schon als höchstes Maß der Zufriedenheit. Vielleicht zum Schutz vor ihren Träumen.

Die Wände und Türen aus Glas – und davor Männer in Stiefeln und Ledermänteln, die sie und ihre Lieben holen kommen. Und jenes Nest, in dem sie so friedlich groß geworden ist, das ihr stets Festung war gegen das Leben, das ihr oft so schwierig erschien, bietet plötzlich keinen Schutz mehr. Nicht ihr, nicht ihrer Familie, und nie weiß sie im Traum, wie sie zu retten wären – ihre Eltern, ihre Geschwister, ihre Tanten – und sie selbst.

Welches Vertrauen der Großvater in jenen Blutordensträger gesetzt hat, denkt Elsa später, in den Mann, der ihm sein »Judenhaus« abkaufte, ganz legal sogar. Um eine lächerliche Summe, nie und nimmer dem Wert jener Villa entsprechend. Und doch spricht der Großvater mit Respekt von ihm – vom

Hauskäufer. Vielleicht, denkt Elsa, hielt der Großvater den Blutordensträger für einen, der helfen wollte?

2. August 1939

Liebe Dotschi,

ich gratuliere Dir herzlichst zu Deinem Geburtstag; leider ist das einzige, was ich augenblicklich noch außerdem tun kann, daß ich den Brief an Dich adressiere. Ich kann nicht einmal mit der Maschine schreiben, da es schon zu spät ist, denn sonst meutern meine Zimmernachbarn. – Zugleich bestätige ich den Brief Nr. 11 und die Karte Nr. 12. Ich bin froh, daß Eure Ausreise sich jetzt doch zu regeln scheint. Ich glaube, alles ist weitaus weniger arg als die Ungewißheit, in Wien zu hängen. Auch für mich ist das im höchsten Maße hemmend und deprimierend. Jetzt sieht es ja aber Gott sei Dank doch so aus, als ob Ihr noch vor Oktober fahren könntet. – Die Wohnung, über die Ihr schreibt, scheint mir äußerst günstig, wenn sie wirklich zu haben ist. Der Zins wäre sogar überhaupt nicht teuer. Apropos: Die Bekannten haben uns geschrieben, daß sich in ihren Wohnverhältnissen derzeit noch nichts geändert hat. – Was macht mein Freund mit seiner Mutter? – Daß sein Affidavit allein nicht hilft, habe ich schon vor der Abreise gesagt; die tschechische Quote ist leider auf Jahre besetzt. – Von T.s habe ich nur ihn gesehen, sie ist nie hereingekommen, und jetzt fahren sie schon in den nächsten Tagen. Ich weiß nicht, ob ich sie noch vor ihrer Abreise treffen werde. – Bei mir ist nichts besonderes Neues. Ich bin nach wie vor mit Arbeit überhäuft, zeitweise ist es eine ziemliche Nervenprobe, besonders auch, weil man hier infolge der großen, zeitraubenden Entfernungen zu wenig zum Schlafen kommt. Aber es ist andererseits ein sehr erfreulicher Ausgleich gegen die lange Arbeitslosigkeit. Es ginge uns ja hier überhaupt recht gut, wenn nicht, wie gesagt, die dauernde Sorge um die Angehörigen wäre – ein allgemeines Emigrantenleiden. – Ich komme leider absolut nicht mit der Korrespondenz nach; ich bekomme doch durchschnittlich in der Woche 10–15 Briefe; vieles davon dringende Anfragen um irgendeine Hilfe. Dabei kann man jetzt nur sehr schwer helfen.

M. schickt Dir ihre herzlichsten Wünsche und Grüße und ich wiederhole meine, und grüße auch alle anderen herzlich
Dein Sohn

Beim Durchlesen sehe ich, daß ich anfange, Deutsch zu verlernen. Leider lerne ich nicht im selben Maß Englisch!

Dotschi? Das muss wohl die Großmutter sein, fragt Elsa ihre Mutter am Telefon. Dotschi?, fragt die Mutter zurück. Dass der Vater seiner Mutter, jener auf dem einzigen von ihr vorhandenen Foto so unnahbar wirkenden Dame, einen solchen Kosenamen gegeben hat? Das ist der Familienchronik verborgen geblieben. Wie schade, denkt Elsa.

Eine lange Kolonne von Menschen bewegt sich durch den Schlamm. Elsa sieht die Bilder der Vertriebenen im Fernsehen und denkt an ihre Großeltern. An das Unverständliche, das sie da plötzlich eingeholt hat, an die Angst, die Hilflosigkeit, wohl auch den ohnmächtigen Zorn. An den wie gelähmt erscheinenden geretteten Vater im fernen England, dem vielleicht nur die Gemeinschaft der anderen Vertriebenen auf der Insel ein Trost sein mochte.

Elsa sieht ein weites Feld, auf dem Menschen im Schmutz liegen, erschöpft, mit leeren Augen. Und denkt an die Großeltern. Sie sieht Zelte, die in aller Eile aufgebaut werden, und denkt, dass sie das nicht gewollt hat, als sie, in Kriegstaumel verfallen, sich Bomben gewünscht hatte, um das Elend zu einem Ende zu bringen. Elsa sieht auch Bilder von Steinhaufen, die einmal Häuser gewesen sein sollen. Aber die Menschen, denen diese Häuser einmal rettendes Nest waren, findet sie nirgendwo. Nur manchmal zeigt man ihr Zähnefletschende, Schreiende, die die Bomben mit jenen der Barbaren gleichsetzen und von Durchhalten und Nicht-klein-kriegen-Lassen brüllen. Und Elsa denkt, dass es da doch auch andere geben muss.

So wie es damals auch andere gab. Die Kinderfrau zum Beispiel. Jene Kinderfrau, der die Großeltern so unbedingt vertrauten.

Elsa spricht mit ihren Kindern und der Mutter. Am Telefon, weil sie immer noch bei jener Kur verweilen muss, die ihr mit zunehmender Dauer zur Last zu werden beginnt.

Gespendet hätten sie und Elsas Tante sogleich für die Elenden, dort, jenseits einer Grenze, die irgendwer einmal so willkürlich durch die Landschaft gezogen hat, sagt Elsas Mutter. Gespendet, weil sie doch selbst nur zu gut wüssten, was es bedeute, ein Flüchtling zu sein.

Elsa nimmt ihren Mantel und läuft auf die Straße. Auf der Suche nach einem Postamt. Die Geldbörse fest in der Hand. Spenden will sie – und während sie den Zahlschein ausfüllt und die Geldscheine vor dem Schalterbeamten ausbreitet, denkt Elsa, dass sie damit ihr Gewissen, ihr Denken, ihre Angst und ihre Wut nicht zum Schweigen bringen wird können. Und hat doch immer noch die Stimme der Mutter im Ohr: Auch wir waren einmal Flüchtlinge. Und den leisen Zusatz der Tante: Aber für uns hat niemand gespendet.

Nr. 13. Wien, den 5. August 1939

Lieber Sohn!
Mama hat Deinen Geburtstagsbrief heute erhalten. Ich werde ihr Platz lassen, damit sie hinzuschreiben kann. Mir tut das leid, und es ist mir nahegegangen, wie mir das Schicksal vie-

ler Menschen nahegeht, obwohl ich nicht unmittelbar davon betroffen wurde, aber ich wußte, was ich schrieb, die Bekannten haben in der Tat die Kündigung erhalten. Auch wir, das heißt vielmehr die Kinderfrau, Deine Schwester und meine Schwester, wissen im Augenblick noch nicht, was werden wird. Denn die Angelegenheit mit der Wohnung der Kinderfrau scheint sehr kompliziert zu verlaufen und wird noch ungefähr 3 Wochen dauern, ehe sie erledigt sein wird. Vor allem muß die Kinderfrau durch den neuen Hausbesitzer schriftlich nachweisen, daß ihr die Delogierung droht, aber, und das ist das Bedenklichste, es liegen bereits mehrere Vormerkungen auf diese Wohnung vor. Doch hat auch hier der Hauskäufer zugesagt, wenn für ihn die Möglichkeit besteht, zu intervenieren. Wir leiden unter der Ungewißheit mehr als sich sagen läßt. Dafür aber ist eine Änderung zum Besseren in unserer Geldlage eingetreten. Der Hauskäufer war am Grundbuchamt und erhielt dort die Auskunft, daß die grundbücherliche Übertragung in Ordnung ist und nur die schriftliche Ausfertigung fehlt, die in 8–10 Tagen kommen dürfte. Er erlegte daraufhin RM 5000,– (!) Acontozahlung, um deren Freigabe ich bereits eingereicht habe. Er versprach, mir auch darin behilflich zu sein. Aber eine günstige Erledigung vorausgesetzt, wird es immerhin bis zu 14 Tage dauern, ehe wir das Geld bekommen. Ich bestellte sofort die Tropenkoffer, die ja im Augenblick das Wichtigste vorstellen. Schwierig ist auch die Sache mit der Steuerunbedenklichkeit, da mein Personalsteuerakt unauffindbar ist, wenigstens im Augenblick. Ich war in dieser Angelegenheit bei Gildemeester fragen. Sie rieten mir, wenn die Sache nicht bald geregelt sein sollte (Einreichungstermin 21. Juni!), müßte ich mich an den Finanzkassendirektor wenden. Montag gehe ich wieder urgieren. Aber trotzdem habe ich Deinem Bruder geschrieben, daß wir den 17. September als Ausreisetermin festsetzten, selbstverständlich unter der Annahme, daß es auch möglich sein sollte. Wir würden in diesem Falle am 27. September in Libenge mit dem Flugzeug eintreffen. Freilich ist mir aber die Vorstellung, was mit Deiner Schwester, meiner Schwester und mit der Kinderfrau geschehen würde, wenn sie die Wohnung nicht erhalten sollten, aufs äußerste quälend. Die zögernde Geldeinzahlung des Hauskäufers ist mir so bedenklich, daß ich mich mit dem neuen Konsulenten, den wir in der anderen Sache haben, darüber beraten will. Wenn möglich am Montag. Schließlich sind ja von mir die Hypotheken zu löschen, wozu ich ohnehin einen Anwalt brauche. Wegen Deiner Schwester dürftest Du noch nichts erfahren haben. Aber mir scheint, daß diese Sache besonders langsam vor sich geht. Ich habe ordnungsgemäß bei der Devisenstelle um Ausfuhrerlaubnis für die von Dir zurückgelassenen Sachen angesucht. Ich nehme an, daß die Erledigung nächste Woche kommen wird. Sobald ich die Sachen auf der Post aufgegeben haben werde, schreibe ich Dir eine Karte. Über den Kampf um die Schreibmaschine ist zu sagen, daß die Angelegenheit ruhig weitergeht. Denn zu meiner Überraschung erhielt ich nach der mündlichen Auseinandersetzung, über die ich Dir ja schrieb, eine schriftliche Erledigung mit der Weisung, mich wegen Ankaufs der Maschine an das Referat 60 der Devisenstelle zu wenden. Ich habe das getan (der Akt hat mittlerweile außer dem Hauptstück noch 5 Beilagen erhalten) und warte nun gespannt auf die Erledigung. Man sollte es nicht für möglich halten, aber ich verbringe einen großen Teil meiner Zeit entweder in Ämtern oder Eingaben verfassend am Schreibtisch. – T. ist bereits nach Australien unterwegs. Seine Adresse ist vorläufig Melbourne hauptpostlagernd. Ich werde ihm dorthin schreiben. – Von den Büchern habe ich ungefähr 400 Bände ausgesondert, die mir nicht der Mühe wert erscheinen, sie aufzubewahren. Am Montag kommt ein Buchhändler her, dem ich das, was er nehmen will, verkaufen werde. Interessant ist, und was ich nicht erwartete, daß der »Simplizissimus«, den ich auch verkaufen

wollte, überhaupt Zeitschriften, ob nun gebunden oder ungebunden, sich als vollkommen unverkäuflich darstellen. Ich war in einigen Buchhandlungen deswegen fragen. Ich hätte ihn nicht zum Verkauf angeboten, aber er nimmt soviel Platz weg. Sonst ist nichts Neues. Gesundheitlich geht es uns allen gut. Ich habe wieder einen Monat Erythroltetranitrat genommen, trotzdem habe ich gelegentlich, wenn auch nur leichte, Schmerzen. Wenn Du kannst, lieber Sohn, schreibe wieder einmal ausführlicher über Deine Laboratoriumstätigkeit, das ist etwas, was mich besonders interessiert.
Viele und herzliche Grüße
Papa.

Die Bücher. Elsa ist in einer Wohnung voller wunderbarer alter Bücher groß geworden: dem Teil der Bibliothek des Großvaters, der überlebt hat, denn viele der schönen Bände sind verlorengegangen. Auch der »Simplizissimus«, von dem der Großvater schreibt und um den es Elsa unendlich leid ist, weil sie derlei besonders liebt. Die Kinderfrau hat die Bücher, mit denen Elsa aufgewachsen ist, aufbewahrt. Das meiste, das Elsa als Kind gelesen hat, war in Leder gebunden und mit Goldschnitt versehen – Zeugen vom Leben jenes Großvaters, das sie sich nie so recht hat vorstellen können. Nur die Bücher, die er selbst geschrieben hat, die kamen in gewöhnlichen Kartoneinbänden und ohne Goldschnitt daher – von ihr zum Teil bei Antiquitätenhändlern wiedergefunden, weil sie verloren gegangen waren. Seltsam, denkt Elsa und empfindet ein warmes Gefühl für diesen Großvater, dem das Schicksal seiner Bücher so am Herzen lag. Und gleichzeitig wieder Zorn. Was sorgt er sich da um die Bücher, um Tropenkoffer und Moskitonetze, und weiß doch nicht, was aus Tochter und Schwester wird? Aber, denkt Elsa, um Gerechtigkeit bemüht, alles, eben auch die Bücher, war wohl zur Last geworden. Nichts konnte man einfach unerledigt hinter sich zurücklassen, weil die Barbaren eben nicht nur für die Vertreibung verantwortlich waren, sondern auch für jenen alltäglichen bürokratischen Terror, der so mörderisch werden konnte wie der Mord selbst. Und Elsa empfindet so etwas wie Bewunderung für diesen Mann, der da von Ämtern und Bestätigungen erzählt. Bewunderung, weil sie sich selbst gern außerstande zu fühlen erklärt, derlei Beschäftigungen nachzugehen, derlei Forderungen, die auch in ihrem Leben durchaus in ausreichendem Maße vorhanden waren und noch sind, wirklich voll und ganz zu erfüllen.

19. August 1939

Meine Lieben,
Jetzt habe ich aber schon sehr lange nicht geschrieben, und zwar deshalb, weil ich die Steppdecke gleich bestätigen wollte; sie ist endlich gestern abend angekommen, und soweit ich bis jetzt gesehen habe auch unbeschädigt. Hat es große Schwierigkeiten oder Kosten gemacht? Ich habe nur 1/- dafür zahlen müssen. – Ich habe inzwischen einen Brief von meinem Bruder bekommen, aus dem hervorgeht, daß die Kaution längst erlegt wurde. Ich glaube also, daß Eure Ausreisesache in dieser Hinsicht schon in Ordnung sein muß? Wie ist es jetzt mit der Wohnung? Vor allem, wann müßt Ihr eigentlich ausziehen? Könnte meine Schwester nicht, falls sie wirklich noch längere Zeit nicht fahren kann, in der Tilgnerstraße wohnen? Bzw., wie steht es dort überhaupt mit der Wohnung? Können sie dort bleiben? Was diese verschiedenen Steuerangelegenheiten betrifft, so scheint das jetzt sehr häufig vorzukommen; hier haben mir verschiedene Leute ähnliche Dinge erzählt, aber es scheint sich letzten Endes dann doch immer irgendwie aufzuklären.
Bezüglich verschiedener Fragen: Mit dem Übersiedeln habe ich auf eine englische Bekannte gewartet, die mir beim Wohnungsuchen helfen will. Ich habe nämlich in den Stunden, die

dafür in Betracht kommen, sehr wenig Zeit. Unsere Amtsstunden sind jetzt viel strenger geworden, von 9–6 Uhr, mit genau 1 Stunde Mittagspause. Das rührt daher, daß die Sache mit unserer geldgebenden Firma in der Weise gelöst wurde, daß Dr. W. uns, d. h. mich und den ganzen übrigen Staff (ohne unser vorheriges Wissen) an die Firma verkauft hat. (Ganz die gleiche Situation, die mir seinerzeit im Sanatorium Hera passiert ist, als wir an die Gemeinde Wien verkauft wurden.) Es hat für mich nicht unmittelbar unangenehme Folgen, in mancher Beziehung ist es mir sogar ganz angenehm. Nur sind verschiedene persönliche Zusicherungen von Dr. W. jetzt natürlich wertlos, und wir führen derzeit einen Kampf um verschiedene Vertragspunkte (z. B. die Beteiligung an Patenten etc.). Außer mir arbeiten hier jetzt nämlich noch 2 andere Wiener Chemiker. Die Leute von der Firma sind aber durchaus nett und, soweit dies bei Geschäftsleuten überhaupt vorkommt, auch ganz anständig. Vor allem sind sie ziemlich auf uns angewiesen. Die Weiterentwicklung wird also wahrscheinlich ganz günstig sein. Bzgl. des Gehalts hat sich nichts geändert, außer daß es jetzt nicht wöchentlich, sondern monatlich auf mein Bank-Konto eingezahlt wird (hier hat jeder Schnorrer ein Bank-Konto, es ist viel üblicher als Post-Zahlung, da es nicht eine Postsparkassen-Organisation im österreichischen Sinne gibt). –

Allerdings wird mich die Neuregelung vermutlich hindern, nach Belgien zu fahren, da ich kaum Urlaub bekommen werde. Ich weiß überhaupt nicht, ob es mir möglich sein wird, mir ein Reisepapier und ein belgisches Visum zu verschaffen; mein Paß läuft bald ab, und es ist hier nicht üblich, ihn zu verlängern, sondern man versucht, sich ein englisches Traveller-Paper zu verschaffen. Ich weiß noch nicht, ob das innerhalb kurzer Zeit möglich ist.

Das Wetter ist jetzt besser geworden, es war sogar einige Tage wieder ganz anständig heiß, immerhin, zum Schwimmen

bin ich hier noch nicht gekommen. – Abgenommen habe ich ein bißchen, ich laufe ziemlich viel herum, wie das ja im Laboratorium selbstverständlich ist; aber Ausflüge auf Wiener Art kann man hier fast gar nicht machen, es ist viel zu weit aus London heraus. Man kann höchstens in einen der verschiedenen großen Parks gehen, wo man wenigstens auf Wiesen spaziert. Sie sind alle wirklich sehr schön.
Soviel ich weiß, wird M.s Schwester in kurzer Zeit herkommen. Bitte gebt ihr einen genauen mündlichen Bericht über alles mit. Wegen der Sache meiner Schwester habe ich heute einen ziemlich scharfen Brief an das Komitee geschrieben, es ist aber für hiesige Verhältnisse noch immer nicht s e h r lange (seit dem letzten Brief von Miss Frey 10 Wochen). Ich glaube, das Permit muß jetzt wirklich in absehbarer Zeit kommen, und wie ich am Beispiel von M.s Schwester gesehen habe, scheint es jetzt in Wien weniger lange zu dauern.
Von T. habe ich seit dem letzten Brief nichts mehr gehört, sie sind abgereist, ohne sich zu verabschieden.
Für heute muß ich Schluß machen, ich hoffe, daß ich doch endlich von Miss Frey eine günstige Auskunft bekommen werde, sodaß ich beim nächsten Mal schon etwas darüber weiß.
Inzwischen herzliche Grüße an alle
Euer Sohn

M. läßt alle sehr herzlich grüßen.

Elsa liegt, so wie jeden Tag, bis zum Hals eingepackt im Schlamm. Die junge Frau, die sie sorgfältig in die dicke Decke eingeschlagen hat, seufzt. Und Elsa, die unveränderlich Neugierige, fragt nach dem Grund für diesen Seufzer. Da gebe es einen Arbeitskollegen ihres Mannes, sagt die Frau. Der sei aus jenem Fleckchen Erde, aus dem die Menschen jetzt vertrieben werden. Und als das Furchtbare begann, habe er sich aufgemacht, seine Frau und seine Kinder zu finden, die er zu Hause zurückgelassen hatte, als er auf der Suche nach einem Auskommen hierher kam. Arbeit habe er hier, ganz in der Nähe, und auch eine Wohnung, mit einem Wort alles, dessen es bedarf, um auch seine Familie hier wie Menschen leben zu lassen. Nun aber sitze er in der Haupstatdt jenes Landes fest, das seine Familie, so wie Hunderttausende andere, aufgenommen habe. Und könne die Frau und die Kinder nicht mit in seine Wohnung, in sein Gastland nehmen, weil man sie nicht hierher reisen lassen wolle. Er selbst, so habe man ihm beschieden, könne, wann immer er wolle, wieder zurückkehren, um hier zu arbeiten. Seine Frau und die Kinder aber müssten ins Flüchtlingslager.

Elsa weiß keinen Rat. Und denkt an die Schwester des Vaters, an die Großeltern, an die Mutter, der das Entrinnen nur um den Preis ermöglicht wurde, sich als Dienstmagd zu verdingen und all ihre Zukunftsträume zu begraben.

Im Fernsehen sieht Elsa die Menschen mit den leeren Augen vor den Zelten, die auf dem nackten Boden stehen. Kinder, junge Menschen, die tatenlos vor sich hin starren, ohne irgendetwas, das ihnen ihr weiteres Leben etwas erträglicher erscheinen lassen würde.

Nr. 17. Wien, den 24. August 1939

Lieber Sohn!

Unsre augenblickliche Lage ist folgende: Das Dekret über die grundbücherliche Übertragung des Eigentumsrechtes an dem Hause wird mir morgen, Jedenfalls noch diese Woche ausgestellt werden. Ebenso zahlt der Käufer morgen RM 12.000,– ein. Es bleibt dann noch eine Differenz von RM 1350,–, die der Rechtsanwalt zurückbehält, über die ich ebenfalls einen Brief erwarte. Auch die Wohnungsfrage hat eine, wenn auch nur vorläufige, Lösung gefunden. Wir übersiedeln in die Wohnung der Eltern des Hauskäufers, Wien IX, Höfergasse 3, 4. Stock.

Die Wohnung hat weder Badezimmer noch Klosett, das Klosett ist am Gang. Auch kann die Kinderfrau (wir als ihre Gäste) die Wohnung nur bis zum Novembertermin behalten. Aber wir können uns nicht anders helfen. Und zwar ist der Vorgang folgender: Die Eltern des Hauskäufers übersiedeln in die im gleichen Hause befindliche Wohnung des Sohnes. Er übersiedelt zu uns ins Haus. Die Übersiedlung soll mit dem gleichen Spediteur stattfinden, also von der Höfergasse her und von hier zurück in die Höfergasse mit unseren Sachen. Das Haus stößt an das ehem. Sanatorium Löw und ist gegenüber der Direktion des Elektrizitätswerkes. Wir fühlen uns begreiflicherweise nicht sehr wohl, doch ist dieser Zustand dem gegenwärtigen vorzuziehen, denn wir haben Bodentrakt und die Schlafräume bereits geräumt und drängen uns in einem unerhörten Durcheinander von Möbeln, Kisten und unbeschreiblichem Staub und Schmutz von den Bauarbeitern. Dabei wird das Haus sehr zu seinem Schaden nicht einmal gründlich wiederhergestellt, sondern alles nur aufs Billigste und provisorisch, was sich schon im nächsten Jahr rächen wird, aber schließlich geht mich das nichts an. Irgendeine Erledigung von der Devisenstelle ist bisher nicht eingelangt. Ich muß also warten. Die Bemessung für 1938, der ich tagelang nachlaufe, habe ich heute endlich am Finanzamt aufgetrieben, sie geht morgen zur Kasse, so nehme ich an, daß ich in ungefähr einer Woche das Mandat erhalten werde. Ich glaube also mit einiger Sicherheit sagen zu können, daß ich dann Pässe und Steuerunbedenklichkeit bis Mitte September erhalten dürfte. Die Bemessung beträgt RM 292,–. Ich nehme aber an, da bei der Bemessung von 1935 Voreinzahlungen berechnet sind, daß ich nicht soviel zu zahlen haben werde.

Ich werde Dich selbstverständlich rechtzeitig von unserer geänderten Adresse verständigen. – Gestern abend war M.s Schwester bei uns, sie glaubt, am 2. September reisen zu können. Auch ihre Schwester, die Kindergärtnerin, hat ein Permit

für England erhalten. – Und nun lieber Sohn, mein ewiges Lied: Was ist mit Deiner Schwester? Läßt sich da gar nichts machen? Kennst Du niemanden, der einzugreifen vermöchte? Es wäre ja gar zu übel, wenn sie dann im November noch ein zweites Mal mit der Kinderfrau übersiedeln müßte. Mit meiner Schwester wird es so sein, daß sie die Erlaubnis erhalten wird, bei der Kinderfrau zu wohnen bis zu ihrer Auswanderung. – Das mit der Wohnung ist so: Die Eltern des Hauskäufers haben für den Novembertermin gekündigt und nehmen die Kinderfrau als »Untermieterin«, wir wieder als »Gäste« der Kinderfrau. – Ich schreibe auf der reparierten Schreibmaschine. Der Mechaniker sagte, daß die Maschine zwar vernachlässigt, aber, was den Mechanismus betraf, sonst in sehr gutem Zustande war, er nimmt an, daß sie 10 Jahre ohne Reparatur leicht zu verwenden sein wird, sodaß sie für mich schon ausreichen kann. Und so tut es mir gar nicht so sehr leid, diese Maschine mitnehmen zu müssen, ich bin schließlich an sie gewohnt. – Das Wetter bei uns ist hochsommerlich heiß. Geregnet hat es schon lange nicht. – Sehr quälend ist mir der Gedanke, daß ich Dich in Brüssel nicht sehen werde. Das heißt, und ich mache mir darüber keine Illusionen, nie mehr. Doch ich füge mich, weil ich mich ja fügen muß. Ich wollte es niemals glauben, aber es ist doch ein Trost, mit seinem Leid nicht allein zu stehen und sein Schicksal mit Tausenden und Abertausenden tragen zu müssen. Wenn wir den Abschied hier in Wien und die Reise schon überstanden hätten! Aber auch das wird einmal kommen. Oder werden wir vielleicht doch in Wien zurückbleiben müssen? Könnte man doch nur wenigstens für einige Wochen in die Zukunft schauen! Ich grüße Dich vielmals und herzlichst, vielleicht ist es Dir doch möglich, uns nicht zu lange auf Antwort warten zu lassen. Wann unsere Adresse geändert werden wird, davon werde ich Dich rechtzeitig verständigen.
Papa

Und doch, denkt Elsa, war es gut, dass man nicht in die Zukunft schauen konnte. Hätte er gewusst, was ihn erwartete, was hätte er getan, dieser Großvater? Elsa fühlt sich, als ob ihr eine Eisenklammer die Luft abschnürte. Da nähert sich das Unvermeidliche und ihr Großvater, dieser angeblich so kalte, allein auf sich bezogene Mensch, weiß es und kann doch nicht mehr tun, als es aufschreiben, aufschreiben für seinen Sohn. Und dieser Sohn?

24.8.39

Meine Lieben!
Brief 15 und Karte 16 habe ich erhalten. Ich bin durch alle Nachrichten und das Allgemeine sehr beunruhigt, und es ist schrecklich, daß man von hier aus so gar nichts machen kann. Trotz eines energischen Briefes an Miss Frey habe ich noch immer keine Auskunft vom Nurses Dept. Ich kann nichts tun als wieder schreiben, bezgl. meiner Tante kann ich nur wiederholen, was ich schon gesagt habe. Ich weiß natürlich nicht, was sich in der nächsten Zeit abspielen wird und wie es sich auf meine Position hier auswirkt. Wenn ich aber ein richtiges Arbeitspermit habe, was sich in absehbarer Zeit entscheiden muß, so glaube ich, daß ich sie herüberbringen kann. Ich hoffe nun, daß Eure Ausreise möglichst bald möglich ist.
Allen herzliche Grüße und der Kinderfrau alles Gute zu ihrem Geburtstag.
Euer Sohn

Und eine Woche später hat der Krieg begonnen, denkt Elsa und wickelt sich fest in ihre Daunendecke. Als ob diese ihr Wärme spenden könnte.

8

Von Unglaublichem, Unvorstellbarem, Unerträglichem spricht das Radio. Von Massenvergewaltigungen, von Massenhinrichtungen, von organisiertem Raub. Und von Bomben, die unermüdlich fallen, auf Häuser und Brücken, auf Menschen, die nie zu Wort kommen.

Als Elsa im Turnanzug ihr Zimmer verlassen will, um sich zur Gymnastik zu begeben, trifft sie an der Tür auf das Zimmermädchen. Welch unsinnige Bezeichnung, denkt Elsa und betrachtet die Frau, die so alt wie sie selbst sein mag. Ein verhärmtes Gesicht und dünne Arme fallen ihr auf und Elsa scheint es, als ob sie sie um jeden Preis trösten müsse, diese Frau, die ihr Bett macht, ihr Badezimmer reinigt und ihr frische Handtücher zurechtlegt. Ein kleines Lächeln und eine kurze belanglose Frage und plötzlich ist die verhärmte Frau nicht mehr das Zimmer-»Mädchen«. Aus Serbien sei sie, antwortet die Frau auf Elsas Frage, und Elsa schaut wohl erschrocken, denn die Frau fährt fort, ohne die unvermeidliche nächste Frage abzuwarten. Ja, ihre Kinder, die seien dort, mitten im Krieg. Nicht in der Hauptstadt, und jeden Tag könne sie mit ihnen telefonieren. Den Töchtern und den Enkelkindern werde schon nichts geschehen, sagt die Frau, aber da sei noch der 18-jährige Sohn, der jetzt zur Armee müsse, jetzt, wo Krieg sei. Und der wolle nicht dorthin, wo die Armee raube und morde, der wolle gar kein Soldat sein. Versteckt habe ihn die Familie in jener Kleinstadt, wo sie lebte, bevor sie die Armut davontrieb, und jetzt bete sie eben jeden Tag darum, dass man ihn nicht finden möge – mehr, so sagt die Frau mit einem schiefen Lächeln im Mundwinkel, könne sie ja nicht für ihn tun, für ihr Kind.

Karte Nr. 19. Wien, 4.9.39

Lieber Sohn!
Wenn möglich, schreibe uns!
Bei uns gibt es nichts Neues. Wir konnten die Möbel nicht unterbringen. Sie stehen auf den Kästen bis zur Decke, obwohl wir einen Wagen voll bei Dworak in Gersthof einlagerten.
Die Wohnung ist uns allen unerträglich. Aber was wollen wir tun!
Wir sind um Dich sehr besorgt, bitte schreibe!
Ob wir werden reisen können? Ich gehe morgen auf das Belgische Konsulat, bin aber sehr skeptisch. Wir grüßen Dich allerherzlichst und alle
Papa

Es ist also Krieg – auf der vergilbten Postkarte aus Wien prangt dick und bedrohlich der Stempel »Zurück … Sperre«.

Keine Post mehr also – keine Möglichkeit, mit dem Sohn in England wenigstens brieflich zu verkehren. Und doch hat die Kinderfrau offenbar selbst diese kleine Postkarte aufbewahrt. Aufbewahrt mitten im Irrsinn, im Alltag mit den Möbeln, die übereinandergestapelt irgendwo in einer fremden Wohnung gelagert wurden. Die Möbel, zwischen denen Elsa groß geworden ist, denn die Einrichtung jener bequemen, geräumigen Wohnung, in der sie mit den Eltern lebte, bestand fast ausschließlich aus den alten, massiven, dunklen Kästen und Tischen, die irgendwann einmal das später »arisierte« Haus geschmückt und gefüllt hatten.

Elsa sieht Menschen, die vor einem Holzbrett stehen, auf dem lange Listen hängen.

Die Flüchtlinge, so erklärt eine kühle Stimme im Fernsehen, würden oft getrennt bei ihrer Flucht, wüssten nicht, wie sie einander wiederfinden könnten, deshalb gebe es die Listen, auf denen die Namen derer stünden, die irgendwo in den Ländern rund um das Kriegsgebiet Aufnahme gefunden haben.

Ein verzweifelter Versuch, in Zeiten des Schreckens und des Wahnsinns die Liebsten wenigstens sicher zu wissen, irgendeine Art von Verbindung zu ihnen herzustellen.

Ein einziges öffentliches Telefon gebe es in einer der Grenzstädte, die die Vertriebenen notdürftig aufnimmt, für tausend Menschen. Ein Telefon als einzige Möglichkeit jene zu erreichen, die rechtzeitig gegangen sind, die jetzt irgendwo in Sicherheit im so fern scheinenden Europa leben und doch nicht helfen können, weil man sie nicht helfen lässt, denkt Elsa.

Und die Großeltern? Das Telefon als letzten Verbindungsfaden gab es damals noch nicht. Nur die Karten und Briefe. Und wieder denkt Elsa, wie falsch das Bild vom Großvater war, das ihr als Kind vorgezeichnet worden ist. Von seiner Sorge um den Sohn schreibt er, der doch im sicheren England weilte und so viel weniger bedroht war als er selbst!

Die Mappe, die Elsa mitbrachte, hat sich geleert. Jetzt, da der mörderische Krieg begonnen hat, werden die Briefe weniger. Der nächste, den Elsa zur Hand nimmt, richtet sich nicht an ihren Vater, sondern an dessen Bruder und seine Frau im sicheren Kongo.

Nr. 84. Wien, den 7. September 1939

Lieber Sohn und liebe Schwiegertochter!

Sollte Euch dieser Brief erreichen, so verdanke ich das der Liebenswürdigkeit des Herrn Dr. S., den ich gebeten habe, an Euch diesen Brief und an Deinen Bruder, lieber Sohn, eine Karte zu übermitteln. Denn ich erfuhr heute auf der Post, daß der Briefverkehr mit Belgien erlaubt ist. – Ich will sogleich vorauschicken, daß es dem Vater meiner Schwiegertochter ganz gut geht. Ich habe heute mit ihm gesprochen. Auch wir sind augenblicklich in erträglichen Verhältnissen, obwohl die Wohnungssorge am schwersten auf uns lastet, denn unsere jetzige Wohnung ist ja nur eine Interimswohnung, die wir am 15. 11. räumen müssen. – Da das Belgische Generalkonsulat hier auf unbestimmte Zeit geschlossen wurde, wandte ich mich mit einer Anfrage an die Botschaft in Berlin, ob wir Visa auf die Pässe erhalten können. Ich glaube es ja nicht, aber ich wollte nichts unversucht lassen, um ausreisen zu können und werde weiterhin alles, was möglich ist, unternehmen, um die Ausreise vielleicht dennoch zu ermöglichen. Unser Pech ist schon außerordentlich. Wir haben die Tropenausrüstung bis auf Kleinigkeiten beisammen. Auch das notwendige Reisegeld konnte ich freibekommen. Und jetzt stehen wir da! Sehr schwer trifft uns, daß wir für die Anschaffungen, die ja hier zum allerallergrößten Teil nicht zu verwenden sind, mehr als RM 3500,– ausgegeben haben. Ein Betrag, mit dem wir 1 Jahr hier leben könnten. Unsre übrigen Geldmittel werden sehr bald erschöpft sein. Wir werden dann weder Geld für eine allenfalls mögliche Ausreise haben, noch Geld zum Leben. – Doch ich will Euch mit unseren Sorgen den Kopf nicht beschweren. Wir müssen uns durchschlagen, wie es geht. Hoffentlich wird es gehen. Am schwersten leiden wir, was ich ja auch Deinem Bruder geschrieben habe, unter der Ungewißheit, ob Ihr unsere Briefe erhaltet, und der möglicherweise sehr lange anhaltenden Zeitdauer, in der wir auch von Euch nichts werden hören können. – Genugtuung bereitet es uns, Euch in gewöhnlicher Tätigkeit zu wissen. Denn ich glaube ja nicht, daß die Wirren sich bis zum Congo ausbreiten werden. Trotzdem stelle ich mir vor, daß auch Ihr manches zu spüren bekommen werdet. – Bitte, lieber Sohn, trachte mit Deinem Bruder im Verkehr zu bleiben. Solltest Du diesen Brief erhalten, dann verständige ihn von seinem Inhalt. Dein Bruder wird ja im gleichen Falle dasselbe tun. Und vor allem bemüht Euch, mit uns eine Verbindung herzustellen. Und sollte es noch so lange dauern und sollten noch so weite Umwege erforderlich sein. Wie bangt uns allen vor dem Winter! – Ich schließe diesen Brief, da ich nicht die Ruhe aufbringe, wie gewöhnlich zu schreiben.

Seien Du und Deine Frau von uns allen allerherzlichst gegrüßt.

Papa

17. Oktober 1939

Mon Cher,

nous venons de recevoir cette lettre et nous le trouvons plus facile de te communiquer ces dernieres nouvelles en t'envoyant toute la lettre. Nous étions sans nouvelles debut le 20 aout et ce que nous savons a`part de cette lettre, c'est une demande des parents, si nous pouvons envoyer l'argent pour le paquebot du date de fin de septembre. Depuis ce temps – là c'est probablement devenu impossible de quitter de chez eux. D´ailleurs: nous ne sommes pas dans la possibilite´de lui envoyer de l'argent pour le voyage en bateau, tout le projet etant base sur le fait, qu'ils sauraient payer leur voyage jusque ici avec lárgent a eux. Ici chez nous cela va bien, nous somes en plein travail comme toujours et seulment peu au courant de ce qui se passe en Europe. Nous esperons que tout va bien chez toi et nous serions contents d'avoir bientot des nouvelles de toi. S'il y a moyen de m'envoyer aussi des nouvelles de ma sœur je serais contente.

Ton frère est en route et t'envoie avec moi tous nos amities.

Ta belle-sœur

(Mein Lieber,

wir haben soeben diesen Brief erhalten und finden es einfacher, Dir diese Nachrichten zukommen zu lassen, indem wir Dir den ganzen Brief schicken. Wir waren seit dem 20. August

ohne Nachrichten, und was wir neben diesem Brief wissen, ist, daß die Eltern uns baten, ihnen das Geld für die Schiffspassage für Ende September zu schicken. Seither ist es inzwischen wahrscheinlich unmöglich geworden, von dort abzureisen. Andererseits: Wir sind nicht in der Lage, ihnen Geld für die Schiffspassage zu schicken, das ganze Projekt basierte ja auf der Annahme, daß sie ihre Reise bis hierher von ihrem eigenen Geld zahlen würden. Uns hier geht's gut, wir haben so wie immer viel Arbeit und wissen nur wenig von dem, was in Europa vor sich geht. Wir hoffen, daß es Dir gut geht und wären froh, bald von Dir zu hören. Wenn Du mir Nachricht von meiner Schwester geben könntest, wäre ich froh.
Dein Bruder ist unterwegs und sendet, so wie ich, seine besten Wünsche.
Deine Schwägerin)

Welch ein Hilfeschrei und welch kühle Antwort. Natürlich, denkt Elsa, im Kongo wussten sie nicht so genau, was in Europa geschah. Aber sie wussten doch, dass Krieg war? Sorgten sich wohl auch, was ihnen selbst im belgischen Kongo widerfahren könnte, als Menschen aus einem Land, das nunmehr den feindlichen Barbaren gehörte. Schrieben vielleicht gerade deshalb in jener fremden Sprache, die sie doch so offensichtlich noch kaum beherrschten. Als ob der Bruder des Vaters und seine Frau beschlossen hätten, sich gänzlich loszusagen von allem, was ihr Leben einmal ausgemacht hatte.

Denn schließlich haben die drei Söhne des Onkels auch nie Deutsch gelernt, konnten nie die Bücher ihres Großvaters lesen, mit ihr und ihren Geschwistern stets nur in von beiden Seiten mehr als schwerfälligem Englisch sprechen. Aber eigentlich versteht Elsa dieses Lossagen von den eigenen Wurzeln. Und fragt sich wieder einmal, woran es gelegen haben mag, dass ihre Eltern es nicht vollzogen haben, nicht vollziehen wollten oder es vielleicht einfach nicht konnten?

Krieg, eine enge, fremde Wohnung, keine Briefe von den Kindern im rettenden Ausland – wie haben sie es nur ertragen?

Und doch enthält die Mappe noch weitere Briefe – und Elsa erinnert sich an die Erzählungen von der Post, die nach Kriegsbeginn auf den unglaublichsten Umwegen hin und her ging.

So wie die Vertriebenen, die über viele Länder verstreut sind, jetzt verzweifelt versuchen, durch das Telefon einen Kontaktfaden zu den Nächsten aufzubauen.

Wien, den 26. Oktober 1939

Lieber Sohn!

Die letzte Nachricht, die wir von Dir erhalten haben, war vom 24. August. Seither wartete ich in größter Ungeduld und Besorgnis, ohne daß ich von irgendeiner Seite über Dich etwas erfahren konnte. Von den Bekannten hörte ich zwar, daß von M.s Schwester zwei Karten gekommen wären, aber über Dich enthielten sie nichts. Auch von Deinem Bruder haben wir seit seinem letzten Brief vom 12. August nichts mehr gehört, obwohl ich bis zum 22. September bereits neun Briefe an ihn geschrieben hatte. Da aber nichts kam, so habe ich das Schreiben einstweilen bis zum Eintreffen einer Nachricht aufgegeben. Übrigens bat ich in jedem meiner Briefe, er möge sich mit Dir ins Einvernehmen setzen, eine Bitte, die ich auch Dir gegenüber wiederhole. Daß nur gewöhnliche Schiffsbriefe und keine Luftpostbriefe möglich sind, dürfte Dir ja bekannt sein. Wir atmeten alle auf, als wir heute zum ersten Mal erfuhren, daß es Dir gut geht. Ich hoffe, daß es auch so bleiben wird. – Uns allen, ausnahmslos, geht es gut. Deine Schwester hatte vor 5 Wochen einen Unfall. Sie fiel auf der Straße so ungeschickt, daß sie sich im linken Arm, und zwar in der Elle nahe dem Handgelenk, einen ungefähr 5 cm langen Knochenriß zuzog. Sie hatte den Arm einige Zeit eingegipst und ist jetzt von gewissen Schmerzen abgesehen in Ordnung. Damit ich es nicht vergesse: Ich schrieb zwar an Dich, erhielt aber die Karte wieder zurück. So unterließ ich es. – Nun will ich Dir unsere augenblicklichen materiellen und sonstigen Verhältnisse auseinandersetzen: Erst am 21. September erhielten Mama und ich die Pässe, die Steuerunbedenklichkeit, das Sitten- und Wohnungszeugnis. Ich reichte sofort am Belgischen Generalkonsulat ein. Man sagte mir eine Erledigung in zwei bis drei Wochen zu, aber unterdessen werden es morgen schon fünf Wochen, ohne daß die Erledigung aus Brüssel eingelaufen wäre. Ich urgierte bereits vor zwei Wochen, wie ich jetzt sehe, trotz aller Versprechungen ohne Erfolg. Das macht mir große Sorge, denn die Steuerunbedenklichkeit läuft am 6. Dezember d. J. ab. Obwohl man mir das Urgieren am Konsulat als überflüssig darstellte, werde ich nächste Woche doch wieder hingehen. Den Fragebogen, an die Du Dich wahrscheinlich noch erinnerst, waren die beiden Originalquittungen über die erlegte Kaution von BFr. 20.000,–, die Sitten- und Gesundheitszeugnisse beigelegt, die Paßphotographien und das amtliche Begleitschreiben des Konsulates. Vom Fliegen nach Afrika kann natürlich unter den gegenwärtigen Verhältnissen keine Rede mehr sein. Wir haben uns damit abgefunden, wenn wir nur die Einreiseerlaubnis erhalten, via Aachen nach Brüssel zu fahren. Die Schwierigkeiten werden erst dort beginnen. Ich ließ Deinem Bruder durch seinen Bekannten in Antwerpen telegraphieren, ob er imstande wäre, die Schiffsreise nach Afrika zu bezahlen, er antwortete, daß es ihm vorläufig unmöglich wäre.

Was da mit uns werden wird, weiß ich noch nicht. Die Tropenausrüstung, wenigstens in ihren wichtigsten Teilen, haben wir ja vorrätig, aber eine Ergänzung ist unter den gegenwärtigen Verhältnissen hier ausgeschlossen, auch verfügen wir (die Gründe lassen sich brieflich nicht erzählen) nicht mehr über genügende Mittel. Das Übersiedlungsgut könnten wir auch nur weitestens bis Brüssel kommen lassen. Sollten wir aber nicht nach Brüssel können, dann würde die Lage für uns katastrophal werden. Abgesehen davon, daß sich unsere Barmittel sehr rasch erschöpfen, wir hielten es höchstens noch 10 Monate aus, ist die Wohnungssorge bereits unerträglich. Wir sollen bis 12. November diese Interimswohnung räumen, es ist uns bis heute aus den bekannten Gründen noch nicht möglich gewesen, eine entsprechende Unterkunft zu finden. Was da werden wird, weiß ich nicht. Uns droht die Obdachlosigkeit, oder wir zerstreuen uns und jeder sucht irgendwo unterzukommen, etwas, dem wir rein materiell nicht gewachsen sind. Wir haben versucht, unsere jetzige Unterkunft zu behalten. Auch dies ist unmöglich. Übrigens, unsere jetzige Unterkunft: Die Wohnung ist in Wirklichkeit im 5. Stock. Sie besteht aus einem Zimmer und zwei schmalen Kabinetten. Wir haben natürlich einen Teil unserer Möbel in einem Depot eingelagert und der andere Teil ist unausgepackt hier untergebracht und füllt die engen Räume buchstäblich bis zur Decke hinauf. Dabei haben wir in der Wohnung selbst weder Wasser noch Klosett, noch eine Bademöglichkeit. Aber wir würden gerne alles das hinnehmen, wenn wir nur bleiben könnten. Die schwerste Sorge von allen macht mir aber Deine Schwester. Wir müßten sie ja, wenn wir die Einreise doch erhalten sollten, hier zurücklassen! Wovon würde sie hier leben? Dann sind ja auch in den allgemeinen Verhältnissen für sie viele und ernste Schwierigkeiten enthalten. Glaubst Du, daß man sich wenigstens in Belgien für sie verwenden könnte? Daß sie zu Dir käme, ist wohl ganz unmöglich? Ich bitte Dich, lieber Sohn, vielleicht weißt Du ihretwegen doch einen Ausweg. Ich habe Tage, wo es mir außerordentlich schwer fällt, auch nur die nächsten Stunden noch zu ertragen. Man weiß ja von einem Tage zum anderen nicht, was aus uns werden oder mit uns geschehen wird. Nächste Woche werde ich wieder urgieren wegen der Ausreise. Aber ich bin so hoffnungslos gewor-

den! Sollte ich in den nächsten Tagen etwas Positives erfahren, so werde ich Dir sofort schreiben. Vielleicht, daß Du uns durch Deine Freunde in Brüssel behilflich sein könntest. Und bitte, schreibe Deinem Bruder auf jeden Fall und unterrichte ihn davon, daß es in Brüssel nicht weitergeht, obwohl mein Wunsch eigentlich töricht ist, denn bis dieser Brief Dich erreicht und bis ein Brief zu Deinem Bruder gelangt, müßten wohl viele Wochen vergehen. Aber schreibe ihm und teile ihm vor allem mit, daß wir seit bald 3 Monaten nichts über ihn gehört haben. Durch M.s Schwester habe ich erfahren, daß M. jetzt in ihrem Spital auf dem Lande beschäftigt ist. Bitte, grüße sie auch von mir. Die Kinderfrau wird die Karte, die ich heute erhalten habe, zu den Bekannten hintragen.
Wir grüßen Dich alle vielmals und herzlichst.
Papa

Die Vertreibungen gehen weiter, Elsa sieht wieder die Bilder von Menschen, die durch Schlamm waten, über Bahngeleise stolpern, die meisten mit nichts in den Händen, manche mit winzigen Kindern auf dem Arm, die ebenso ins Leere sehen wie sie selbst. Und Elsa sieht auch Polizisten des einen Staates, die die Vertriebenen nicht über die Grenze lassen, sondern sie in einem mit Stacheldraht umzäunten Lager mit unbewegter, unerschütterlicher Miene bewachen, starr stehend, die Gewehre in der Hand.

Niemand will Flüchtlinge aufnehmen – Menschen, die schmutzig und traurig aussehen, die tagelang im Wald kampiert haben, dreckig sind und aus allen Poren den unangenehmen, modrigen Geruch der Hoffnungslosigkeit absondern.

Man könne sie nicht aufnehmen, hier in diesem Land, wo Elsa so bequem zur Kur ist. Zu viele seien es, und dann gebe es da noch dieses merkwürdige Gebilde, das sich internationale Staatengemeinschaft nennt und beschlossen hat, die Vertriebenen mögen dort bleiben, in den Lagern jenseits der

Grenze des Landes, aus dem sie fortgejagt wurden. Man dürfe dem Mörder, der ihre Vertreibung angeordnet hat, nicht nachgeben, indem man ihnen anderswo, noch weiter weg, ein menschenwürdiges Leben ermögliche, hört Elsa die Erklärungen im Radio und im Fernsehen und beißt vor Zorn in die eigene Faust. Wieso nur, fragt sie sich zum wiederholten Male, hat sie geglaubt, ein Krieg würde das Elend beenden?

Istanbul 21.11.39

Sehr geehrter Herr Doktor,
beiliegend ein Brief von ihrem Sohn, aus dem ich einen Teil entfernte, da zur Weiterleitung ungeeignet. Dieser ist sehr optimistisch und behandelt unser baldiges Wiedersehen.
Bitte machen Sie sich keine Sorgen wegen unserer Portospesen (wir verdienen jetzt beide und es geht uns ganz gut), und benützen Sie uns ruhig weiter zur Umleitung der Korrespondenz.
Hoffentlich erreicht Sie dieser Brief noch an der alten Adresse.
Mit Empfehlungen an Ihre Frau Gemahlin und herzlichen Grüßen bin ich
Ihre E. F.

12. November 1939

Liebe Freunde,
ich danke Euch vielmals für die Übermittlung des Briefes, der wirklich nicht sehr erfreulich ist; aber noch viel schlimmer ist, daß man so machtlos ist, irgendwie zu helfen. Ihr seid übrigens die einzigen, durch die ich Nachricht habe, anders war es unmöglich. Mir tut leid, daß Ihr solche Portospesen habt, ich konnte mir nicht einmal einen Antwortschein verschaffen, werde Euch aber nächstens einige schicken. Es ist sehr erfreulich zu hören, daß es Euch gut geht. Ich denke, Euer friedliches Leben wird ja noch einige Zeit anhalten. – Uns hier geht es ebenfalls ganz gut. Bei mir hat sich nichts geändert, ich mache eine große wissenschaftliche Arbeit über

chemotherapeutische Beeinflussung des Reticulo-Endothels und bin mit meinen sonstigen wissenschaftlichen Arbeiten noch viel mehr beschäftigt.

Unseren Freunden hier geht es im allgemeinen gut. Dein Bruder, lieber Freund, ist ebenfalls o. k., er ist augenblicklich wieder sehr beschäftigt, weil die Kleinkunstbühne, das »Laterndl«, jetzt eine Premiere hat. Da kann man mit unseren »Künstlern« überhaupt nicht reden. Unser Kulturleben entwickelt sich hier sehr lebhaft weiter, umso mehr, als wir aus verschiedenen Gründen andersartige Tätigkeiten in unserem »Austrian Centre« eingestellt haben. Wir haben ein ausgezeichnetes Vortragsprogramm und erleben einen neuen Aufschwung. – Freilich weiß man nicht, was die Zukunft mit sich bringen wird. Jedenfalls hoffen wir, daß wir es nicht allzulange nötig haben werden, uns hier weiterzuentwickeln.
Könntet Ihr bitte den Leuten, deren Brief Ihr beigelegt habt, wenn Ihr sie seht, ausrichten, daß es uns hier sehr gut geht und daß sie sich um uns nicht sorgen müssen. Ich verdiene weiter wie bisher, M. ist noch immer in ihrem Spital auf dem Land, wo es ihr so gut gefällt, daß sie gar nicht von dort weg will. Auch ihren Schwestern geht es gut. – Wir sind um die Leute sehr besorgt und möchten sie bitten, uns bald wieder Nachricht zukommen zu lassen. Eine Einreise hierher kommt derzeit leider überhaupt von nirgends in Frage. Von meinem Bruder habe ich einen kurzen Brief, es geht ihm und seiner Frau gut. Ich habe ihm über alles geschrieben. – Wir alle lassen sie herzlichst grüßen.
Hoffentlich höre ich von Euch bald wieder Gutes!
Herzlichste Grüße
Euer Freund

Istanbul – die Freunde, die den Vater in Brüssel empfangen hatten, waren nach Istanbul gegangen. Über sie also ist die

Korrespondenz gelaufen. Und die größte Sorge aller waren die Kosten! Wie lächerlich, denkt Elsa und fragt sich, wie viel ein Brief von Istanbul damals wohl gekostet haben mag. Und der ausgeschnittene Briefteil? Hat der Vater, der seine Liebsten in größter Gefahr wusste, diese eine Möglichkeit, ihnen Nachricht zukommen zu lassen, tatsächlich auch dazu genutzt, um zu politisieren? Sicher, denkt Elsa und muss trotz allem ein wenig lächeln. Und wie optimistisch er war im Hinblick auf ein baldiges Wiedersehen. Aber wieso nur, wo Krieg war und keiner wusste, wie und wann er zu Ende gehen könnte?

Was das für Aktivitäten waren, die der Vater und seine Freunde in jenem Klub einstellen mussten, von dem er den Zurückgebliebenen nur so ausweichend geschrieben hatte, das kann sich Elsa ganz gut vorstellen. England im Krieg, da gab es wohl wenig Verständnis für aufgenommene Flüchtlinge, die den Kommunisten das Wort redeten, Stalin hochleben ließen und taten, was die Partei ihnen befahl.

26. November 1939

Lieber Sohn!
Endlich eine direkte Nachricht von Dir, über die wir uns herzlichst freuten. Besonders über Deine Mitteilung, daß Deine wissenschaftlichen Arbeiten keine Unterbrechung erfahren haben, was wir bereits fürchteten. Denn hier gingen Gerüchte um von Internierung usw. Indirekte Nachrichten über Dich erhielten wir vergangene Woche von den Bekannten. Sie decken sich mit Deinen Mitteilungen in dem Brief. Von Deinem Bruder haben wir ebenfalls eine kurze briefliche Mitteilung erhalten, die uns sein Freund in Antwerpen zugehen ließ. Dieser Brief ist vom 17. Oktober und bestätigte den Empfang eines Schreibens von uns vom 28. August! Ob er weitere Nachrichten von uns erhalten hat, weiß ich nicht. Jedenfalls bitte ich Dich, bleibe mit ihm nach Möglichkeit im Verkehr und teile

ihm jedesmal mit, wie es uns geht, denn von hier aus scheinen die Briefe unendlich lang zu brauchen. Ich habe ihm übrigens zum letztenmal am 22. September geschrieben und seither nicht mehr, da ich immer abwartete, ihm über unsere Reise nach Brüssel schreiben zu können. – Ich gebe Dir die Adresse des Bruders meines Freundes an, den ich gebeten habe, sich mit Dir in Verbindung zu setzen. Ich habe Nachricht von ihm, daß er es bereits getan hat. Dr. R. B., Schweden, Näsbyalle, Lahäll. – Und nun muß ich über uns berichten. Es hätte keinen Sinn, irgendwie schönzufärben. Unsere Lage ist sehr ernst. Nicht aus irgendeinem pessimistischen Gefühl heraus, sondern weil es so ist. Am schwersten lastete die Wohnungssorge auf uns. Sie konnte erst vor einigen Tagen gelöst werden. Ob es sich um eine endgültige Lösung handelt, wenigstens bis zu unserer Abreise, vermag ich im Augenblick noch nicht zu sagen. Wir werden ab 28. November in Untermiete bei Frau W. wohnen. Wien IX, Mariannengasse 28/1. Frau W. mietete für sich, ihre Nichte und deren derzeit im Felde stehenden Bräutigam eine aus fünf Zimmern bestehende Parterrewohnung, die seit ungefähr einem Jahre leer stand, sehr teuer ist, nicht besonders gut eingerichtet, nicht besonders gut instandgehalten ist, der Lage nach nordseitig, gegenüber dem ehemaligen St. Annen-Kinderspital beim Zimmermannplatz. Es kostete Frau W. große Mühe, die Wohnung vom Amt zugewiesen zu erhalten. Sie erhielt sie aber schließlich, weil es sich um eine Großwohnung handelte, nach der eben keine besondere Nachfrage war. Die Eltern unseres Hauskäufers setzten beim Verwalter die Erlaubnis durch, daß wir in Untermiete bis zu unserer Ausreise dort wohnen dürfen. Ob uns aber von anderer Seite keine Unannehmlichkeiten drohen, wissen wir noch nicht. Jedenfalls macht es uns begreiflicherweise Sorge. Wir verfügen über kein Bargeld und können nur RM 300,– für den Monat erhalten und müssen RM 120,– monatlich Zins zahlen. Deine Schwester wird von ihrem kleinen

Verdienst etwas beisteuern. Doch hat auch sie die Sorge, das bald zu verlieren, da die alte Frau über Wunsch ihrer Söhne nach Jugoslawien übersiedeln soll. Deine Schwester weiß noch nicht, wann das sein wird. Und nun das Quälendste von allem: Unsere Ausreise. Mir fiel ein, daß Prof. M. in Brüssel, mit dem Dein Bruder doch so gut steht, vielleicht etwas für uns tun kann. Ich schrieb daraufhin nach Antwerpen an den Freund Deines Bruders dort. Dieser setzte sich mit Prof. M. in Verbindung, der bereitwilligst zusagte. Nun erhielt ich am 23. November, also nach 2 Monaten (!) vom Konsulat die Verständigung (ob das bereits dem Einfluß von Prof. M. zu verdanken war, ob die Länge der Zeit maßgebend war, ich hatte zweimal mündlich und einmal schriftlich urgiert, weiß ich nicht), daß ich ein Visum zur Einreise nach dem belgischen Congo unter der Bedingung erhalten könne, wenn ich ein Attest einer deutschen Behörde beibringen könne, das die Rückreise nach Deutschland gegebenenfalls gestatte! Alle meine Einwendungen nützten nichts. Monsieur S., der mir sichtlich helfen wollte, sagte, er könne nichts anderes tun als die Weisungen seiner Regierung erfüllen. In der Prinz-Eugen-Straße weigerten sie sich, einen solchen Sichtvermerk zu geben, trotz der Darlegungen von Gildemeester. Ich hatte nun mit allen möglichen in Betracht kommenden Personen diesbezügliche Unterredungen, überall hieß es, Brüssel müsse auf diese Erklärung verzichten. Ich schrieb noch gestern nach Antwerpen mit der Bitte, daß sich Prof. M. unserer annehme und morgen mache ich den letzten Versuch bei der schwedischen Mission, wohin ich eine besondere Empfehlung habe. Mir wurde gesagt, wenn die für uns nichts tun können, dann ist in Wien für uns überhaupt nichts zu machen. Zu allem übrigen noch, unsere Steuerunbedenklichkeit läuft am 6. Dezember ab! Daß uns nicht wohl zumute ist, wirst du sicher begreifen. Das schlimmste von allem aber ist, daß ich Dir auf den Tag genau angeben könnte, wann wir ohne alle Barmittel

sein werden. Wenn ich schon von allem übrigen absehe, worüber ich nicht schreiben kann. Obwohl ich viel zu schreiben hätte. Daß wir noch dieses Jahr nach dem Congo kommen, wenn überhaupt jemals, ist natürlich bereits ausgeschlossen. Ich habe über mich selbst das Gefühl, daß ich in den Monaten, seit Du von uns weg bist, um Jahre gealtert bin. Wenigstens glaube ich es zu sein, auch körperlich fühle ich mich in den letzten Tagen nicht besonders. Ich hatte wieder einmal einen sehr heftigen Anfall, bin auch mit dem Darm tatsächlich nicht in Ordnung. Mama und Deiner Schwester geht es soweit ganz gut. Sollte ich über unsere Ausreisemöglichkeit etwas Besonderes erfahren, so schreibe ich sofort wieder.
Herzlichste Grüße von uns allen,
Papa

Frau W. und nicht mehr einfach die Kinderfrau. Denn um sie geht es, wenn der Großvater von den Wohnungsangelegenheiten schreibt, weiß Elsa. Die Schraube hat sich wieder ein Stückchen weiter gedreht – und keiner kann sie aufhalten. Einen Sichtvermerk über eine Rückkehrmöglichkeit verlangt Belgien? Nein, zu keiner Zeit wollten jene, die noch im Frieden lebten, Flüchtlinge aufnehmen. Verschlossen die Augen davor, was diesen drohte, wenn man sie nicht aufnahm. Nur das eigene Wohlergehen war von Bedeutung – ist von Bedeutung. Seit man den Menschen Pässe und Nationalitäten aufgezwungen hat, scheint sich daran nichts zu ändern.

Frau W., der jetzt immer mehr Schwierigkeiten drohen, weil sie Juden bei sich wohnen lässt. Wie lange noch? Und doch hat die Kinderfrau die Schwester des Vaters während der Herrschaft der Barbaren bei sich aufgenommen, hat sie beschützt und sie vor dem sicheren Tod gerettet. Nur über das Wie weiß Elsa wenig. Als ihre eigene Nichte habe die Kinderfrau die Schwester des Vaters ausgegeben, so, meint Elsa sich zu erinnern, hat man es ihr früher erklärt. Aber nicht einmal

Elsas Mutter, die doch so vieles weiß und in ihrer Erinnerung aufbewahrt hat, vermag genau zu sagen, wie die Tante die Barbaren so unbeschadet überlebt hat mitten in Wien, mitten unter ihnen.

Melbourne 21.12.39

Lieber Herr Doktor,
Ihre Karte vom 5.11. haben wir am 20.12. erhalten, da sie nicht Luftpost, wie darauf gestanden war, exped. wurde. Wir sind sehr besorgt, wie es Ihren Eltern geht, und bitten Sie, uns wenigstens mit einer Karte immer zu benachrichtigen, wenn Sie etwas von ihnen hören. Sind Sie mit Ihrem Bruder in Korrespondenz? Ich habe ihm auch Luftpost geschrieben, ob er etwas weiß. Können Sie nicht jetzt, wo Sie so ziemlich gesettelt sind, worüber wir uns sehr freuten, etwas machen, daß die Eltern doch nach England kommen? Es wäre doch keine Kleinigkeit für die alten Menschen, ganz allein im Congourwald zu leben. Aber die Hauptsache wäre ja, daß sie gesund sind und wohlbehalten die schwere Zeit, wo die Barbaren los sind, durchhalten.
Schöne Feiertage und Prosit Neujahr, wenn Sie diese Karte auch später erhalten nicht minder herzlichst
T.

Der Krieg hat des Vaters Seite der Korrespondenz geschluckt, fällt Elsa erst jetzt auf. In der Mappe findet sich kein Brief mehr aus London. All die andern, die so sorgfältig aufbewahrten, hat die so genannte Frau W. über die Wirrnisse hinweggerettet.

Aber ihr Vater, dessen Antworten verschwunden sind, hat selbst die Karte eines alten Freundes seiner Eltern aus dem fernen Australien aufbewahrt – auf dass sie sechzig Jahre später vor Elsa auf dem polierten Tisch ihres Hotelzimmers liege.

Elsa kann sich nicht vorstellen, wie der Vater mit diesen kleinen Krümeln an Nachrichten leben konnte, aber sie kann verstehen, warum er sie aufbewahrte.

11. Jänner 1940

Lieber Papa, liebe Mama.
Gestern früh erhielten wir Eure Briefe Nr. 1,2,3 u. 4 aus Brüssel alle auf einmal. Ihr könnt Euch denken, wie froh wir sind, daß Ihr endlich doch herausgekommen seid, wir hatten schon nicht mehr sehr viel Hoffnung seit den letzten ziemlich pessimistischen Briefen. Nun zu Euren Sorgen. Ihr müßt verstehen, warum wir zögern, Euch jetzt herkommen zu lassen: 1.) Unsere Stellung ist, wenn auch nicht pessimistisch anzusehen, doch lange nicht mehr so sicher, wie sie vor dem Kriege war. Wir haben für dieses Problem natürlich bereits eine westeuropäische Einstellung; in Wien wäre mir die Stelle wahrscheinlich bombensicher vorgekommen. 2.) Der Zeitpunkt für Eure Ankunft hier ist gänzlich verschoben. Ihr würdet jetzt gerade in die heiße Zeit kommen, was ja besonders ungesund ist, und ich würde nicht wollen, daß Ihr hier vor April ankommt; dann haben wir aber gerade noch ein Jahr vor uns vor dem Urlaub; abgesehen davon, daß man gerade im letzten Jahr versetzt wird und wir dann vielleicht sehr weit von hier weg müssen, glaube ich, daß Ihr mindestens 18 Monate notwendig hättet, um Euch einzugewöhnen u. die notwendigsten Details zu erlernen. 3.) Die Reisekosten sind wieder erhöht worden. Gestern eingezogene Auskünfte ergaben, daß die Reise für Euch alles incl. 2. Klasse ca. BFr. 30.000,– kosten würde, eine Summe, die wir leider nicht bar haben und die Euch, in Monatsraten, natürlich in Belgien viel mehr zugute kommen würde. Abgesehen davon müßte ich ja weitere BFr. 30.000,– in bar in der Bank haben, um eine eventuell für Euch aus Gesundheitsrücksichten notwendige Repatriierung schnell durchführen zu können, ganz abgesehen davon, daß

mir die Kaution von BFr. 20.000,– ja wahrscheinlich erlassen wird. Diese Beträge machen ungefähr unser Einkommen brutto in 10 Monaten aus, und es ist ja ziemlich selbstverständlich, daß wir sie nach 10monatiger Tätigkeit noch nicht erspart haben können, wo wir doch ca. für BFr. 50.000,– Anschaffungen gehabt haben. Aus diesen Gründen ziehen wir vor, Euch in Belgien zu installieren, und zwar nicht in einer Pension, sondern in einem eigenen Hause, das ich vorläufig mieten möchte und das ja später, wenn die Verhältnisse sich stabilisieren, gekauft werden kann. Dieses Vorgehen hätte, abgesehen von allen anderen Vorteilen, wie Eure Gesundheit etc., den großen Vorteil, daß wir, in Europa zum Urlaub angekommen, ein Zuhause vorfinden und uns auch das Pensionsleben für die 6 Monate ersparen, was ja für unsere Erholungsbedürftigkeit nicht schlecht wäre. Und uns in Belgien ein Heim verschaffen würde.
Ich habe nun folgenden Plan ausgearbeitet: Mit gleicher Post schicke ich an den Minister des Inneren in Brüssel einen Brief, dessen Kopie ich Dir beilege. Verwende diese Kopie in der suite, um einen Aufschub zu erlangen. Der Brief wird ja, da er über die voie hierarchique gehen muß, einige Wochen unterwegs sein, doch wird man Euch keinerlei Schwierigkeiten machen. Ich bin fest überzeugt, daß der Minister Euch den Aufenthalt in Belgien ohne irgendeine Schwierigkeit bewilligt, da es sich ja doch um eine Geldfrage handelt. Sollte, ganz wider mein Erwarten, Euch der Aufenthalt in Belgien abgelehnt werden, so kommt Ihr natürlich hierher, wir werden dann die Schwierigkeiten schon irgendwie überwinden. Nun zu Eurem Zuhause: Unsere hiesigen Freunde, Direktor der Cotanco, gaben uns folgenden Rat, der mir sehr gut gefällt und den ich für sehr richtig halte. Ihr Onkel lebt in Keerbergen, einem kleinen, sehr hübschen Villenort im Brabant, ca. 25 km von Brüssel u. Antwerpen entfernt, recht nahe von Mecheln. Er kaufte dort vor Jahren terrains u. begann, dort zu

bauen. Später siedelten sich andere dort an u. das Ganze ist jetzt eine sehr angesehene Brüsseler Siedlung etwa wie Reichenau, aber ohne Berge. Dieser Herr vermietet Villen, und unser Freund schrieb ihm mit gleicher Post, sich mit Euch in Verbindung zu setzen. Es handelt sich in erster Linie für Euch um eine Villa, die den Namen »Les Charmettes« führt. Es ist dies ein Haus mit 2 Schlafzimmern, Badezimmer, fließendem Wasser, Holzdauerbrandöfen in allen Zimmern, Wohnzimmer, Speisezimmer, Küche, Dienstbotenzimmer u. Garage u. natürlich Garten. Das Haus ist komplett, einfach, hübsch, modern eingerichtet, doch fehlt, wie ich höre, die Badewanne, die wir natürlich anschaffen würden. Sollte dieses Haus aus irgendeinem Grund Euch nicht zusagen, so vermietet der Herr auch andere Häuser, und Ihr seid absolut nicht gebunden, bei ihm zu mieten. Ihr könnt ebensogut bei jemand anderem dort mieten, vorausgesetzt, daß Euch Keerbergen überhaupt zusagt. Solltet Ihr in dieser Hinsicht andere Ideen haben, so schaut Euch alles an und teilt es uns dann mit; da ich ja selbst Keerbergen nicht kenne, so weiß ich nicht, ob Ihr in dieser Art nicht etwas Besseres findet. Geldfrage: Wir haben ausgerechnet, Euch jährlich 24.000 belgische Francs anweisen zu können: d. h., daß Ihr monatlich BFr. 2000,– zu Eurer Verfügung habt, was für Belgien nicht wenig zu sein scheint u. dem Kaufwert von 600 österr. Schillingen entspricht. Dieses Geld werde ich Euch in Monatsraten vom Ministerium anweisen lassen, sodaß Ihr sicher jeden Ersten Euer Geld habt, selbst wenn die Verbindungen unmöglich werden sollten. Natürlich würde ich die Miete jährlich zahlen u. von den Monatsraten abziehen. Die Preise für Keerbergen sind ungefähr die folgenden:

Miete BFr. 5000–6000,– par an
Wasser gratis
Holz BFr. 500,–
Elektric BFr. 1400,–

Bonne BFr. 3000,–
Menage BFr. 10.200,–
BFr. 20.140–21.140,– par an, sodaß Euch ca. BFr. 300,– monatlich für Anschaffungen u. Kleinigkeiten bleiben.

Mein Bruder hat seit Juni 1939 nichts mehr von sich hören lassen u. hat auf 3 Briefe von vor dem Krieg nicht geantwortet.
Euer Sohn

Ein Brief aus dem Kongo zwischen den Briefen des Großvaters? Elsa weiß nicht, wie er bis zum Vater nach England gelangt ist und denkt auch nicht weiter darüber nach, sondern überlegt sich, was den Onkel bewogen haben mag, den Eltern von der Flucht nach Afrika so nachdrücklich abzuraten. Kann er wirklich geglaubt haben, sie seien sicher in Belgien? So muss es wohl gewesen sein. Kaum hätte er ihnen sonst erklärt, wie wichtig ihm ein Haus in Europa sei für seine Urlaube. Er muss es sich schön und auch bequem für die alten Menschen vorgestellt haben. Ein Haus mit Garten im ihm so sicher erscheinenden Belgien – ein Haus, in das die Kinder aus Afrika, vielleicht ja auch der Bruder aus England, zu Besuch kommen würden. Eine Normalität, die es in Wien nicht mehr geben konnte. So muss es gewesen sein, denkt Elsa, die sich nicht ausmalen mag, was ihr Vater – der politische, wissende und doch auch so ahnungslose – gedacht haben mag, als ihm dieser Brief unter die Augen kam. Aber der Brief war schon nach Brüssel adressiert, die Großeltern waren den Barbaren also entkommen – für kurze Zeit. Aufgeatmet haben da wohl alle, die schon in Sicherheit waren, der Onkel im Kongo und der Vater in England. Nicht wissend jedoch, wie wenig Zeit den glücklich nach Belgien Ausgereisten noch blieb.

Die Zurückgebliebenen aber – was war mit ihnen? Die Tochter und die Schwester des Großvaters, deren Spuren sich nach der Flucht ihres Bruders nach Belgien endgültig im Nichts verlieren?

Elsa hört im Radio die Geschichten von großen Familien, die, auseinandergerissen, nichts anderes erbitten, als dass man sie zusammenführen möge. Aber keiner scheint sich darum Gedanken zu machen. Man bietet den Menschen Unterkunft und Essen, auch medizinische Versorgung. Jeder in diesem Land gibt reichlich Geld, um ein Lager für ein paar der Vertriebenen, Geschundenen zu führen – mehr könne man nicht tun. Ein paar dürften auch hierher kommen, aber nur ein paar, und nur für begrenzte Zeit. Zurück nach Hause sollten sie so bald wie möglich, schließlich wollten sie selbst das ja auch. Nach Hause? Wohin? In ein Land, wo nur noch Ruinen stehen?

9

EIN Spital wurde getroffen. Das habe man nicht gewollt, sagen die Bombenwerfer. »Nebenschäden« nennt man das in diesem heutigen Krieg, und das Wort lässt Elsa zusammenzucken. Denn dort, wo diese Schäden auftreten, sterben doch Menschen unter den Trümmern, denkt Elsa und fragt sich, wie diese Toten das Morden und Foltern weiter im Süden aufzuhalten vermögen. Bomben auf London – davon hat sie viel gehört, als sie noch ein Kind war.

Dass die Katze, die die Eltern mitten im Krieg als Hausgenossen aufgenommen hatten, bei jedem Alarm unter den Sessel gekrochen sei, auf dem eine der Schwestern der Mutter gesessen habe – weil diese Schwester die Fülligste in der Familie war und das Tier diese Fülle wohl als Sicherheit missdeutet habe. Eine Tatsache, die alle stets zum Lachen brachte und so die Bomben, die unterdessen auf die Zufluchtsstätte London fielen, etwas weniger schrecklich machte. Von der Hochzeit im Bombenhagel hat Elsa auch gehört. Vom Bombenalarm, der die Hochzeitsgesellschaft im Kino ereilt habe – denn gefeiert habe man mit einem Kinobesuch in London mitten im Krieg. Wie aus einem Film ist Elsa dieses Leben der Eltern im Kriegsengland immer erschienen und die Angst, die sie empfunden haben müssen, konnte sie sich nie so recht vorstellen. Selten hätten sie einen Luftschutzkeller aufgesucht, hat Elsas Mutter immer wieder erzählt, irgendwie hätte es ihr gegraut vor der Enge und Schwüle in jenen schützenden Unterkünften. Und so seien sie meist in der Wohnung geblieben und es sei ihnen ja schließlich auch nie etwas geschehen, obgleich die Wohnung – vielleicht nicht aus Zufall nur ein paar Straßen von jenem so wichtigen österreichischen Klub entfernt – an der Bahn gelegen war. Eingerichtet hätten sie sich mit dem Krieg. Gefreut hätten sie sich darüber, dass nun endlich offen gegen die Barbaren gekämpft wurde, erzählt die Mutter auch immer wieder.

So wie Elsa sich den Krieg gewünscht hat? Den Krieg, um jenen Vertriebenen zu helfen, die sich jetzt in noch schlimmerer Lage befinden? Zwischen aufnahmeunwilligen Nachbarn und Bomben? Gehofft hätten sie, dass die Barbaren bald besiegt sein würden, sagt Elsas Mutter etwas nachdenklicher, gehofft auch, dass die Zurückgebliebenen dank des Krieges gerettet werden könnten.

36c Rue Jordan, Brüssel, den 16. Jänner 1940

Lieber Sohn!
Wir kamen bereits am 24. Dezember um 15 h 30 ohne Zwischenfall in Brüssel an. Ich schrieb Dir sofort eine Karte aus dem Hotel und am 27. eine 2. Karte mit unserer neuen Adresse, die wir, wie Du oben sehen kannst, wieder geändert haben. Da wir von Dir trotz der Karten nichts hörten, so schrieben wir an Dr. K., an Dein Laboratorium, an Dr. F. B. in Lancashire und an Dr. R. B. nach Schweden. Eben erhielten wir von der K. die Nachricht, daß es Dir gut geht und daß Du uns schreiben wirst. Ich habe nicht Geduld, noch länger auf Antwort von Dir zu warten, und um sicherer zu gehen, erhältst Du diesen Brief eingeschrieben und par avion. – Wir haben in letzter Zeit sehr viel und sehr Böses in Wien durchgemacht, wovon wohl das Schlimmste war, daß sie uns bei der Kinderfrau nicht wohnen ließen, daß wir binnen 3 Tagen ausziehen mußten und daß sie der Kinderfrau mit der »Strafanzeige« wegen »Beherbergung von Juden« drohten. Die letzte Nachricht aus Wien haben wir vom 10. d. M. Wenigstens bisher ist gegen sie nichts geschehen. Wir wohnten zum Schluß so: Mama und Deine Schwester bei Tante G. in der Skodagas-

se. Deine Schwester ist noch immer dort und kann bis zum März dort bleiben, doch Tante G. muß im März selbst die Wohnung räumen. Meine Schwester konnte sich in der Schwarzspanierstraße ein Zimmer mieten, und ich kam bei einer Bekannten der Tante G. auf dem Rudolfsplatz unter, doch mußte ich dort am 19. Dezember weg, weil die Hausgehilfin, die weniger als 45 Jahre alt war, am 19. von ihrem Urlaub zurückkommen sollte. Sie kam aber einige Tage später und so entschlossen wir uns, um mir die Qual einer neuen Unterkunftsänderung zu ersparen, am 23. von Wien abzureisen. – Gelebt und uns dort aufgehalten haben wir selbstverständlich bei der Kinderfrau, sonst hätten wir verhungern müssen. Deine Schwester und meine Schwester machen es weiter so, nur zittern sie alle wegen einer neuerlichen Denunziation! Ich hatte unendliche Schwierigkeiten wegen der Einreiseerlaubnis nach dem Congo, hauptsächlich deshalb, da ich ein Attest einer deutschen Behörde beibringen sollte, das mir die jederzeitige Rückkehr nach Deutschland erlaubte. Es würde Bogen füllen, wenn ich Dir erzählen wollte, wie ich diese Schwierigkeiten überwand, aber schließlich gelang es mir, hauptsächlich durch die taktvolle, energische und selbstlose Hilfe der schwedischen Mission in der Luggasse beziehungsweise deren Vertreter in der Prinz-Eugen-Straße. Der belg. Konsul stellte zum Schluß noch die Bedingung, daß wir bis spätestens Ende Dezember von Wien abreisen müßten. Nun lief uns aber infolge der Monate dauernden Schwierigkeiten am 6. Dezember die Steuerunbedenklichkeit ab und ein neuer Erlaß vom 1. Dezember bestimmte, daß man den Amtsweg über Gildemeester und Prinz-Eugen-Straße von neuem machen mußte. Trotzdem gelang es mir, im Verlauf von etwas mehr als einer Woche die neue Steuerunbedenklichkeit zu erhalten, wozu mir wieder die Schwedische Mission und in vollkommen uneigennütziger, ja freundschaftlicher Weise der Referent der Steuerunbedenklichkeiten verhalfen. Auch das zu erzählen würde zuviel Raum beanspruchen. Nachdem wir am 21. Juni um die Ausreisepapiere eingereicht, hatten wir sie endlich am 19. Dezember in Ordnung. Nur jetzt kamen die Schwierigkeiten wegen des Gepäcks. Seitdem Du weg bist, gibt es selbstverständlich neue Vorschriften: Die Listen für Handgepäck, Mitgut und Übersiedlungsgut müssen mindestens 3 Wochen vor der Abreise eingereicht werden, zusammen! Die Erledigung erfolgt nur bei Hausbesuchen! Da wir aber keine Steuerunbedenklichkeit hatten, konnte der Spediteur die Listen nicht einreichen! Und wir konnten aus den oben angegebenen Gründen nicht mehr in Wien bleiben! Also entschlossen wir uns im Einvernehmen mit dem Spediteur, nur mit Handgepäck, das bloß das Allernotwendigste enthält, o h n e b e w i l l i g t e L i s t e zu reisen. Begreiflich, daß die Reise für uns bis Aachen infolge dessen sehr unbehaglich war. Aber in Aachen schimpften sie wie üblich, sonst kamen wir unbehelligt durch und bereits im Zug nach Hirbersthal fanden wir nur mehr freundliche Gesichter. Wir waren übrigens in diesem Zug die einzigen Emigranten, was uns vielleicht auch in Aachen die etwas mildere Behandlung eintrug. Unangenehm war, daß seit dem Krieg keine direkten Züge nach Belgien mehr gehen, der Zug ging nur bis Köln, wo er um 5 h früh ankam, und der Anschluß nach Aachen-Brüssel ging erst um 10 h! Wir mußten also 5 Stunden im Bahnhof von Köln zubringen. Obwohl wir 2. Klasse gefahren waren, wagten wir uns nicht in das Restaurant aus den bekannten Gründen. Köln selbst war vollkommen verdunkelt. Es war bitter kalt, wir froren entsetzlich. (Übrigens frieren wir auch hier, wie ich wenigstens seit meiner Kindheit nie mehr gefroren habe.) Schließlich gingen wir in jenen Teil des Wartesaals 2. Klasse, der für Selbstbedienung eingerichtet ist, dort hielten sich nur Arier auf, und dort blieben wir unbehelligt. In Brüssel kamen wir in einem äußerst überfüllten Zug an. Wir wußten aber, daß wir von Freunden Deines Bruders aus Antwerpen erwar-

tet wurden. Sie konnten zwar selbst nicht kommen, hatten aber Freunde gesandt, die das Kunststück zuwege brachten, uns aus den Hunderten Menschen herauszufinden. Da wir aber ca. BFr. 245,– bei uns hatten, wären wir nicht weiter besorgt gewesen, wenn sie uns nicht gefunden hätten. Dein Bruder hatte uns BFr. 5000,– überwiesen. Das ist das Geld, von dem wir hier leben. Wir sind jetzt in der von Dir bereits im Sommer empfohlenen Pension, nachdem wir in der ersten, beim Bois de la Cambre schlechte Erfahrungen gemacht hatten. Wir haben hier ein kleines Zimmer im 3. Stock mit Zentralheizung (wann sie will!) und Fließwasser warm (wann es will) und kalt (immer!) und zahlen für alles samt Verpflegung und Bedienung monatlich BFr. 1350,–, d. i. BFr. 45,– täglich. Im Hotel zahlten wir für das Zimmer im 5. Stock allein für den Tag BFr. 60,– Allerdings blieben wir dort nur 4 Nächte. Nach und nach beginnt es für uns eine Kalamität zu werden, daß wir kein Gepäck haben. Nach den letzten Nachrichten aus Wien war das Gepäck am 10. noch immer nicht abgegangen, obwohl ich alles vorausbezahlt habe, ca. RM 700,– und das nur bis Reichsgrenze! Anders ist es nicht mehr möglich. Das ist zwar unangenehm, aber zweifellos unangenehmer, ja sehr ernst ist, daß wir ein Visum haben, das uns zwar die Einreise nach dem Congo, aber nicht den Aufenthalt in Belgien gestattet. Wir haben uns auf der Sureté publique gemeldet. Wir wurden dort einem genauen Verhör unterzogen. Die erste Frage lautete übrigens, wann wir abreisten. Schließlich erhielten wir ein »Laissez passer« für Belgien, gültig bis zum 31. Jänner 1940. Mit der Aufforderung, bei Anwesenheit um diese Zeit uns wieder zu melden. Nun habe ich von Deinem Bruder noch keine direkten Nachrichten, was trotz Flugpost, die jeden Montag nach dem Congo geht, auch noch nicht möglich ist, da wir den 1. Montag versäumten, doch dürfte Dein Bruder von mir bereits 3 Briefe auf einmal erhalten haben. Ich nehme an, daß seine Antwort Ende dieser oder An-

fang nächster Woche eintreffen wird. Nun sandten mir aber seine Antwerpener Freunde einen an sie eingelangten Luftpostbrief Deines Bruders, dessen Inhalt Mama und mich aufs höchste bestürzt machte. Wir fahren auch deswegen nach Antwerpen, um uns zu beraten. Hauptsächlich schrieb Dein Bruder, daß er fürchte infolge der durch die Kriegsereignisse hervorgerufenen besonderen nationalen Einstellung zum nächsten Termin (d. i. 1941) nicht mehr angestellt zu werden. Daß er es deshalb nicht für opportun halte, daß wir nach dem Congo kämen. Daß ferner die Preise für Schiffskarten erheblich gestiegen wären und er für die Karten nicht aufkommen könne und 3. fürchte er auch für unsere persönliche Sicherheit auf dem Schiff infolge der Gefahren jeder Seereise heute. Wir sollten also hier, unter Umständen in irgendeiner kleineren Stadt bleiben! Die in Antwerpen wieder sehen die Angelegenheit wesentlich kühler an. Sie lassen die Befürchtungen Deines Bruders nicht gelten und meinen, da er ja uns hier viel teurer erhalten müßte als unten, müßte er doch irgendeinen Weg finden, um die Kosten der Reise zu tragen. Aber das Wichtigste ist eben, daß wir hier länger nicht bleiben dürfen, es wäre denn, daß er selbst beim Ministerium für uns für einen Daueraufenthalt bittlich werde, wobei eine günstige Erledigung fraglich sei. Wir berieten uns auch mit einem Avocat, der es für ausgeschlossen hält, daß wir eine Aufenthaltserlaubnis erhalten (allerdings haben wir unterdessen das »Laissez passer« erhalten, das angeblich die Lage erleichtert, weil es ebenso angeblich bestimmt verlängert werden wird). Das ist unser augenblicklicher Zustand hier. Wie sich die Verhältnisse für die in Wien Zurückgebliebenen gestaltet haben, werde ich Dir in einem nächsten Brief, nachdem ich nur von Dir erst etwas gehört habe, schildern. Das wäre also das Materielle gewesen. Nun ist aber etwas anderes. Von Mama sehe ich ab, die sich ja, wenigstens äußerlich scheint es so zu sein, mit allem leichter abfindet als ich. Ich habe, seit wir von Wien

weg sind, weder Rast noch Ruh, von Befreitsein, von Erleichtertsein ist keine Rede. Ich halte es hier nicht aus. Ich leide unter allem, unter dem Klima, unter der geänderten Ernährung und vor allem unter dem Mangel eines Heims, eines Zuhausseins. Mir ist die Pension entsetzlich. Ich kann auch die Erlebnisse der letzten Zeit, das Wochen und ja Monate dauernde nervenaufreibende Hasten von Amt zu Amt, die ewigen Demütigungen nicht überwinden. Mich quält die Sorge um die in Wien Zurückgebliebenen. Ich möchte fort, fort aus dem Gesichtskreis weißer Menschen. Vielleicht, daß ich in Afrika für den Rest meiner Tage, an einem Ort, wo ich dauernd bleiben könnte, die notwendige Ruhe fände. Hier werde ich ganz bestimmt zugrunde gehen u. zwar in kürzester Zeit. Ich übertreibe nicht. Ich glaube, Du würdest mich kaum erkennen. Ich bin auf Haut und Knochen abgemagert. – Seit Deinem letzten Brief sind fast 5 Monate vergangen, wenn ich von dem mir über Istanbul zugegangenen absehe, von dem übrigens mehr als 1/3 ausgeschnitten war, ich bitte Dich, lieber Sohn, schreibe ausführlichst, trotz der Verzögerung durch die Zensur und schreibe bald. Ich konnte es mir nicht erklären, was denn die Ursache Deines Schweigens wäre. Daß die beiden Karten verlorengegangen sein könnten, daran dachte ich nicht. Und sei von Mama und mir herzlichst gegrüßt
Papa.

Lieber Sohn! Noch etwas! Ich bin sehr unglücklich, nicht helfen zu können. Ich könnte an die Kinderfrau Tee, Käse, Gemüse, Kondensmilch, Schokolade mit Erlaubnis des hies. Ministeriums senden. Wir haben vom Geld Deines Bruders im Anfang mehr verbraucht als wir verantworten können. Kannst Du uns 2 e n g l. P f u n d für diesen Zweck überweisen?

Elsa sitzt vor dem Tisch in ihrem Zimmer und weint. Beschimpft sich deswegen. Und kann gar nicht aufhören zu weinen. Fragt sich ob sie wohl wirklich nur der Großeltern wegen heule oder ihrer selbst willen. Eigentlich, so scheint es Elsa, weint sie wie ein Kind, dem die Welt plötzlich ihre hässliche Seite zeigt und das nicht will, dass ihm seine schönen Träume verloren gehen. Und trotzdem kann sie den Tränenstrom nicht aufhalten. Weint um diese Menschen, die da frieren in trügerischer Sicherheit, weint ob der Demütigungen, die der Großvater nur andeutet, weint über die, denen Ähnliches gerade jetzt geschieht, weint voller Angst um ihre Kinder, denen sie ein solches Leben um jeden Preis ersparen will, weint, weil sie sich ohnmächtig fühlt, weint, weil ihr ihr eigenes Leben so merkwürdig inhaltslos erscheint in diesem Augenblick. Weint, weil sie glaubt, auch jetzt, mit fünfzig Jahren, immer noch nicht das Leben zu leben, das sie sich eigentlich erträumt hat, weint, weil sie weiß, dass dieses ihr einziges Leben ist, dass sie es so lebt, wie sie kann, dass ihre Träume eben Träume sind und dass es gut ist, wie es ist. Weint und weint und fühlt irgendwann, dass die Tränen versiegen und dass sie ihr Erleichterung verschafft haben.

Brüssel, den 18. Jänner 1940

Lieber Sohn!
Wir freuen uns über Deine Karte außerordentlich. Wir konnten es uns nicht erklären, warum wir von Dir keine Nachricht hatten. Erst die Karte des Dr. K. beruhigte uns. Ich schrieb Dir am 16. d. M. einen eingeschriebenen ausführlichen Luftpostbrief, leider noch in die Grenville Street, da uns niemand Deine neue Adresse angegeben hatte. Gleichzeitig mit dieser Karte erhältst Du e i n e n n e u e n B r i e f als Fortsetzung des Schreibens vom 16. Wir leiden sehr unter dem schlechten Wetter, wir frieren wie noch nie. Heute nacht fielen ca. 20 cm Schnee, was hier etwas Außerordentliches bedeutet. Das bezeugt auch der Zustand der Straßen. Ich fühle mich zutiefst unglücklich, ruhe- und hoffnungslos. Grüße an M. von uns.

Bitte, schreibe so ausführlich wie Du nur kannst über die letzten Monate.
Papa

Elsa kann Kälte nicht ertragen. Als ob der Großvater ihr dies als Erbe hinterlassen hätte. Elsas Mutter hat immer wieder darüber gesprochen, wie die Großeltern im fremden Brüssel so unsäglich gefroren hätten. Ausgerüstet für den Kongo, ohne Winterkleidung seien sie geflüchtet in ein Land, wo Schnee lag und die Heizung mehr schlecht als recht funktionierte. Nie noch sei ihm so kalt gewesen, schreibt der Großvater an den Sohn, dem er aus Wien noch die warme Steppdecke nachgesandt hat, auf dass dieser nicht frieren müsse. Welche Ironie, denkt Elsa. Und hüllt sich zum obligaten Spaziergang in ihren Pelz, auch wenn sie weiß, dass es dafür eigentlich nicht kalt genug ist. Sie zieht es vor, sich zu heiß zu fühlen – wenn sie nur nicht frieren muss.

Es treibt sie, die von sich selbst immer nur halb im Spaß behauptet, eine Stubenhockerin zu sein, hinaus. In das Städtchen nahe der Kuranstalt, wo ein bunter Straßenmarkt seine Stände aufgemacht hat, wo alles glänzt und leuchtet, wo nicht einmal eine leise Andeutung von dem zu bemerken ist, was jenseits der Grenze gerade vor sich geht.

Reiche Auslagen, eine Konditorei mit allen nur denkbaren Leckereien, an denen Elsa tapfer vorbeigeht, weil sie doch ihrem Vorsatz treu bleiben möchte, bei dieser Kur auch etwas gegen ihre mit zunehmendem Alter anwachsende Leibesfülle zu unternehmen.

In den Hinterhöfen reihen sich helle und bunte Geschäfte mit allerlei verzichtbaren Kleinigkeiten aneinander. Und Elsa kauft ein. Kerzen und Blumenvasen, ein Kettchen für die Tochter, einen Schlüsselanhänger für den Sohn, eine besonders kunstvoll verzierte Dose Tee für die Freundin, besonders hübsch verpackte Seifen für Mutter und Tante. Elsa kauft ein, als ob ihr Leben davon abhinge, auch wirklich jeden, der ihr nahe ist, jeden, der zu Hause zurückgeblieben ist, während sie sich hier in der Ferne ihrem leiblichen Wohlbefinden widmet, beschenken zu können nach ihrer Heimkehr.

Mit vielen Päckchen beladen kehrt Elsa zurück ins bequeme, warme Hotel, zurück zu den Anwendungen und zu Radio und Fernsehen, die ihr die Schrecken des Tages mitteilen, und zurück auch zu der dünn gewordenen Mappe.

36c, Rue Jordan, Brüssel, den 18. Jänner 1940

Lieber Sohn!

Ich schreibe Dir vorsichtshalber gleichzeitig auch eine Karte, die Dir anzeigt, daß ich am 16. einen eingeschriebenen Luftpostbrief an Dich richtete. Hoffentlich wird er Dir nachgesendet und kommt nicht zurück. Wir haben Deine Schwester, meine Schwester und die Kinderfrau in den denkbar schrecklichsten Umständen in Wien zurückgelassen, fast ohne Geld. Wir mußten doch eine 5. Rate Judenvermögensabgabe und für den Paß die 6. zahlen. Wir mußten 2mal mit allen Möbeln übersiedeln, ich hatte ziemlich hohe Steuern zu zahlen und noch dazu einen ebensohohen Betrag als Vorauszahlung für 1939. Da unsere Hypothekengläubiger in Australien sind, hielt der Anwalt des Hauskäufers fast RM 1000,– zurück, da die grundbücherliche Lösung erst durch einen Prozeß durchgeführt werden kann und ich für die Kosten hafte. Der Transport unseres Mit- und Frachtgutes bis an die Reichsgrenze kostete auch RM 700,– Dabei weiß ich heute noch nicht einmal, ob die Sachen bereits von Wien abgegangen sind. Die Mama hätte allerdings noch ein Guthaben aus dem Erbe von RM 3070,–, das will aber ihre Schwester trotz meiner Bitten nicht freigeben, aus Furcht vor den allfälligen Erbgebühren. Wir konnten also für Deine Schwester u. meine Schwester nur ca. RM 600,– zurücklassen. Bei der Kinderfrau haben sie noch ca. RM 400,– und das ist alles. Was nun Deine Schwester be-

trifft, so wohnt sie augenblicklich bei Tante G. in der Skodagasse und kann dort bis zum März bleiben. Ich erinnere mich nicht, ob ich Dir das bereits geschrieben habe. Ich habe bisher so viele Briefe geschrieben, daß mir deren Inhalte in der Erinnerung etwas durcheinandergeraten sind. Die Eltern ihrer Freundin bemühten sich, sie nach Agram zu bringen, ob es gelingen wird, weiß ich nicht. Wir erwarten täglich einen Brief von Deiner Schwester. Ich versuche unter Mithilfe des Dr. R. B. in Schweden, sie dorthin zu bringen. Doch darf man sich diesbezüglich keine Hoffnungen oder nicht allzu große machen, und jetzt, wo Schweden so arg von außen bedroht ist, schon gar nicht. Überdies kam früher die Nachricht, daß für Juden von 14–60 Jahren in Deutschland die Arbeitsdienstpflicht eingeführt wurde. Ich weiß nur noch nicht, ob dies auch für Frauen gilt. Sollte dies der Fall sein, dann ist Deine Schwester wohl rettungslos verloren. Dies trägt auch nicht dazu bei, meine Stimmung zu heben. Dabei ist die Ernährungslage sehr trist. Nach langen Überlegungen fügte ich meinem Brief vom 16. die Bitte bei, ob Du mir nicht 2 Pfund senden könntest. Mama und ich brauchen ja das Geld nicht, könnten aber selbst nicht so viel entbehren, um ihnen Lebensmittel zu senden. Selbstverständlich, um sicher zu gehen, würde alles an die Arierin, die Kinderfrau, adressiert. Wir erfuhren nämlich, daß man mit Erlaubnis des hiesigen Ministeriums gewisse Lebensmittel ins Ausland als Postpaket senden könne. Ausgenommen hievon sind Kaffee, Mehl, Mehlwaren, Konserven jeder Art, auch Butter. Doch wären sie in Wien froh, Tee, Käse, Kakao, Kondensmilch, Gemüse usw. zu erhalten. Denn in Wien gibt es das alles überhaupt nicht (Käse: 30 g inkl. Topfen per Kopf und Woche). Wir würden einen Versuch mit weniger als 5 kg machen. Nun trifft es sich sehr gut, daß Du selbst diesen Gedanken hattest, uns Geld zu senden. Von Deinem Bruder habe ich noch keine Nachricht, ich nehme aber an, daß wir nächste Woche zuverlässig einen Brief von ihm erhalten werden, sodaß es uns möglich sein wird, in unserer eigenen Lage klarer zu sehen. (Ich muß mit einer Stahlfeder schreiben, da ich das Pech hatte, meine neue, besonders gute Montblanc-Feder fallen zu lassen, wobei eine Spitze abbrach.) Jetzt will ich Dir von den barbarischen Quälereien berichten, denen wir zum Schluß alle und besonders auch die Kinderfrau wegen der Wohnung ausgesetzt waren. Denn Mama und ich haben buchstäblich die Flucht von Wien ergriffen. Doch sind mir auch in der Erinnerung diese Erlebnisse so unangenehm, daß ich sie Dir nur auf Deinen besonderen Wunsch hin erzählen möchte. – Für alle Fälle und aus Vorsicht gebe ich Dir die Adresse der Kinderfrau an (Deine Schwester und meine Schwester wohnen ja nicht dort): Wien IX, Mariannengasse 28/1. Sie hat dort eine schlechte 5-Zimmer-Wohnung und will sich durch Vermieten durchbringen. Wir haben ihr alle Möbel, die Bücher usw. gelassen. Im September schrieb ich Dir eine Karte und legte sie einem Brief an Dr. S. in Antwerpen bei. Diese Karte wurde Dir übersandt, allerdings an Deine alte Adresse. Ich hoffte, auf diese Weise mit Dir indirekt verkehren zu können. Da Du aber nicht darauf reagiertest, hast Du wohl die Karte nicht erhalten. Vorsichtshalber, da wir mit diesen Freunden Deines Bruders in Verbindung stehen, hier ihre Adresse: Dr. G. S., 172, Av Ryswyck, Antwerpen (Anvers).

Was weißt Du von Deinem Bruder? Hattest Du von ihm Nachricht? Lieber Sohn! Ich bin ein bißchen konfus. Es wird am einfachsten sein, wenn Du über alles, was Du noch wissen willst, Fragen stellst. Ich habe nur einen einzigen dringenden und immer dringender werdenden Wunsch, den nach Erlösung. Ich ertrage das Emigrantendasein nicht. Und meine Qualen werden unerträglich, wenn ich an das Schicksal derer zu Hause denke. Ich grüße Dich und M. und bitte, schreibe bald und ausführlichst.

Papa

Lieber Sohn!
Ich war eine Woche vor unserer Abreise bei M.s Vater und Schwester. Es geht ihnen gesundheitlich gut, beunruhigt waren sie hauptsächlich wegen der jüngsten Tochter, von der sie schon 3 Monate nichts gehört haben. Sie bitten, sie möge doch einmal mit unterschreiben, wenn sie selbst nicht schreiben kann. Da sie am 1.1. ausziehen mußten, weiß ich leider ihre Adresse nicht, habe aber schon darum geschrieben. Die Kinderfrau ist in Verbindung mit ihnen. Ich bin momentan ganz erfroren. Grüße Euch allen.
Mama

Die Großmutter. Zum ersten Mal spricht Elsas Großmutter – die ihr fast noch unbekannter scheint als der Großvater, der ihr immerhin außer den Briefen auch ein paar Romane hinterlassen hat. Diese Großmutter, von der es hieß, sie sei eine »Intellektuelle« gewesen, eine Frau, die zu Zeiten, als dies noch nicht selbstverständlich war, an eine Universität ging. Die ihr Mann jahrelang mit der Kinderfrau betrogen haben soll. Von der – so will es Elsas Mutter wissen, die sie nie kennen gelernt hat – ihr Vater seinen feinen Humor geerbt und die Kinderfrau hämisch gesagt haben soll, sie sei nicht einmal imstande, ein Ei zu kochen.

Vielleicht hat sie ja ihre eigene Unfähigkeit sich mit dem täglichen Leben zu befassen – mit Mahlzeiten und Einkäufen und Reinigung und Ordnung – von dieser Großmutter geerbt, denkt Elsa. Oder benutzt sie die Unbekannte doch nur als Ausrede? Sie lächelt, obwohl ihr diese Briefe aus Belgien noch um vieles schrecklicher erscheinen als jene aus Wien. Weil sie trotz der scheinbaren Sicherheit viel mehr Hoffnungslosigkeit vermitteln als jene verschlüsselten Botschaften aus der von den Barbaren besetzten Heimat, die trotz allem eben irgendwie immer noch Heimat war.

Brüssel, den 28. Jänner 1940

Wir hatten jetzt viele Tage ohne irgendeinen Brief, was begreiflicherweise auf meine Stimmung nicht sehr günstig einwirkte. Aber gestern mit der Abendpost erhielten wir von Deiner Schwester einen ausführlichen Brief (sie lernt jetzt sogar Französisch!) und heute mit der Morgenpost Deinen Brief und noch einen Brief aus Antwerpen mit indirekten Nachrichten von Deinem Bruder, doch davon später. Deine Schwester meldet nichts Besonderes, worüber wir schon an und für sich froh sind, denn ich öffne diese zensurierten Briefe niemals ohne ein besonderes Zagen. Mama erhielt vergangene Woche für das von Dir übersandte Pfund BFr. 117,– ausbezahlt. Dafür herzlichen Dank. Nun bitte ich Dich, um jedes Mißverständnis zu vermeiden, wir selbst brauchen kein Geld, uns weiter nichts zu senden. Als ich Dich um zwei Pfund bat, konnte ich die Kosten für ein Lebensmittelpaket noch nicht abschätzen. Mittlerweile machten wir hier Leute ausfindig, die über Holland »Liebesgabenpakete« versenden. Wir sandten also von Deinem Pfund ein Paket, das inkl. Verpackung und Porto BFr. 120,– kostet, ein Nettogewicht von 4,60 kg haben soll und Butter, Speck, Wurst, Käse, gezuckerte Kondensmilch, Reis, Kaffee, Schokolade und Seife enthalten soll. Es dürfte in der 1. Februarwoche ankommen. Erhalten wir günstige Nachrichten darüber, so würden wir, wenn möglich, die Sendung wiederholen. Hast Du mittlerweile an uns noch 1 Pfund gesandt, so bleibt es für diesen Zweck aufbewahrt, ich bitte Dich aber, sende uns künftighin kein Geld, außer wir bäten Dich darum. Übrigens teilte ich ihnen mit, daß Du der Spender bist. – Wir können uns eigentlich über die Post nicht beklagen, außer daß sie sehr langsam arbeitet. Von zu Hause hin u. zurück 14 Tage! Aber verlorengegangen ist uns bisher nichts, vielleicht mit der einzigen Ausnahme der Karte an Dich vom 24.12.39. Deinen Optimismus vermag ich leider nicht zu teilen, wenigstens nicht für die nächste Zukunft, oder gar, wie mir Felix Braun schrieb, noch für dieses Jahr. Von hier aus gesehen erscheint mir alles ernst und sehr bedrohlich. Deinem Bruder habe ich bisher (d. h. bis 15. d. M.) 4 Luftpostbriefe geschrieben, davon den 1., der die Kautionsquittung enthielt, rekommandiert. Wie ich nun dem heute eingetroffenen Brief aus Antwerpen entnehme, fragt seine Frau am 14. d. M. an, was mit uns sei. Also bis dahin hatten sie noch keine Nachricht von uns. Ich nehme aber an, daß sie mittlerweile die Post erhalten haben, darunter auch einen Brief ihrer Mutter, den sie mir zur Übermittlung übersandt hatte. Die Luftpost v e r k e h r t. U. zwar geht sie jeden Montag um 14 h von hier ab. Die Mutter Deiner Schwägerin übersandte mir einen Schiffsbrief von dieser vom 16.11.39 in Abschrift. Aus allen diesen Nachrichten konnte ich entnehmen, daß es ihnen gut geht. Auch Dr. S. in Antwerpen meint, daß ihre Besorgnisse übertrieben waren. Wie ich Dir ja bekanntgab, läuft unser »Laissez passer« am 31. d. M. ab. Wir gehen morgen auf die S u r e t é und werden ja sehen, was da werden wird. Im Notfall würden uns ja die in Antwerpen und Prof. M. hier beraten, doch sagt man uns allgemein, daß wir vorläufig kaum Schwierigkeiten haben dürften. Ich werde Dir darüber auch berichten – auch mir erschiene es wünschenswert, so bald wie möglich nach dem Congo zu kommen, denn ich ertrage dieses Pensionsleben nach keiner Seite hin. Mir ist alles vergällt. Ich habe keine Ruhe und keine Rast. Ich will nicht weiter klagen, aber ich zehre mich auf und verzehre mich. Mir sagen alle Erleichterungen nichts. Nicht, daß ich sie nicht fühlte, aber ich genieße sie nicht. Und zu dem kommt noch, daß mir vor dem Essen oft ekelt, nicht, daß ein besonderer Grund dazu vorläge, aber ich bringe diesen Wirtshausfraß häufig nicht hinunter. Sehr leiden wir, seit wir hier sind, unter der Kälte (bis zu minus 20 Grad). Einfache Fenster und versagende Heizung. Doch besitze ich genügend warme Sachen und danke Dir für Dein Anbieten. Es ist nicht notwendig. Nur

in diesen eisigen Hotelräumen vermag man sich auch warm gekleidet nicht zu erwärmen. Mama schaffte sich einige warme Unterwäsche an. Schwerer trifft es uns noch, daß wir unser Gepäck noch immer nicht haben, ja, daß es am 19. noch unerledigt zu Hause lag. Der Spediteur (eine sehr große Firma) behauptet, es nicht beschleunigen zu können. Wir hatten zwar bisher keine ausgesprochene Grippe, aber ich leide, seit wir hier sind, an einem sehr quälenden Husten und, was mir noch quälender ist, an einem Schnupfen, der nicht gut werden will. – Hast Du irgendwelche Zukunftspläne, soweit man heute überhaupt von Zukunft sprechen kann? Wie wohnst Du jetzt? In einer Pension? Und überhaupt, wie führst Du augenblicklich Dein Leben? Hast Du irgendwelche Aussichten in Deiner jetzigen Stellung und besteht für Dich eine Möglichkeit, Dich zu verändern? Glaubst Du, daß Du Deinen Beruf als Arzt noch einmal wirst ausüben können? Als wir so lange von Dir nichts hörten, wähnte ich bereits, daß Du als Militärarzt Dienst leisten müßtest. Ja, richtig, von Deinen Freunden aus Istanbul habe ich jetzt Deine neue Adresse erhalten, sie hatten vergessen, sie mir mitzuteilen, aber wenn sie nicht vergessen hätten, hätte ich nicht 5 Wochen auf einen Brief von Dir warten müssen, denn heute vor 5 Wochen sind wir hier angekommen.
Mama und ich grüßen Dich herzlichst und danken noch einmal für das Geld. Was macht eigentlich M.?
Papa

Die Kälte und die Fremde. Wie gut Elsa das Leiden des Großvaters verstehen kann. Auch wenn es ihr zuzeiten scheint, als ob dieser sich allzu sehr in seinen Kränkungen und Ängste verlöre für jene Zeit, in der doch so viele andere ebenso wie er selbst und seine Frau in so großer Gefahr schwebten. Und der Vater? Der schrieb optimistische Briefe nach Brüssel – am Beginn dieses so entsetzlichen Krieges?

Und auch Felix Braun, der Schriftsteller, den Elsa nie sehr schätzte, wenngleich sein kurzer Ruhm um ein Vielfaches größer gewesen sein mag als der ihres als Schriftsteller inzwischen vergessenen Großvaters, auch der schreibt dem Kollegen über ein baldiges Ende des Elends? Wie schade, dass die Briefe, von denen der Großvater spricht, nicht mehr da sind, verloren in den Wirren jenes Krieges, von dem sie alle meinten, er werde bald vorbei sein.

So wie auch heute alle Welt meint, jener neue Krieg im südlichen Europa werde nicht lange dauern.

Und die Fragen nach M., der Frau, die der Vater zu diesem Zeitpunkt wohl schon um der Mutter willen verlassen hatte? Ohne es den Eltern im kalten Brüssel zu beichten? Dabei hätten die Großeltern, so erzählt Elsas Mutter äußerst gern, jene M. nicht unbedingt geliebt, sondern hätten sich für den Sohn eine »arische« Frau gewünscht. Und doch hielten sie – so lange sie daheim waren – Verbindung zu M.s zurückgebliebenen Angehörigen, fragten in jedem Brief nach ihr.

Von Elsas Großeltern mütterlicherseits gibt es kein geschriebenes Wort. Und irgendwie fühlt sich Elsa darob betrogen, meint, auf diese Weise den unbekannten Großeltern noch ein Stück ferner bleiben zu müssen.

Kleinigkeiten, ruft Elsa sich selbst zur Ordnung. Kleinigkeiten. Was heißt es schon, dass der Vater den Großeltern die neue Liebe nicht gestehen wollte. Was heißt das schon, angesichts der Bedrohung, die immer näher rückte? Und dann, sagt Elsas Mutter abends am Telefon, war ihre Liebe zu jener Zeit auch noch eine unsichere. Noch gab es da jene M., und der Vater, den auch Elsa oft als nicht allzu entscheidungswillig erlebt hat, konnte wohl keine endgültige Wahl treffen in jener Zeit der großen Furcht. Vielleicht auch, weil es damals noch schrecklicher gewesen sein mag, in Liebesdingen einem anderen das Herz zu brechen, vor allem, wenn auch dieser andere Mensch um die Seinen im Land der Barbaren zitterte.

Noch hatte der Vater also wahrscheinlich nicht den Mut aufgebracht. Erst als Elsas älterer Bruder schon unterwegs war, hat sich der Vater ein für alle Mal und mit Elsa geradezu unglaublich scheinender Ergebenheit der Mutter zugewandt.

Wie sie gehungert haben müssen, die in Wien Verbliebenen. Und wie anders Elsa jetzt die große Bedeutung sieht, die Essen in ihrer Familie hat. Elsa kann sich Hunger nicht vorstellen, denkt an ihren gut gefüllten Kühlschrank daheim, denkt daran, dass sie nur einmal in ihrem Leben erfahren hat, was es heißt, wenn das Geld nicht mehr für das nötige Stück Brot reicht, um das schlimmste Nagen im Magen zu beruhigen. Damals, als sie Studentin war und – wie auch jetzt noch – mit ihrem Geld nicht haushalten konnte und gegen Monatsmitte stets dem Hungern sehr nahe kam. Aber eben nur sehr nahe. Da waren Freunde und Studienkollegen, und da war der sichere Scheck der Eltern, der die Nöte am Beginn jedes folgenden Monats zumindest vorübergehend beendete. Nein, Elsa weiß nicht, was Hunger wirklich bedeutet und schämt sich, weil es ihr so unglaublich erscheint, mit welcher Akribie der Großvater dem Vater jene Pakete beschreibt, die er den Zurückgebliebenen schicken lässt. Und wieder läuft sie zum Postamt, um eine Spende aufzugeben. Sie kann sich zwar nicht vorstellen, was die Lebensmittelpakete damals für die Zurückgebliebenen bedeutet haben mögen, wie lange die Gaben gereicht haben, wieviel davon überhaupt angekommen sein mag. Und doch kann sie es nicht ertragen, den Hunger heute dort im fernen Süden untätig mitanzusehen. Und so gibt sie, wie ihr Vater, etwas von ihrem Geld und hofft, damit auch etwas Wärme geben zu können.

Brüssel 15.2.1940

Lieber Sohn!
Wir wundern uns, daß wir schon wieder so lange nichts von Dir hören. Bist Du am Ende krank? Papa fühlt sich sehr un-

wohl, hat mir aber alles diktiert, was ich Dir darüber sagen soll und bittet Dich, falls es Dir irgendwie möglich ist, rasch zu antworten.

Ich bin bettlägrig. Da mir das Schreiben mit Feder u. Tinte im Bett unbequem ist, so diktiere ich Mama: Seit wir in Brüssel sind, fühle ich mich, von allem anderen abgesehen, auch körperlich nicht wohl. Dabei lasse ich einen seit Wochen andauernden Schnupfen u. meinen Kehlkopfhusten unbeachtet. Ich leide an unausgesetztem quälendstem Herzklopfen. Obwohl ich trotz unserer oft stundenlangen Wanderungen raschen Schritts bergauf u. bergab durch die Stadt weder Atemnot noch sonstige Beschwerden fühle. Wir wohnen ja auch im 3. Stock, was mir keine Beschwerden macht. Auch Darm und Harntätigkeit sind in Ordnung. In den letzten Wochen jedoch leide ich an mehr oder minder starken Übelkeiten, mit manchmal leichtem Brechreiz u. Appetitlosigkeit. Vor etwa 5 Wochen hatte ich einen starken Schwindelanfall, dem ich keine Bedeutung beimaß, weil er rasch verschwand. Seitdem fühle ich öfter ganz leichten Schwindel, wie ich annahm, meistens linksseitig ausgehend; auch das beobachtete ich weiter nicht. Vorgestern gegen Morgen jedoch wurde ich von starken Übelkeiten mit heftigstem Schwindelgefühl geweckt. Trotzdem schlief ich ein. Ich erwachte wieder mit starkem Schwindel u. mußte mich erbrechen. Trotzdem versuchte ich aufzustehen; ging in das Speisezimmer, um zu frühstücken. Das war mir aber bereits unmöglich, ich hatte einen außerordentlich heftigen Schwindel- u. Schwächeanfall, was so stark wurde, daß ich unfähig war, mich auszukleiden u. Mama mich zu Bett bringen mußte. Heute, den 2. Tag, hat sich mein Zustand zwar etwas gebessert, doch sind die zeitweiligen Schwindelanfälle noch immer stark. Wie Du dem Diktat entnehmen kannst, fühle ich mich geistig frisch. Daß ich meinen Zustand nicht besonders optimistisch auffasse, mag vielleicht unrecht sein, aber ich kann nicht anders. Da ich mir die ganze Zeit schon nicht recht traute, so haben wir uns insoferne vorgesehen, als wir uns mit einer Wiener Dame, einer angeheirateten Verwandten Prof. M.s besprachen, mir im Falle, daß es notwendig sein sollte, durch Prof. M. ärztliche Hilfe zu verschaffen. Sollte sich mein Zustand bis morgen nicht ändern, so wird Mama die Dame anrufen.

Gestern hatten wir Nachricht von der Kinderfrau, daß das Paket gut angekommen ist. Sie haben sich sehr gefreut und lassen besonders Dir als dem gütigen Spender herzlichst danken. Indirekt sieht man, daß es mit Lebensmitteln sehr schlecht ist, und wir würden Ihnen gerne Anfang März wieder etwas schicken, falls das noch möglich ist. Hier spricht man davon, daß es nicht mehr geht, aber da muß ich erst fragen. Anbei lege ich Dir eine Abschrift vom Brief Deines Bruders, aus dem Du entnehmen kannst, was jetzt geschehen soll. Nun ist noch folgendes dazugekommen: Die Devisenstelle will unser Gepäck nicht weglassen, wenn man nicht 1100 Mark zahlt. Die Kinderfrau weiß nicht, was sie machen soll u. Papa kann von hier aus auch nichts raten. Wir leben hier doch schon die ganze Zeit mit nur 3facher Wäsche, 2 Paar Schuhen u. einem 2. Anzug für Papa, sonst aber gar nichts. Sollte es wärmer werden, so haben wir keine Mäntel etc. Auch lassen sie das Mitgut nicht extra schicken, wie die Kinderfrau es wollte. Papa läßt Dir noch sagen, er glaubt, 5–6 Kilo abgenommen zu haben. Nur war das schon in Wien, ob er hier noch abnimmt, ist schwer zu sagen, da er sich doch noch nie gewogen hat.
Wenn M. ihrem Vater schreiben will, so soll sie es uns mitteilen. Der einzige Brief, den wir von Dir erhalten haben, ist vom 27. Jänner u. heute ist der 15. Februar! Bist Du so schreibfaul, hast Du so viel zu tun oder bist Du krank oder was ist sonst los? Ich hätte gerne Genaueres über Dein Leben etc. gewußt. Was macht M. eigentlich? Könnte nicht sie

schreiben, falls Du nicht kannst? Papa regt sich so auf, daß man von Dir nichts hört. Bitte, schreibe möglichst bald. Was ist mit M.s Schwester? Sie könnte eigentlich auch einmal schreiben.
Also, jetzt bellt die Glock, wie sie hier sagen, zum Mittagessen.
Grüße Euch allen,
Mama.

Der Anwalt kommt wahrscheinlich noch im Februar nach Brüssel, vielleicht setzt Du Dich mit ihm in Verbindung. Seine Adresse ist:
20 Wrights Lane
London W 8

Ich habe noch vergessen, Dir wegen unseres »Laissez-aller« zu schreiben. Auf der Sureté bat Papa um Verlängerung bis Ende März, worauf d. Beamte antwortete, er könne das immer nur für einen Monat machen. Einige Tage darauf erhielten wir eine Vorladung zur Commune, wo sie uns schweigend die Verlängerung bis 31. März auf Antrag der Sureté auf das Papier stempelten. Das Ganze war direkt komisch, weil die Leute kein Wort redeten und wir gar nicht wußten, um was es sich eigentlich handelt.

Leben im Exil, denkt Elsa und zum ersten Mal begreift sie, was das wirklich bedeutet haben mag. Nicht die Erzählungen der Eltern, die ihr stets die fröhlichen Seiten ihres Daseins in der Fremde darzustellen versuchten, nicht die vielen Bücher, die sie gelesen hat, haben es ihr so nahe gebracht. Nein. Diese Briefe, die sie da jetzt verschlingt, die lassen sie begreifen, was es hieß, verstoßen zu sein in ein Leben, das fremd schien und es blieb – egal, wie lange das Exil dauerte. Elsa hat lange in verschiedenen Ländern dieses Kontinents gelebt, hat sich auch heimisch gefühlt in einigen, aber – so wird ihr jetzt bewusst – sie war stets frei zurückzukehren, sie konnte mit denen daheim sprechen, sie besuchen, Briefe senden und erhalten. (Wenngleich sie ein bisschen amüsiert ist ob der Klagen des Großvaters, dass Briefe mitten im Krieg zwei Wochen unterwegs sind. Als sie selbst in Italien lebte, war sie erstaunt, wenn die Briefe der Eltern nur zwei Wochen brauchten, von Wien nach Rom, mitten im Frieden.)

Und jener Brief des im Kongo lebenden Onkels, den sie ein paar Tage zuvor in der Mappe gefunden hatte – diesen Brief hat die Großmutter also wohl mühsam mit der Hand abgeschrieben, damit der Sohn in England ihn lesen möge. Denn die Handschrift dieses Briefes schien ihr schon beim Lesen nicht jene des Onkels zu sein, auch hatte sie hin und her überlegt, wie er denn dem Vater zugekommen sein mochte. Eine Antwort auf eine kleine, nebensächliche Frage, eine Antwort unter so vielen, die die Briefe schuldig bleiben.

Brüssel, den 18. Februar 1940

Lieber Sohn!
Soeben erhielten wir Deinen Brief vom 11. d. M., den wir bereits ungeduldig erwarteten. Die Post arbeitet jetzt mit unerträglicher Langsamkeit. Alles klagt darüber. Z. B. braucht ein Brief nach zu Hause oft länger als 1 Woche. Trotzdem scheinen irgendwelche Zufälle mitzuspielen, denn gleichzeitig mit Deinem Brief kam eine Karte von Felix Braun aus Lancashire vom 15. d. M. – Mamas Luftpostbrief vom 15. d. M., hoffe ich, wird bereits in Deinen Händen sein. Du siehst, daß ich wieder selbst schreibe, also, daß es mir wieder besser geht. Wenn vielleicht meine Schrift nicht ganz auf der Höhe ist, so rührt es daher, daß mir augenblicklich so kalt ist, als ob ich im Freien säße. Meine Finger sind steif und rot. Ich vermag die Feder kaum zu führen. Darunter leiden wir, seit wir hier sind, am stärksten. Wir vermögen uns nie zu erwärmen. Wir hatten

diese Woche Fröste bis zu minus 15 Grad und gestern einen Schneesturm, es fielen ca. 30 cm Schnee, jetzt scheint die Sonne bei gefrorenen Fenstern. Der überaus quälende Schwindel- und Schwächeanfall hatte mich sehr erschreckt oder, genauer ausgedrückt, sehr ernst gestimmt, denn er scheint mir, wie soll ich das sagen, den Horizont sehr nahezurücken. Aber sei dem wie immer. Ich fühle mich ja seit wir hier sind zutiefst unglücklich wie nie im Leben vorher, und ich kann auch die Überzeugung nicht loswerden, daß ich das sinn- und zwecklose Leben hier auf die Dauer nicht werde ertragen können, besonders nicht das Leben in der Pension, obwohl ich niemals mehr in die Heimat zurückkehren möchte. Daran kann auch das großmütige Angebot Deines Bruders nichts ändern. Darüber haben wir uns mit dessen Antwerpener Freunden bereits besprochen. Ich fürchte, daß dieses Projekt scheitern wird, weil die Gefahr besteht, daß wir unser Gepäck nicht erhalten. Wir sind heute genau acht Wochen hier. Das Gepäck, obwohl die Fracht bis Reichsgrenze bezahlt ist, liegt noch immer bei der Kinderfrau. Denn neuerdings und hinterher verlangt die Devisenstelle eine Zahlung von RM 1000,–. Nun ist das Geld nicht vorhanden, also auch die Ausfuhr unmöglich. Aber selbst den Fall angenommen, daß sie das Geld irgendwie auftreiben könnten (ich weiß nur nicht, wie), f ü r c h t e i c h den Monat März mit seinen wahrscheinlichen Ereignissen und ein Verschwinden der Sachen auf Nimmerwiedersehen. Die Gepäckfrage ist für uns von ausschlaggebender Wichtigkeit. Du mußt Dir nur vorstellen, daß wir weder Kleider noch Wäsche noch irgend etwas in ausreichender Menge hier haben. Also das Beziehen eines auch noch so gut möblierten Häuschens unter diesen Umständen unmöglich wird. Das habe ich Deinem Bruder auch geschrieben. Daß wir nicht nach dem Congo können, ist auch etwas, das ich nur schwer ertrage. Denn der Aufenthalt dort, mit festem Boden unter den Füßen, mit entsprechender Tätigkeit wäre für mich jene Loslösung von der Vergangenheit gewesen, die ich brauche. Freilich müssen wir uns fügen, denn die Gründe Deines Bruders dagegen sind beachtenswert. Die Gegend zwischen Antwerpen-Mecheln (Maline) und Brüssel, die Dein Bruder nennt in Brabant, ist rein flämisch, auch das würde unsere Lage zusätzlich erschweren. Dabei handelt es sich um eine Villenkolonie, die erst im Entstehen begriffen ist, was wohl keine Vorteile bietet, aber alle Nachteile (angeblich grundlose Wege bei schlechtem Wetter). Wir werden aber, sobald die Wetterlage es erlaubt, hinausfahren und uns das Häuschen ansehen. Ob das von Deinem Bruder aufgestellte Budget ausreicht, vermag ich nicht zu entscheiden. (Auch hier ist Teuerung eingetreten.) Jedenfalls ist die Rechnung Deines Bruders BFr. 2000,– = österr. Schilling 600,– irrtümlich und zwar gleich um 50%, denn er kann höchstens BFr. 5,– einem österr. Schilling in der Kaufkraft gleichsetzen. Wenn ich den Mittelwert zwischen RM u. S annehme, nach heutigen Verhältnissen, so komme ich für BFr. 2000,– nur auf österr. S. 350,–. Aber das alles ist Theorie, und wieviel wir bei größter Sparsamkeit brauchen, könnte nur die Praxis ergeben. Diese Praxis für Fremde und der Sprache Unkundige mit einer »Bonne«, die nur Flämisch spricht, ist wohl nicht leicht und auch wirtschaftlich gefährlich, wozu noch wenigstens meine vollkommene Mutlosigkeit und Apathie kommt. – Das Lebensmittelpaket ist in tadellosem Zustand angekommen. Das schrieb bereits Mama. Es ist uns klar, daß sie hungern, das geht aus indirekten Bemerkungen hervor. Deshalb würde ich gerne ein neues Paket senden. Bitte, wenn Du wirklich kannst, ohne daß es Dir Verlegenheit bereitet, so sende uns wieder ein Pfund. Selbstverständlich übernehmen wir es gerne, an M.s Vater Lebensmittel zu senden. Nur können wir es nicht über die Kinderfrau tun. Bei dem Spitzelwesen, das herrscht, wollen wir nicht, daß häufiger Pakete an sie kommen. Es wäre notwendig, für M.s Vater eine a r i s c h e Deckadresse anzugeben. Alle Preise verste-

hen sich inkl. Verpackung und Porto. Es sind folgende Pakete möglich:

950g netto BFr. 43,–
2500g netto BFr. 77,–
3700g netto BFr. 95,–, enthält Wurst, auch Seife und Speck
4400g netto BFr. 120,–
1 englisches Pfund = BFr. 117,–

Für den Fall, daß wir an M.s Vater senden sollen, überweise auch den entsprechenden Betrag. An Juden wird keine Kohle etc. abgegeben. Ich hatte Gelegenheit, das »N. Wr. Tgbl.« vom 11. 2. zu sehen. Darin ist eine Anleitung, sich das Gesicht ohne Seife zu waschen unter Verwendung von Sägespänen. Das wäre eigentlich die einzige richtige Art zur Gesichtspflege. Es wird dann angeführt, wofür diese Sägespäne noch weiter verwendet werden können, bis zum Fußboden Aufwaschen. Der Arbeitsdienst verwendet Juden zum Schneeschaufeln. Auf Lebensmittelkarten können an Stelle von Kaffeersatz für einen Monat pro Person 10 g Tee abgegeben werden, nur aus den Restbeständen der Kaufleute solange der Vorrat reicht. Aus Deutschland kommende Reisende erzählen hier, daß in jedem Waggon 2 Gestapo-Beamte während der Fahrtdauer von Abteil zu Abteil hin und her wandern, sodaß niemand auch nur ein Wort zu sprechen wagt. Es wird Dich vielleicht interessieren, daß G. ein Kind erwartet und daß man ihr (Brigittaspital) ankündigte, möglicherweise könnten es Zwillinge werden. Sie nahm das mit mütterlichem Stolz und wirklichem Humor entgegen, obwohl sie sich doch nicht in besonders guten Verhältnissen befindet. Nun hatte sie mit 14tägiger Verspätung eine – Totgeburt (4000 g). Die Kinderfrau schrieb, sie wagte es noch nicht, sie zu besuchen. Mir tut die Arme sehr leid. Was Du über Deine Verhältnisse schreibst, interessierte mich aufs höchste. Du kannst mir darüber nie genug berichten. Wer zahlt die Mitgliedsbeiträge für die ärztl. Gesellschaft? Ich glaube,

daß sie sehr hoch sind? Du scheinst die allgemeine Lage sehr optimistisch zu beurteilen. Hoffentlich behältst Du recht. Uns hier bangt vor dem Frühling. Aber man muß alles hinnehmen, wie es kommt.
Die herzlichsten Grüße und bitte schreibe bald. Eure Briefe sind noch das einzige, das mich halbwegs aufrechterhält.
Papa

Lieber Sohn!
Wenn ich nicht mitschreibe, so ist meistens kein Platz oder keine Zeit mehr. Und Papa schreibt so gerne, es ist das für ihn die einzige Ablenkung, sodaß ich nie etwas sage. Wäre es möglich, daß Du ihm die eventuell notwendigen Medikamente schickst? Er hat gegen den Schwindel Baldrian in ätherischer Lösung genommen, was ihm auch genützt hat. Notwendig wäre eventuell auch Codein u. irgendein Expectorans. Er wird nämlich den Husten nie ganz los. Aber nur, wenn Du die Sachen nicht kaufen mußt. Denn ich kann Codeinsyrup hier kaufen. Die Preise sind sehr wechselnd, es kostet etwas in einem Geschäft leicht um 1 BFr. mehr als nebenan ohne anscheinende Qualitätsunterschiede. Auch am Markt gibt es keine fixen Preise, wenn man sich nicht sehr gut auskennt, zahlt man immer mehr. Dieses Prinzip ist für uns, die wir doch an fixe, mehr oder weniger gleiche Preise bei gleicher Qualität gewöhnt sind, sehr verwirrend. Ist das bei Euch auch so? Es gibt billige Straßen u. teure, es gibt aber auch große noble Geschäfte u. daneben Tandler in offenen Laden, die das gleiche verkaufen, z. B. Strümpfe und Socken. Man sagt uns hier, daß man am billigsten in den Warenhäusern kauft, aber das sind dann keine Markenartikel u. wir kennen natürlich nicht die Qualität der Sachen. Wir leiden auch sehr unter dem Mangel an Lektüre. Es ist zwar hier eine Dame, die mir verschiedenes, Bücher u. Zeitschriften, borgt, aber viel hat sie auch nicht. Es gibt auch Bücherschwemmen, und da haben

wir uns einen Band Balzac u. Molière gekauft, 1 Bd. à 3 BFr. Papa liest ja schon ganz gut, nur mit dem Sprechen geht es noch nicht, weil er ja viel zu wenig hört und dadurch auch kaum selbst spricht. Ins Kino gehen wir ja öfter, es ist natürlich nicht teuer, aber kostet doch 3–4 BFr. per Sitz. Es soll auch eines um 1 BFr. geben, aber ich weiß nicht, wo. Glaubst Du, könntest Du mir gelesene Zeitschriften oder Magazine schicken? Hast Du überhaupt welche u. ist es möglich? Es ginge eventuell über Dr. U., wenn Dich der Brief noch rechtzeitig erreicht. Gib aber kein Geld aus dafür.
Kannst Du Dir ein Bild über Papas Zustand machen? Du kannst Dir ja vorstellen, was für Diagnosen er stellt, gestern hat er konstatiert, es wäre wahrscheinlich ein Gehirntumor! Wenn ich nur einen Arzt hier wüßte! Aber erstens müßte man ihm nichts zahlen müssen, sonst ließe er ihn nicht kommen, u. zweitens müßte er zu ihm Vertrauen haben u. glaubst D u, daß es das überhaupt gibt? Ich bin ganz ratlos und es gehören schon wirklich gute Nerven dazu, um da immer ruhig zu bleiben. Die ersten Wochen hat er doch immer Weinkrämpfe in der Nacht gehabt und ich durfte nichts sagen. Stell Dir vor, ich möchte das auch so machen, das wäre doch ein richtiges Narrenhaus. Heute, weil Dein Brief – endlich – gekommen ist, ist es ja wieder besser. Also, jetzt habe ich Dich einmal ordentlich angejammert, Du kannst ja leider auch nicht viel machen, nur so bald als möglich u. so ausführlich, als es geht, schreiben. Ja, denke Dir, ich bin hier nach 2 Jahren wieder unwohl geworden, auch das noch: kannst Dir vorstellen, wie begeistert ich war. Wahrscheinlich durch die ganz andere Kost. M. soll doch auch einmal schreiben, möglichst ausführlich, was sie macht u. wie es ihr und ihren Schwestern geht.
Lebt wohl, alle beide.
Mama

Wie diese Großmutter gelitten haben muss an ihrem Mann, der sich so fallen ließ. Und wie sie das alles so ruhig hingenommen hat – wenigstens in ihren Briefen. Und wie selbstverständlich sie mit dem Sohn spricht, wie mit einem engen Vertrauten. Das zumindest, denkt Elsa, entspricht der Familienlegende, die besagt, der Vater sei der Lieblingssohn der Großmutter gewesen und habe sie auch seinerseits abgöttisch geliebt.

Und hat nie über sie gesprochen, denkt Elsa mit plötzlich aufsteigender Wut. Nie.

10

MAN zerreißt ihre Papiere, wenn man sie über die Grenze jagt, und nimmt ihnen damit jede Hoffnung. Immer wieder hört Elsa diese Nachricht. Und andere. Die aus einem Kampfflugzeug abgefeuerten Raketen haben einen Personenzug getroffen, »es tut uns Leid, aber unsere Piloten dachten, es sei ein Militärzug«. In dem Zug saßen Menschen – Zivilisten, wie es heißt. Frauen und Kinder. Sie sind tot. Serben waren das, sagen Elsas Tischkollegen und zucken die Schultern. Und wieder brennen Dörfer. Und der getroffene Zug – hat der etwas bewirkt?

Ein Mann sei gestorben, folgt eine weitere Meldung. Ein Flüchtling, der hier ein besseres Leben gesucht hat. Den man hier aber nicht haben wollte und der nicht zurückwollte in jene Heimat, die ihm nicht mehr Heimat war und wo er um sein Leben fürchtete. Geschrien hat er, als man ihn mit Gewalt ins Flugzeug verfrachtete, mit dem er in diese beängstigende Heimat zurückgebracht werden sollte. Und weil er geschrien hat, hat man ihm den Mund zugeklebt. Mit dickem Pflaster, von dem Elsa weiß, dass es nur mit Hilfe eines Messers durchtrennt werden kann. Den Mund hat man ihm zugeklebt und vielleicht auch die Nase – und einen ganzen Flug lang ist der Mann erstickt. Unter Qualen und Krämpfen und neben denen, die ihm den Mund verklebt hatten.

Auch jene, für die das ganze Land jetzt Geld spendet, weil ihre Not jeden Abend in die Wohnzimmer gelangt, dürfen nicht in dieses Land, nur einige wenige, Auserwählte, werden aufgenommen. Und man sagt ihnen – kaum dass sie den rettenden Boden betreten haben – vor allem eines: dass sie hier nur so lange geduldet sind, bis irgendjemand entscheidet, ab wann sie in ihrer Heimat wieder sicher sein können und zurückkehren mögen. Vier Monate – so lange gilt jenes Papier, das man ihnen bei der Ankunft ausgestellt hat. Danach müssen sie weg. Hier bleiben sollen sie in keinem Fall. Ein vorübergehendes Asyl soll es sein – ein so kurzes, wie nur irgend möglich. Kein sicherer Hafen für jene Zeitspanne, die sie selbst wählen mögen. Das Recht auf diese Wahl gibt man ihnen nicht – den Ausgestoßenen, für die doch so viele so viel Geld zu spenden bereit sind. Wenn sie nur nicht in ihre Nähe kommen.

Elsa denkt an ihre Großväter. Vor sechzig Jahren im fernen Belgien, vor sechzig Jahren im nahen Wien. An die, die man im noch sicheren Belgien nicht haben wollte und an die, die in Wien keine Kohle mehr bekamen und hungerten – bevor man sie ihrem jähen Ende zutrieb. Den Mund hat man dem jungen Mann verklebt. Fest verschlossen. Wenn einer nicht einmal mehr das Recht hat zu schreien, ist er dann noch ein Mensch? »Ein bedauerlicher Zwischenfall«, sagt einer im Radio, der immer weggeschaut hat, wenn die dicken Pflasterstreifen zum Einsatz kamen. Ein Zwischenfall? Kein Mord? Elsa zittert ihre Empörung in sich hinein. Aussprechen kann sie sie nicht, weil sie nicht weiß, was zu tun ist. Wie kann man erreichen, dass Menschen Menschen bleiben, egal in welcher Situation? Hat sie ihren Kindern ein ausreichendes Maß an Menschlichkeit mitgegeben? Hat sie sie zu einfühlsamen, toleranten, andere achtenden Menschen erzogen?

»Du machst dir schon wieder die falschen Sorgen«, sagt Elsas Freundin am Telefon. »Deine Kinder wissen, was Recht und was Unrecht ist – freilich hast du ihnen wenigstens das mitgegeben.« Was aber sind die richtigen Sorgen? Denn Elsas größter Zweifel an sich selbst als Erzieherin gilt jener Frage, die sie auch für sich selbst nie eindeutig beantworten konnte.

Der Frage nach der Courage, nicht wegzuschauen, nicht zu dulden, nicht das Gefühl, ohnehin nichts tun zu können, übermächtig werden zu lassen, die ihr innewohnende Angst zu überwinden und zu schreien, wenn geschrien werden muss, laut zu sagen, was andere nicht sagen wollen. Ob sie den Mut zu all diesen schwierigen Entscheidungen den Kindern wohl mitgegeben hat – obwohl er ihr selbst so oft fehlte?

Aber auch ihre sie beinahe erstickende Angst vor diesem neuen Krieg scheint der Freundin übertrieben. Die Geschichte kehrt nicht wieder, sagt sich auch Elsa in ihrem bequemen Kurhotel. Nichts wiederholt sich und kein Ereignis ist mit einem anderen vergleichbar. Und doch.

Brüssel, den 5. März 1940

Lieber Sohn!
Deinen Brief vom 27. 2. erhielten wir heute. Ich bestätige gleichzeitig den Empfang von 2 Pfund (BFr. 234,–) Die Sendung an die Kinderfrau haben wir bereits vor 2 Wochen abgehen lassen. Sie erhalten zwar das Paket erst in einigen Tagen, doch schrieb mir Deine Schwester in einem Brief vom 25. 2. »Wir freuen uns schon besonders auf das neue Paket und Du mußt auch meinem Bruder schreiben, wie wir uns freuen.« – Ich weiß nicht, ob Dir das bekannt ist: Wegen Mißbrauch der Lebensmittelsendungen aus Holland durch amerikanische Firmen wurde mit Giltigkeit ab 1. März d. Jahres verfügt, daß das Höchstgewicht von Lebensmittelsendungen 3 kg nicht überschreiten darf. Die Ausfuhr von Reis ist derzeit verboten, dafür darf Tee (früher verboten) gesendet werden. Dadurch aber, daß Tee mitgesendet wird, kostet jetzt das 3 kg Paket nahezu soviel, wie früher das 5 kg Paket. Das Paket an M.s Vater kostet also z u f ä l l i g genau 1 Pfund. Es ist ein 3 kg Paket n e t t o. Porto und Verpackung in den Preis miteingerechnet. Es enthält: 1/4 kg Kaffee, 1/4 kg Tee, 1/4 kg Schokolade, 3/4 kg Butter, 3/4 kg Käse, 1/2 kg Pflanzenfett und 1/4 kg Sei-

fe. Das Paket ist abgegangen und trifft nach dem 19. März am Bestimmungsort ein. Die Verständigung, wie M. sie sich wünscht, ist nicht möglich. Ich werde aber in einigen Tagen an den Empfänger eine Karte folgenden Inhalts schreiben: »Sie empfangen ein Paket für Lotte. Herzliche Grüße von A.« Ich nehme an, daß Du mit dem Arrangement zufrieden bist. – Jetzt habe ich eine Bitte an Dich. Tee, Kaffee und Schokolade ist etwas, was sie sich zu Hause besonders wünschen. Da wir bisher Tee nicht haben konnten, so sandte ich gleichzeitig mit dem Paket an M.s Vater ein ähnlich zusammengesetztes Paket an die Kinderfrau. Es ist das 3. Ich bitte Dich nun, sende mir im April wieder 1 Pfund. Vorläufig habe ich das Geld ausgelegt. – Und nun zu unseren Angelegenheiten hier: Wir waren in Keerbergen. Es ist ca. 30 km von Brüssel entfernt und liegt noch in Brabant, ungefähr in der Mitte zwischen Antwerpen und Brüssel, an der Grenze der Region Antwerpen. Die nächste erreichbare Stadt (ca. 15 km von Keerbergen) Mecheln (franz. Malines) gehört zu Antwerpen. Man erreicht Keerbergen entweder von Brüssel mit der Straßenbahn in 1 h und ca. 1 h zu Fuß, oder mit der elektr. Schnellbahn Brüssel–Antwerpen über Mecheln und von dort mit der Lokalbahn. Fahrpreis nach Brüssel oder Antwerpen ca. BFr. 15,– hin und zurück pro Person. Doch dürfte es im Notfall zweckmäßiger sein, nach Antwerpen zu fahren als nach Brüssel, da in Antwerpen alles billiger ist als hier. Die Gegend ist rein flamisch, vollkommen eben. Ein kleiner Nebenfluß der Schelde, »Dyle«, und ein Kanal, der, wenn ich nicht irre, von Löwen (Lovaine) nach Antwerpen geht. Die Ebene erinnert an das Hainfeld bei Wr. Neustadt wegen ausgedehnter Nadelwaldzungen (sehr selten in Belgien), aber selbstverständlich nirgends ein Berg zu sehen. Das Villagecentre Keerbergen liegt im Nadelwald. Das Haus, das Dein Bruder in seinem Brief beschrieb, erwies sich als ungeeignet. Der Eigentümer, der übrigens auf uns den besten Eindruck machte, verlangte für dieses Haus eine jährliche Miete von BFr. 5500,–. Er zeigte uns aber ein anderes Haus, das schon von außen mit seinem hübschen roten Ziegeldach gefälliger aussah als das andere. Dieses Haus hat 5 Zimmer mit allen notwendigen Nebenräumen, auch Keller und Garage aber keinen Boden. Es ist gut möbliert, sogar mit allem Geschirr in der Küche. Die Einrichtung machte einen behaglichen Eindruck. Das Haus liegt an einer schmalen Straße und hat als Gegenüber offenen Wald. Für uns allein wäre das Haus zu groß gewesen. Da aber Dein Bruder schrieb, daß sie ihren Europaurlaub bei uns verbringen wollen, so schien uns die Villa für diesen Zweck geeignet. Nun ist aber der Unterschied mit dem zuerst gezeigten Haus so groß, daß wir zuerst gar nicht wagten, nach dem Mietpreis zu fragen. Zu unserer Überraschung verlangte er aber nur BFr. 6000,– für das Jahr oder BFr. 500,– monatlich, also 4,3 Pfund. – Wir mieteten das Haus für ein Jahr ab 1. April d. J. Unsere Adresse ab 1. April lautet also: Keerbergen, Brabant, Belgique. Nur hätte ich dafür Sorge zu tragen, daß ein eventueller Brief nicht gerade am 1.4. von Dir dorthin kommt. Von außerordentlicher Wichtigkeit für uns ist nun die Gepäcksfrage. Leider steht diese aber ungünstig. Bisher ist es uns nur gelungen, das Mitgut abfertigen zu können. Nun habe ich dem Spediteur für diesen Zweck RM 107,– für Expreßgut bezahlt, er aber hat 2 Koffer von zusammen 50 kg bloß als Eilgut aufgegeben, infolgedessen haben wir die Koffer noch immer nicht. Daß ich dem Spediteur keinen sehr freundlichen Brief geschrieben habe, kannst Du Dir vorstellen. Weiters habe ich erfahren, daß alles, was nicht direkt Tropenausrüstung ist, als Frachtgut an uns abgesandt werden kann. Das habe ich veranlaßt. Eine weitere sehr wichtige Frage für uns ist die des Wirtschaftens. Du weißt ja, Mama kocht nicht. Dein Bruder hatte in seinem Budget BFr. 250,– monatlich für ein Mädchen aufgestellt. Um dieses Geld ist ein Mädchen, das kochen kann, nicht zu erhalten. BFr. 350,– ist

wohl das wenigste. Nun hätten wir eine Flamin nehmen müssen, die nicht Französisch spricht, die ja auch für eine Küche, wie wir sie wünschen, erst hätte abgerichtet werden müssen, was doch besonders in der ersten Zeit zu Unzuträglichkeiten hätte führen können, wenn uns ein solches Mädel überhaupt geblieben wäre. Wir haben für diese schwierige Angelegenheit folgenden Ausweg gefunden:
Wir lernten hier in der Pension ein Emigrantenehepaar kennen, das zwar nicht hier wohnt, aber oft zu Bekannten auf Besuch kommt. Es sind Leute in mittleren Jahren. Sie ist aus Wr. Neustadt, eine Arierin, allem Anschein nach aus kleinen Verhältnissen. Er war Berufskavallerieoffizier, ein Jude, aus bester Wiener Familie. Außerordentlich bescheidene, sehr nette Leute, die uns besonders in der ersten Zeit, wo sie konnten, zur Hand gingen. Sie verfügen über ein kleines Einkommen. Sie kocht sehr gut, das weiß ich aus Erfahrung. Sie ist auch sonst anspruchslos, wäscht für sich und den Mann usw. Mit diesen beiden haben wir nun folgendes Übereinkommen getroffen: Sie ziehen zu uns nach Keerbergen. Sie übernimmt die ganze Wirtschaft und lehrt die Mama kochen. Wir zahlen nichts, dafür verpflegen wir ihren Mann mit. Platz genug ist ja vorhanden. Paßt es ihnen aus irgendeinem Grund nicht, nun dann gehen sie einfach wieder. Sie haben dauernde Aufenthaltsbewilligung in Belgien. Wie das mit uns nun werden wird, weiß ich allerdings noch nicht. Die einzige Bedingung, die sie stellten, war die, daß für ganz grobe Arbeiten einmal wöchentlich eine Frau bestellt werde.
Unausgesetzt beschäftigen mich die Angelegenheiten Deiner Schwester und auch die meiner Schwester.
6.3.1940. Ich brach ab, weil wir endlich die Verständigung des hiesigen Spediteurs wegen der 2 Koffer erhielten. Mama und ich verbrachten Stunden auf dem Zollamt. Wir haben große bueraukratische Schwierigkeiten, weil neue Wäsche in den Koffern war, infolgedessen wir erst schriftlich wegen Frei-

gabe uns an den Zolldirektor wenden mußten. So dürfte es noch mindestens eine Woche dauern, ehe wir die Sachen tatsächlich erhalten werden. Die Kinderfrau scheint das sehr geschickt gemacht zu haben. Sie hat anscheinend alle alten Sachen gegen neue ausgetauscht und sogar noch alle möglichen Kleider, die zur speziellen Tropenausrüstung gehören, untergebracht. Das interessanteste aber ist, daß der weitaus größte Teil der Kofferinhalte überhaupt nicht auf der von mir angegebenen Liste enthalten ist! Na, umso besser! – Ich komme zu Deiner Schwester zurück. Ich weiß wirklich nicht, was man ihretwegen tun soll, denn die RM 3070,– sind nicht freizubekommen. Bei Tante G. kann sie auch nur noch wenige Wochen bleiben. Mit meiner Schwester ist es noch schlimmer. Ich habe vorgreifend gestern einen hiesigen Bankfachmann, mit dem man mich bekannt machte, gefragt, wie man von hier Geld nach Hause überweisen kann. Die Mark steht offiziell auf BFr. 12–12 1/2 . Nun kann man um »Unterstützungsmark« einreichen, die kann bis RM 200,– monatlich überwiesen werden und steht 1 Mark auf BFr. 4,40, das ist legal, oder aber man kauft hier 1 Mark um BFr. 3,– (!) und läßt sie an einen Vertrauensmann zu Hause überweisen. Die Schwierigkeit besteht nur darin, diesen Vertrauensmann zu verständigen, was schriftlich kaum möglich ist. Die 2. Form wird garantiert verläßlich durchgeführt, ist aber für unsereinen schwer durchführbar. – Was Du über Deine persönlichen Verhältnisse schreibst, interessierte uns außerordentlich. Das Krebsheilmittel, freilich! Ist das naiver Glaube Deiner Firma, oder nehmen sie das ernsthaft? Sei dem wie immer! Ich glaube, aber ich bin nicht ganz sicher, daß es der Alchimist Glauber war, der den Stein der Weisen suchte und dabei das Porzellan erfand. Vielleicht glückt Dir etwas ähnliches. – Von Deinem Bruder haben wir bisher nur den einzigen Brief erhalten, den Dir Mama in Abschrift gesendet hat, obwohl ich ihm morgen den 10. Brief par Avion sende. – Die Warenhäuser mit ihren

Filialen scheinen hier ähnlich wie in London zu sein. Man bekommt einfach alles; in »Bon marché« z. B. kann man sogar Ziervögel und Zierfische kaufen! Lebend selbstverständlich. Mir geht es gesundheitlich gut. Nur wiege ich in Winterkleidern mit Hut auf dem Kopf, aber ohne Mantel, nur mehr 61,5 kg. Hauptschuld daran dürfte wohl meine Appetitlosigkeit und meine kaum mehr zu steigernde Nervosität sein. Ich ertrage dieses Leben einfach nicht. Es wird jeden Tag noch unerträglicher als den Tag vorher. Ich grüße Dich vielmals und herzlichst. Ja, Dr. U. besuchte uns hier. Er erzählte uns, daß er von seinem Neffen bereits viel von Dir vernommen habe.
Papa.

In Elsas Kopf hatte sich die Meinung festgesetzt, dass eben jenes österreichische Paar, das die Großeltern mit nach Keerbergen genommen hatten, die Großmutter später angezeigt habe. Voll Entsetzen fragt sie die Mutter am Telefon danach, die aber will hiervon nichts wissen, erzählt Elsa vielmehr – und wie es ihr scheint, wiederum zum ersten Mal –, ein belgischer Freund der Barbaren habe die Großmutter ausgeliefert, nicht der Berufsoffizier und die Arierin. Elsa bleibt skeptisch. Auch wenn sie einen früheren Brief des Großvaters wieder zur Hand nimmt, in dem dieser von der Unsäglichkeit schreibt, in einer rein flämischen Gegend zu leben. Dass dies für die emigrierten österreichischen Juden wohl kaum Sicherheit verspreche. Vielleicht hat die Mutter ja doch Recht?

Gleichzeitig aber erinnert sich Elsa an die Cousine der Mutter. Nach Belgien war sie mit ihrem Mann und ihrer kleinen Tochter geflohen. Zusammen mit der geliebten Tante der Mutter und auch der über allem thronenden Großmutter, Elsas mythischer Urgroßmutter. Die in diesem Jahr 1940, aus dem die Briefe Elsa nun erreichen, eines schönen Schabbats ganz friedlich und nachdem sie alles für das Fest gebacken, gekocht und gesäubert hatte, in der Badewanne eingeschlafen sein soll. Bevor die Barbaren sie auch hier einholen konnten.

Die Tante aber hat von den Barbaren eine unglaubliche Postkarte erhalten. An einem bestimmten Tag habe sie sich mit leichtem Gepäck an einem bestimmten Bahnhof einzufinden, stand auf dieser Karte. Angefleht von ihrer Nichte, nicht zu gehen, habe sie einen Rucksack gepackt und erklärt, sie gehe – dorthin, wo ihre in Wien zurückgebliebenen Schwestern und Brüder wohl auch hingegangen seien. Zur Bahn habe die Cousine diese geliebte Tante begleitet, hat Elsas Mutter immer wieder erzählt, habe zugesehen, wie sie sich in den Waggon habe stoßen lassen, sei dann weggelaufen. Ihre kleine Tochter habe sie bei freundlichen Menschen, die den Barbaren nicht ins Auge stechen mochten, untergebracht. Sie und ihr Mann hätten sich durchgeschlagen, die vier Jahre, die der Wahnsinn noch dauern sollte. Hätten das Kind danach wieder in die Arme schließen können, heil geblieben in seinem Körper, im Geist aber zerbrochen an dem Erlebten.

Wie weit der Arm der Barbaren also doch reichte. Weit über das Ende ihrer Herrschaft hinaus, denkt Elsa und fragt sich, wie viele Kinder, die heute das Morden, Vertreiben und Vergewaltigen miterleben, oder die in jeder Bombennacht nach der Mutter schreien, wie viele von ihnen wohl ebenso zerbrechen werden, und erschrickt bei dem Gedanken, dass auch der Arm dieser neuen Mörder so unendlich weit reicht – viel weiter als ihr eigentliches Tun, viel länger nachwirken wird in unsäglicher, nicht aufzuhaltender Form. So wie der Arm der Barbaren auch sie selbst noch erreicht hat.

Brüssel, den 30. März 1940

Lieber Sohn!
Deinen Brief vom 17. d. M. erhielten wir erst am 27.! Er brauchte also länger, als jetzt ein Brief Deines Bruders vom

Congo braucht. Infolgedessen kamen auch Deine Osterwünsche zu spät, über die wir uns trotzdem freuten und, wenn auch noch viel später, herzlichst erwidern. Ich schreibe erst heute, weil ich über unsere Verhältnisse erst vollkommen klar sehen wollte. Denn am 28. waren wir vor der Übersiedlung noch einmal in Keerbergen. Übrigens bei dem heftigsten Schneewetter und bei nur 2 Grad, obwohl wir sehr warmes, fast sommerliches Osterwetter gehabt hatten. Der Eigentümer des Hauses ist von äußerster Liebenswürdigkeit und äußerstem Entgegenkommen. So ließ er z. B. alle Zimmer neu tapezieren und überhaupt das ganze Haus auf das netteste herrichten. Er hat alle Wünsche, die wir ausgesprochen hatten, genau erfüllt. Trotzdem hat die Sache einen großen Haken, das mit dem Wasser. Da Dein Bruder geschrieben hatte, Wasser brauchten wir nicht zu bezahlen und es überdies hieß, es gebe Fließwasser, ich auch ein Waschbecken gesehen hatte mit einem Wasserhahn und auch ein Badeofen vorhanden war, so achtete ich nicht weiter darauf. Jetzt stellte sich aber heraus, daß das alles schon richtig ist, aber das Wasser erst gepumpt werden muß. Dann hat die Garage, die gleichzeitig auch Waschküche ist, überhaupt kein Wasser. In der Küche ist eine Abwasch, neben dieser eine kleine Metallpumpe, nur das hier gepumpte Wasser ist trinkbar. Also Brunnenwasser, dabei weiß ich nicht oder vielmehr noch nicht, wo die Senkgrube liegt. Mir ist das ein bißchen unheimlich, obwohl Mama und ich uns ja gegen Typhus impfen ließen. Alles andere Wasser ist Nutzwasser, regnet es, so füllt sich das Reservoir, regnet es nicht, so muß, ebenfalls mit einer kleinen Metallpumpe, das Wasser gepumpt werden. Freilich sagte ich mir, daß das hier am Land, wo man überall nur primitive Ziehbrunnen sieht, kaum irgendwo anders sein wird. In Holland soll es ebenso sein. Aber trotzdem. Dein Bruder hatte für uns bereits am 18. Jänner beim Ministerium um Aufenthaltsbewilligung eingereicht, da am 14. März noch keine Erledigung eingelangt war und unsere Aufenthaltsbewilligung nur bis 31. d. M. galt, so gingen wir auf die Sureté und legten die Abschrift vor, die Dein Bruder uns geschickt hatte. Der Beamte nahm uns die Abschrift ab und sagte, es werde der Angelegenheit nachgegangen und wir würden schriftlich verständigt werden. Diese Verständigung war aber bis gestern noch nicht eingetroffen. Wir waren also gestern noch einmal auf der Sureté und wurden für heute auf die Commune zur Polizei bestellt. Dort wurde uns das »Laissez passer« abgenommen und wir erhielten ein »Feuille de route«, was formal gegenüber dem »Laissez passer« eine Verschlechterung ist, denn dieses »Feuille de route« ist eigentlich ein Ausweisungsbefehl, der einen Monat gilt und den Passus enthält: »à l'effet de quitter le Royaume au plus tard le 30 avril 1940 par Anvers (servis maritime)«. (Zur Ausreise aus dem Königreich spätestens bis zum 30. April via Antwerpen.) Doch sagte uns der Beamte, der von bestrickender Liebenswürdigkeit war, daß wir für den Fall, daß die Erledigung auf das Gesuch bis Ende des Monates noch nicht eingetroffen sein sollte, eben wieder kommen müßten. Unangenehm auf alle Fälle sind die ewigen Läufe zur Polizei. Wir übersiedeln also übermorgen nach Keerbergen. Einsam genug wird es dort sein. Besonders bei dem schlechten Wetter. Als ich Deinen Brief las, dachte ich daran, wie schön es wäre, wenn Du einige Zeit dort bei uns verbringen könntest, denn Luft und Sonne, d. h. wenn sie scheint, gibt es dort genug. Und in alles übrige müssen wir uns, ob wir wollen oder nicht, hineinfinden. Mit der Lektüre werden wir es so halten: ich abonnierte »Le Soir«, ferner die Wochenschriften (Pariser) »L'Illustration« und »Match«. Die Radiofrage haben wir auch bereits gelöst. Ein Kauf auf Raten ist für Emigranten vollkommen ausgeschlossen. Kommt ja auch sehr teuer, wegen der hohen Zinsen. Nun borgte mir der Mann, der mit uns zieht, das Geld für einen Barkauf. Wir kauften ein »Radiobell« einer Antwerpener Telephon- und

Radiofabrik, eine sehr bekannte und verläßliche Marke, u. zw. kein neuestes Modell, sondern ein Modell 1939, aber ich glaube, dem senkrechten Chassis nach, daß es ein Modell 1938 ist. Der Apparat, Allstrom, mit elektrischem Auge und drei Wellenbereichen, ist garantiert neu und unbenützt. Wir erhielten schriftliche Garantie für ein Jahr und für die Lampen für 6 Monate. Der Apparat hat die Originalplomben der Fabrik, der Händler, wo wir einkauften, ist renommiert. Der Apparat sollte laut Katalog BFr. 2400,– kosten, wir kauften ihn inklusive Verpackung und Transport nach Keerbergen um BFr. 1050,–, d. s. ungefähr 9 engl. Pfund. Zurückzahlen werde ich das Geld in Raten. Nur bitte ich Dich dringend, mir für diesen Zweck kein Geld zu senden. – Ja, richtig, das Pfund habe ich erhalten und sofort für ein neues Lebensmittelpaket nach zu Hause verwendet. M.s Schwester schrieb uns, daß man ihr Lebensmittelpakete an ihre Adresse senden kann. Ob sie das Paket bereits erhalten hat, weiß ich noch nicht. Deine Schwester hatte es am 20. d. M. noch nicht. Doch rührt dies daher, daß die Aufgabe in Holland sich gewöhnlich jetzt um eine Woche verzögert, sodaß man anstatt mit 2 mit 3 Wochen Frist rechnen muß. – Vom Gepäck haben wir bisher die beiden Koffer erhalten mit dem »Mitgut«. Ferner waren wir gestern auf dem Zollamt und haben dort den großen braunen Koffer erhalten, der auf dem Boden gestanden ist, Du erinnerst Dich an ihn, und überdies sechs große Holzkisten. Diese Sachen sind bereits auf dem Weg nach Keerbergen. In Wien blieben zurück die Tropenkoffer, alle Beleuchtungssachen von Ditmar und für ca. RM 160,– Schreibmaterialien. Diese Gegenstände sind derzeit absolut nicht freizubekommen. Es ist reinster Sadismus. Ich weiß natürlich noch nicht genau, was die neue Sendung enthält. Da aber die Kinderfrau sich sichtlich auf das Hexen versteht, was das Mitgut bezeugt, so muß ich schon warten, bis wir die Kisten auspacken, um mich dann zu entscheiden, was ich weiter unternehmen soll. – Ich schrieb Dir ja bereits, wie wir das Mädchenproblem wenigstens vorläufig gelöst haben. Ich schrieb Dir auch, daß ich davon nicht sehr begeistert bin. Es erscheint mir ja auch augenblicklich nur als ein Notausweg. Nun ist Dein Bruder direkt ungehalten darüber. Er meint, wir würden nur Scherereien davon haben. Auch meint er, daß uns dieses Verhältnis mehr kosten wird als selbst eine teure Bonne. Hauptsächlich aber fürchtet er, daß während ihres Urlaubes seine Frau gezwungen sein könnte, erst ein Mädchen abrichten zu müssen, was ihr sehr beschwerlich fallen müßte. Das sind zwar Gründe, die ich einsehe und begreife. Aber er scheint absolut nicht zu begreifen, wie schwierig doch unsere Lage ist in der rein flamischen Gegend und daß Mama doch nicht von heute auf morgen das zu leisten in der Lage ist, was sie seit 33 Jahren nicht geleistet hat. Ganz abgesehen, daß das Ganze auch eine gemütliche Seite hat, die Du ja hervorhebst. Es ist wirklich schwer. Selbstverständlich haben wir den Wunsch, daß sie es, wenn sie auf Urlaub nach Europa kommen, so behaglich als nur möglich vorfinden. Na, immerhin, es ist ja noch ein Jahr, ehe sie kommen können, und was dann sein wird, wissen wir alle nicht. Ich selbst hätte nur den einen Wunsch, Euch alle noch einmal zu sehen, daß ich mich nicht mehr allzulange hier abzuquälen brauche, wünsche ich mir von ganzem Herzen. – Bei den neuen Kisten sind auch alle Bücher dabei, die ich nach dem Congo mitnehmen wollte, unter anderem als einzige deutsche Lektüre alle Werke von Stifter. Einen Goethe in Auswahl konnte ich zu Hause nicht mehr kaufen. Vielleicht, daß ich mir hier einen verschaffen kann. Dein Bruder kündigte uns übrigens an, daß er uns gute französische Bücher par bateau schicken werde. Darunter auch das Buch von Eve Curie über ihre Eltern. Ich habe ja dieses wundervolle Werk bereits auf deutsch gelesen und freue mich schon darauf, es in der Ursprache zu lesen. – Was Du über Eure Küche schreibst, haben wir ja auch hier bis zum Überdruß mitgemacht, bis zum Ekel, bis zum Lieber-hungern-Wollen, als den Fraß zu verzehren. Die Pension hier geht infolge der Trottelhaftigkeit des Besitzers, eines Berliner Emigranten, der früher Patentanwalt war, schlecht, und nun suchte er sich dadurch zu helfen, daß er die Küche von Tag zu Tag verschlechterte und die Portionen verkleinerte. Das zwang uns in der letzten Zeit, auswärts zu essen. Selbstverständlich kann man für BFr. 5,– keine gute belgische Küche bekommen, und so mußten wir Emigrantengasthäuser aufsuchen, wo man oft, aber nicht immer für dieses Geld ganz gut und auch reichlich ißt, aber mit der Zeit wird das Ganze unerträglich. Daß das die Stimmung nicht bessert, wirst Du einsehen. – Was Deine Frage bezüglich des Flamischen betrifft: Es ist wirklich nicht schwer, flamisch zu lesen. In Malines (flamisch Mechelen, deutsch Mecheln), übrigens eine Stadt von mehr als 60.000 Einwohnern, von holländischer Sauberkeit, herrlichen frühgothischen Bauwerken, die Stadt, die für uns am nächsten liegen wird, sind die Aufschriften nur flamisch und die Bevölkerung von Keerbergen spricht auch nur mehr flamisch, wie wir bereits erproben konnten. Dabei erkannten wir, daß doch ein großer Unterschied zwischen dem Gedruckten und dem Gesprochenen besteht, die Leute hätten ebensogut chinesisch als flamisch sprechen können. Uns sagte eine Holländerin, daß ihr flamisch gesprochen ebenso fremd sei wie uns. Doch kann man sich zur Not, aber zur äußersten Not, auch so, doch nur einseitig verständigen, daß man langsam und möglichst rein deutsch spricht. Übrigens sind die Leute immer nett, höflich und freundlich. Und wer Französisch kann, antwortet auch französisch. Ob wir aber Flamisch lernen werden, weiß ich noch nicht. Dein Bruder meint, es wäre wohl praktisch. Ich habe vorläufig mit dem Französischen noch genug zu tun. – Wegen Deiner Schwester machen wir uns große Sorgen. Was da werden soll, weiß ich nicht. Vor allem: Sie und meine Schwester haben doch kein Geld! Wenn auch Deine Schwester vorläufig noch bei Tante G. wohnt. Unsere Mittel in Wien sind vollkommen erschöpft. Von dem Erbe ist nichts zu erhalten, woran diese Bestie, die Schwester Deiner Mutter, durch ihre Einmischung in alles, was sie nicht versteht, die Hauptschuld trägt. Was mir sogar ihr Freund, der Anwalt, der vor seiner Abreise nach Amerika uns hier besuchte, seufzend bestätigte. Ich muß zugeben, daß er sich in diesem Fall sogar um uns bemühte. Doch war der Karren schon so verfahren, daß sich, wenigstens vorläufig, nichts mehr tun läßt. Weiters habe ich an den Anwalt nach Ungarn geschrieben. Vielmehr die Mama in einem rekommandierten Brief. Die Antwort ist schon überfällig. Ich verlangte von ihm unverbindlich die Bekanntgabe, was an Zinsen und verfügbarem Kapital vorhanden wäre. Ich schlug ihm sogar eine Einigung vor. Zurücknahme der Kündigung usw. Ich warte noch eine Woche. Dann werde ich wieder schreiben mit Retourrezepiß. Denn wenn wir von dort Geld erhalten könnten, so könnte ich Deiner Schwester 200 Mark monatlich in sogenannten Unterstützungsmark legal anweisen lassen. Die Unterstützungsmark steht hier auf ca. BFr. 4,40. Schweden ist infolge der finnischen Sache ganz ausgeschlossen. Wegen Jugoslawien bemühte ich die Schwedische Mission in Wien vergeblich. Nun bemüht sich der Vater ihrer Freundin, der ja ein Jugoslawe ist, um sie. Dies sollte sich diese Tage entscheiden. Ich warte auch auf Nachricht. Doch bin ich diesbezüglich sehr skeptisch. Auch Deinem Bruder habe ich geschrieben, ob es nicht möglich sei, Deine Schwester hierher zu bringen. Freilich sehe ich ein, daß da erst unsere Angelegenheiten geregelt sein müssen. Auch an den Besitzer unseres Hauses, der Verwandte bei den höchsten Stellen hier hat, habe ich schon gedacht. Aber alles das braucht Zeit. Und Deine Schwester kann nicht warten. Ich habe Angst, daß sie eines Tages mit einem Transport nach Polen abgeschoben wird, denn diese Gangster sind zu allem fähig. – Noch schwieriger ist es mit meiner Schwester. Sie wandte sich über meinen Rat an die Cultusgemeinde und erhielt – als einmalige Unterstützung RM 10,–! Ich schrieb jetzt, sie solle versuchen, ob man sie nicht in das Altersheim aufnehmen könne. – Mama und mir geht es ja gesundheitlich soweit ganz gut. Da ich wieder leichte Schmerzen verspüre, so nehme ich wieder Erythroltetran. – Die Kinderfrau schrieb mir schon die längste Zeit verzweifelnde und verzweifelte Briefe, daß ihre Nichte durchaus heiraten wolle. Sie hat nun in der Tat geheiratet. Uns zeigte sie das mittelst gedruckter Anzeige an. Mich hat das sehr gekränkt und verletzt, daß sie nicht einmal es der Mühe wert fand, auch nur ein einziges Wort an uns persönlich zu schreiben. Ich habe auf die Anzeige nicht geantwortet. Was nun aus diesen beiden werden soll, ist mir unvorstellbar. Er ist nun glücklich Unteroffizier geworden und steht an der Westfront. Die Nichte der Kinderfrau hat bisher keine Beschäftigung erlangen können. Sie ist 18 und er 22! – Was Du mir über Deine Arbeiten schreibst, interessiert mich äußerst. Bitte, wenn von Dir etwas erscheinen sollte, so schicke es mir doch nach Möglichkeit zu. Und bitte, erzähle mir immer, zu welchen Resultaten Du kommst. Ich erinnere mich, daß ich eine Zeitlang bei H. arbeitete und den Auftrag hatte, bei einer bestimmten Art von Regenwürmern das Rückenmark vital mit Methylenblau zu färben. Es gelang mir nicht, trotz hunderter von Versuchen. – Ich mache mir Gedanken darüber, wie sich wohl Deine Zukunft gestalten kann. Ich habe zu dieser Unternehmung kein rechtes Vertrauen. Du mußt mir das entschuldigen. Denn schließlich mußt Du ja besser als ich wissen, was da dahinter ist. Vor allem quält es, daß man von einem auf den anderen Tag nicht weiß, was werden wird, und so alle Vorschau unnütz wird. – Ich bin andauernd in gedrücktester Stimmung, wozu nicht wenig die Sorge um Deine und schließlich auch um meine Schwester beiträgt. Vor allem quält einen die Hilflosigkeit, in der man sich alledem gegenüber befindet. So erwünscht mir Keerbergen ist und so unerträglich mir das

Leben in dieser wirklich niederträchtigen Pension geworden ist, so bangt mir doch vor dem Leben dort mit seinen neuen Schwierigkeiten. Denn ich bin so müde geworden, so unendlich müde. Vor allem quält mich die innere Ruhelosigkeit. Ich muß jetzt immer in Bewegung sein, fort, nur fort. Und so machen wir oft stundenlange Wanderungen durch die Stadt. Vielleicht ist an alledem der schreckliche Winter mit schuld und vielleicht auch das ungewohnte Klima. Die besonders hohe Luftfeuchtigkeit, was weiß ich schließlich noch. Und Dein Bruder mag mir hundertmal schreiben, wir müßten uns ganz als Belgier fühlen und wir müßten jeden Verkehr mit Emigranten meiden, die uns nur von neuem aufregen. Es kann aber doch keiner aus seiner Haut. – Und so schließe ich und grüße Dich sehr herzlich. Deinen nächsten Brief erbitte ich mir nach
G 107 Keerbergen, Brabant.
Papa

Ich danke Dir für die Beförderung des Briefes nach Australien.

Sich als Belgier fühlen? Wie, fragt sich Elsa, die viele Jahre in Italien und anderswo gelebt hat und nie genau wusste, als was sie sich nun eigentlich fühlen sollte, wie sollten diese Großeltern, die Belgien ja nicht aus eigenem Wunsch zu ihrem Exilland erkoren hatten, jenes vom Onkel eingeforderte Gefühl wohl entwickeln können? Fühlt sie sich als Österreicherin? Elsa denkt lange darüber nach und entschließt sich schließlich zu einem Ja. Es ist die Sprache, denkt Elsa, die dieses Gefühl ausmacht, die Sprache, die Kindheit – und wohl auch bestimmte Speisen.

Elsa erinnert sich an eine lebhafte Konversation mit einer italienischen Studienkollegin mitten im heißen römischen Sommer. Die Mutter dieser Studienkollegin kam aus Böhmen und servierte im heißen Rom Marillen- und Zwetschkenknödel. Und so schwärmten Elsa und die junge Halbitalienerin ihren italienischen Kollegen von jenen so besonderen Gerichten vor und diese wollten durchaus nicht verstehen, dass man eine Speise so lieben kann, in der Obst in irgendwelchen Teig eingekocht wird.

Ob die Großeltern in Belgien wohl je Marillenknödel zu essen bekamen? Und mit wem, wenn nicht mit Emigranten hätten sie über das sprechen können, was daheim geschah? Welcher Belgier hätte sie wohl verstanden, wenn sie von Reichsfluchtsteuer, Judenabgabe, Judenwohnungen und den vielen anderen Schikanen erzählt hätten? Wie weit weg dieser Onkel doch war, viel weiter als der Kongo, in dem er so sicher sein konnte.

Bei allem Mitfühlen aber ärgert sich Elsa auch ein wenig über den Großvater und seine Sprache. Ein Mädchen »abrichten« wie einen Tanzbären? Wie kann er, dem so Furchtbares widerfährt, so über Menschen sprechen? Fragt sich Elsa und hört die Mutter wiederholen: Na eben – diese Großbürgerlichen dort in Pötzleinsdorf!

Elsa sieht in der Halle vor dem Speisesaal eine verlassene Zeitung liegen und registriert im Vorübergehen die Schlagzeilen. Der Mann, den man erstickt hat, habe ein Doppelleben geführt, steht da. Elsa hält inne und liest den dazugehörigen Artikel. In Deutschland sei er gewesen, unter einem anderen Namen als jenem, mit dem man ihn aus diesem Land abschieben wollte. Sogar eine Tochter habe er dort. Und keiner habe das gewusst. Beim Essen wird dieses Doppelleben ausführlich besprochen. Na ja, so ganz unschuldig sei dieser Mann eben doch nicht gewesen, sagen Elsas Tischgenossen. Und deshalb sei es nicht schlimm, dass man ihn ersticken ließ, auf einem langen Flug?, fragt Elsa. Und alle beeilen sich ihr zu versichern, dass dies natürlich trotzdem ein schlimmer »Zwischenfall« gewesen sei. Ein Zwischenfall.

Keerbergen, den 30. April 1940

Lieber Sohn!

Ich erhielt von Dir am 27. März einen Brief, den ich am 30. März ausführlich auf mehreren Seiten beantwortete. Seitdem ist genau ein Monat vergangen, ohne daß ich von Dir etwas gehört hätte. Ich kann mir das nicht erklären. Ich warte jetzt bereits seit zwei Wochen auf Antwort, sie kam immer noch nicht. Mama und ich gingen allen möglichen Vermutungen nach, von denen die uns am plausibelsten erschien, daß Du möglicherweise geschrieben hast, wir aber den Brief nicht erhielten. Sei dem wie immer. Ich bitte Dich vielmals, beantworte diesen Brief sofort. Der Briefwechsel ist doch die einzige Möglichkeit, um mit Dir verkehren zu können. Ohne diesen Briefwechsel mit Euch wäre die Emigration noch unerträglicher, als sie an und für sich schon ist. – Zweck dieses Schreibens aber ist, Dir herzlichst, allerherzlichst zu Deinem Geburtstag zu gratulieren, dem ersten seit Deiner Geburt, den Du fern von uns verbringen mußt. Wird es ja am 18. Mai ein Jahr, seit wir Dich zum letzten Male gesehen haben. Ich lege Dir auch einen Brief von Deiner Schwester, der Kinderfrau und meiner Schwester bei. – L. hat das Liebesgabenpaket erhalten. Es war nicht ganz so, wie wir es bestellt hatten. Aber gerade damals war der Änderung der Versendungsvorschriften wegen ein Rummel, sodaß man wohl die Verwechslung, das Paket enthielt Wurst, entschuldigen kann. – Bevor ich mich meinen Verhältnissen zuwende, möchte ich einige Worte über Deine Schwester schreiben. Sie verfügt außer über die kleine Einnahme von Frau K. über keine Mittel mehr. Überdies muß sie auch noch für meine Schwester sorgen. Meine Schwester erhält jetzt eine Unterstützung von der Cultusgemeinde im Betrage von RM 18,– monatlich. Ich habe Dich immer bisher gebeten, mir kein Geld zu schicken. Nun bitte ich Dich, sende mir monatlich für Deine Schwester jenen Betrag, der Dir möglich ist und den Du gerne sendest. Ich bin in der Lage, Deiner Schwester für ein Pfund RM 35,– anweisen zu lassen. Das Schicksal Deiner Schwester geht uns sehr nahe. Ich bitte Dich noch einmal, tu für sie, was Du tun kannst. Sollte ich es doch durchsetzen können, daß ihr der ungarische Anwalt Geld überweist, so würde ich Dich selbstverständlich sofort davon verständigen. – Wir wohnen also seit 1. April hier draußen. Es ist reichlich einsam, doch augenblicklich, nach Überwindung der kalten Zeit, die fast bis Ende dieses Monates andauerte, sehr schön hier zwischen den eben ergrünenden Birken und den dunklen Föhren. Der Garten ist sehr groß, doch vollkommen verwahrlost. Den Garten in Ordnung zu bringen, würde sehr viel Geld kosten, woran ich jedoch kein Interesse habe. Übrigens wissen wir ja keinen Tag auf den anderen, was mit uns geschehen kann, der doch ganz unsicheren Lage wegen. Wir wirtschaften mit dem Ehepaar ganz gut. Doch kann ich erst nach zwei oder drei Monaten den Überblick darüber haben, ob es sich für uns auch lohnen wird. Sie sind beide außerordentlich zuvorkommend. Die Frau kocht recht gut. Was ja in den außerordentlich bescheidenen Verhältnissen, in denen wir leben müssen, sehr ins Gewicht fällt. Nur eines habe ich in der Tat nicht voll berücksichtigt. Der Mann ist sehr beschränkt und spricht mehr, als ich ertragen kann. Da ich aber jetzt gegen den Sommer zu die Möglichkeit habe, mich leicht absondern zu können, so ist das auch nicht zu arg. – Beiliegend ein Bildchen des Hauses. Du kannst aus ihm entnehmen, daß es ganz nett ist. Der Vorbau an der linken Wand gehört zum Speisezimmer. Der Balkon darüber mit der Tür gehört zu meinem Schlafzimmer. In das Speisezimmer gelangt man durch die Tür der Vorveranda, vor der Mama sitzt. Das Fenster rechter Hand ist von meinem »Schreibzimmer«, einem kleinen Raum mit einer Tür noch, die direkt in den Garten führt. Von den beiden Mansardenfenstern gehört eines zum Dachboden, das andere zur Stiege. – Sehr unerquicklich ist die Angelegenheit wegen unserer Aufenthaltsbewilligung. Wir waren jetzt zweimal deswegen in Brüssel.

Was uns ja beträchtliche Kosten macht. Jedesmal BFr. 40,– Wir haben wieder eine Verlängerung bis zum 31. Mai erhalten. Aber auf die Dauer wird das unerträglich. – Gerade ruft ein Kuckuck aus nächster Nähe. – Wir brauchen von hier ins Dorf genau 25 Minuten, wovon 15 Minuten durch den Wald führen. Im Sommer ist das ja recht schön, aber wie das im Winter sein wird! Die elektrische Lokalbahn nach Malines fährt 45 Minuten und die Schnellbahn nach Brüssel oder Antwerpen braucht für die ca. 25 km 15 Minuten. Wir rechnen also von hier nach Brüssel 1 3/4 bis zwei Stunden. Gestern hatten wir ein unangenehmes Abenteuer auf der Bahn. Wir wollten in Malines eben den Zug besteigen, als wir ziemlich brüsk an- und zurückgehalten wurden. Es waren nur ein Bahnsoldat, ein Gendarm, noch ein Bewaffneter und einer in Civil, ein Geheimpolizist. Wir wurden wie Verbrecher auf den Militärposten im Bahnhof gebracht, mußten uns legitimieren und – wurden dann wieder entlassen. Sie scheinen mich für einen deutschen Spion oder dergleichen gehalten zu haben. Warum gerade mich unter gewiß hundert anderen Personen, ist mir vollkommen unverständlich. Mama und ich hatten nicht einmal deutsch gesprochen. Das sind so die Annehmlichkeiten jetzt, seit dem Überfall auf Norwegen. Und darum ist es auch so unangenehm, daß wir noch keine Carte d'identité haben, die übrigens nicht einmal so billig ist. Man muß für sie BFr. 150,– im Jahr bezahlen per Person.
Lieber Sohn, ich schließe jetzt, da Mama noch hinzuschreiben will, noch einmal mit den herzlichsten Wünschen an Dich und ich bitte Dich, schreibe sofort und kläre auch auf, wieso es kommt, daß wir schon einen Monat lang von Dir nichts mehr gehört haben.
Papa

Lieber Sohn!
Ich gratuliere Dir zu Deinem Geburtstag und wünsche Dir (wie heißt es auf dem Haus in der Gersthofer Str.) tausendmal

das, was Du Dir wünschst. Daß man von Dir nichts hört, ist gräßlich, besonders auch noch, weil Papa sich so aufregt. Ich wäre dafür, daß Du auf jeden Fall, sagen wir, jeden 1. und 15. eine Karte schreibst, falls Du keine Nachricht hast. Oder bist Du wieder einmal krank? Dann könnte aber M. doch schreiben. Was macht sie jetzt? Papas Zustand ist nicht besonders, er klagt immer über quälendes Herzklopfen. Diese tetra ... etc. Pastillen hat er dieses Mal regelmäßig genommen, jetzt seit einer Woche aufgehört, aber das Herzklopfen ist noch nicht gut. Bei der Szene in Malines ist er ganz weiß gewesen, hat aber über nichts geklagt, und ich wollte ihn nicht fragen. Bitte schreib mir, ob Du einen Arzt für notwendig hältst, er will davon natürlich nichts hören. Es ist einer in Haacht, der gut sein soll. Oder man müßte gelegentlich nach Brüssel zum Prof. M. Wenn Du die Sache für notwendig hältst, dann schreibe aber mit Energie und beschimpfe ihn, falls er nicht folgt. Vor allem aber schreibe, das ist die beste Medizin.
Also nochmals alles Gute!
Mama

Die Fotografie jenes Hauses, in dem die Großeltern die letzten Wochen ihres Lebens verbracht haben, hat Elsa nie gesehen. Warum hat der Vater gerade dieses Foto nicht aufgehoben? Oder liegt es irgendwo zwischen den hunderten Fotos, die sich in den Schränken von Elsas elterlicher Wohnung stapeln, und ist einfach niemandem aufgefallen? Sie muss die Mutter danach fragen, die Einzige, die es vielleicht je gesehen hat. Denn zu jener Zeit lebte sie wohl schon mit dem Vater, auch wenn die Großeltern immer noch hartnäckig nach M. fragten.

Die Szene auf dem Bahnhof. Elsa sieht sie vor sich wie in einem Film. Und denkt, dass sie selbst wohl in dieser Lage einer Ohnmacht nahe gewesen wäre. Denkt auch, wie ihr Herz jedes Mal zu klopfen beginnt, wenn sie ein Verkehrspolizist aufhält, weil sie, die Unaufmerksame, wieder einmal etwas großzügig gewesen ist in der Auslegung der geltenden Regeln. Ob auch dies ein Erbe jener unbekannten, gequälten Großeltern ist, dieser Schreck beim Anblick einer Uniform, eines Vertreters einer Macht, die sie als schützende zu betrachten so schwierig empfindet?

Die Menschen, denen man mit Bomben helfen will, kommen immer noch über die Grenzen. Die Uniformierten, Bewaffneten hinter sich und vor sich die prekäre Sicherheit der Nachbarländer. Und sie erzählen. Von den Soldaten, die die Frauen vergewaltigen, um die Männer zu brechen. Von den Häusern, die man verbrennt, damit niemand zurückkehren möge, von den jungen Männern, die man wegschleppt und erschießt, auf dass den Vertriebenen die Jugend und damit die Zukunft genommen werde. Und dort, wo die Bomben fallen? Auch dort zerstört man die Zukunft – die Jugend. Und Elsa begreift des Großvaters Entsetzen über die Unfähigkeit noch besser, den eigenen Kindern Hilfe und Schutz zu bieten. Begreift ihn so schmerzhaft, dass sie auf der Stelle den Telefonhörer nimmt und die Kinder zu sich einlädt, in dieses Kurhotel, das eigentlich kein Ort ist für Jugendliche. Sie muss sie sehen, sie berühren, sie umarmen können, weil sie die Angst nicht ertragen kann, die eigene und die der anderen. Weil sie die Gelassenheit braucht, mit der diese beiden Menschen das Leben betrachten. Die Gelassenheit und die Freude an allem Neuen.

Eine Stunde bevor der Zug der Kinder ankommen soll, spaziert Elsa auf dem Bahnhof hin und her. Aufgeregt, als hätte sie sie ein Jahr lang nicht gesehen. So, wie es schon immer war, wenn sie für kurze Zeit getrennt war von ihnen. Und während sie auf und ab geht und die Uhr dabei nie aus dem Auge lässt, denkt sie, wie es wohl später sein wird, wenn ihre

Kinder jenes Alter erreicht haben werden, in dem ihr eigener Vater und ihre Mutter auf die Reise gingen in ferne Länder und die Eltern zurückließen. Ein unerträglicher Schmerz hüllt Elsa ein bei dem Gedanken, dass sie sie ziehen lassen wird müssen. Und zugleich denkt sie, dass sie die Kinder nicht ziehen lassen könnte, dass sie ihnen wohl nachreisen würde, und sei es ans Ende der Welt.

Endlich fährt der Zug ein, endlich sieht Elsa die beiden, wie sie herausspringen, einen viel zu großen Koffer für die wenigen Tage zwischen sich. Und Elsa läuft. Läuft auf sie zu, fällt ihnen um den Hals, will sie ganz fest halten. »Mama, das ist peinlich«, hört sie die beiden murmeln und muss sehr lachen, weil sie selbst allen Freunden immer wieder erzählt, wie die Halbwüchsigen derlei Liebeskundgebungen in aller Öffentlichkeit mit eben diesen Worten zu beenden pflegen.

In die Konditorei mitten auf dem Hauptplatz der kleinen Stadt will sie mit ihnen, an der sie sonst immer – streng gegen sich selbst wie nie zuvor – vorbeigegangen ist mit abgewandtem Gesicht. Als ob ihr Lebensglück davon abhinge, dass sie hier, bei dieser Kur, in dieser Kleinstadt und mitten drinnen in Kriegen, die sie nicht begreift, ihr Gewicht verringert und ihren Jugendkörper zurückerobert. Jetzt aber will sie eben dorthin, will den Kindern Leckereien anbieten, ihnen zusehen, wie sie genussvoll Torten und andere süße Freuden verzehren, will erfahren, was sie getan, gedacht, gefühlt haben, während sie selbst hier in der Kleinstadt um ihr eigenes leibliches Wohlgefühl bemüht war.

Sie sprechen von Lehrern, die nett und von solchen, die unfreundlich sind. Sie sprechen von Freunden, die lustig und von solchen, die dumm sind. Und Elsa erzählt von ihren Turnübungen und Verrenkungen und erntet voll Dankbarkeit das Interesse und auch das Lachen der Kinder.

Und sie sprechen vom Krieg. Ob sie denn gespendet hätte für die Vertriebenen, Gequälten, fragen die Kinder streng und Elsa beeilt sich, sie zu beruhigen. Ja, sie habe gespendet, werde auch wieder Geld geben für diese Menschen und wisse doch, dass all dies viel zu wenig sei. »Was willst du aber noch tun?«, fragen die Kinder und wieder einmal weiß Elsa keine Antwort.

Elsa plant einen Ausflug über die Grenze und die Kinder sind begeistert. Das Gefühl, mit dem Elsa aufgebrochen ist, das Gefühl, sich an den Beginn des Jahrhunderts zurückbegeben zu können, schwindet von Tag zu Tag. Schwindet mit der beängstigenden Lektüre und mit den immer grausameren Bildern der Gegenwart. Elsas Szenarium bröckelt und so empfindet sie es auch als ganz selbstverständlich, ein Auto zu mieten, um den Kindern einen Ausflug zu ermöglichen. Ein paar Minuten Autofahrt und man ist in einem anderen Land – ein Abenteuer der ganz besonderen Art sei dies, meinen die beiden und so machen sie sich auf über diese Grenze, an der es unwichtig geworden ist, ob man sich mit einem Papierstück ausweisen kann oder nicht – wenn man das richtige Ausweisdokument besitzt und wenn das Kennzeichen am Auto dies belegt.

In ein anderes Kleinstädtchen geht es, wo die Auslagen ebenso bunt und wohlgefüllt sind, wie dort, wo Elsa zur Kur weilt. Wo die Menschen zwar eine andere Sprache sprechen, aber in allen Geschäften deutschsprachige Aufschriften zu finden sind. Wo Elsa zwar mit ihren Kenntnissen der Landessprache prahlt, aber doch weiß, dass man sie auch dann sehr gut verstehen würde, wenn sie ihre eigene Sprache verwendete.

Es ist kalt und grau an diesem Tag, den sie für den Ausflug gewählt haben. Frierend stehen sie neben dem Auto und sehen sich um. Die Kinder neugierig nach Unbekanntem, anderem, Elsa unruhig, ob die Kinder diesen Tag auch so richtig genießen werden. Die Kinder wollen in die Geschäfte. Etwas mitbringen von hier, um den Freunden beweisen zu können, dass sie nicht nur die Mutter in einem langweiligen Kurort besucht haben, dass da noch mehr war in diesen kurzen Tagen.

Die Geschäfte. Elsas Tochter wünscht sich ein Kleidungsstück, Elsas Sohn eine besondere Sonnenbrille, Elsa verspürt plötzlich den brennenden Wunsch, all jene Verzehrbarkeiten zu erstehen, die dieses Land besonders machen. Sie kauft den Pullover für die Tochter und die Sonnenbrille für den Sohn und dann wandern die drei mit ihren Päckchen zu jenen Läden, wo sich Käse und Wurstwaren mit Öl und Oliven in den Regalen drängen. Nudeln, Käse und Wurst, Oliven in kleinen Gläsern, alles wandert ins Auto. Als ob sie sich für eine Belagerung rüsten müssten, erstehen sie Konserven und alle nur erdenklichen Spezialitäten und versprechen sich, dass sie, nach Elsas Rückkehr, ein Fest feiern wollen, um den Daheimgebliebenen die Leckereien anzubieten, die sie selbst niemals alle allein aufessen könnten. Wein, sagt Elsa. Wenn wir ein Fest feiern wollen, so brauchen wir auch einen besonderen Wein.

Das Gewölbe scheint Elsa riesig. Und die Auswahl an Weinen verwirrt sie, die nie verstanden hat, wodurch sich ein Wein von einem anderen unterscheidet. Und so denkt sie an Freunde, die in diesen Dingen bewanderter sind als sie selbst und sucht nach jenen schlanken, bräunlichen Flaschen, die ihr so gut gefallen und die sie wohl auf der einen oder anderen Tafel bei diesen Freunden schon gesehen haben mag. Und findet sie, trotz der Menge, die ihr von den Regalen fein säuberlich geordnet entgegensieht. In dem Augenblick hört sie ihren Sohn laut den Atem einziehen. »Schau dir das an«, sagt er und Elsas Tochter schreit, dass es durch das Gewölbe hallt:

»Eine Schweinerei ist das!« Weinflaschen liegen da in einem Korb gefällig zum Verkauf angeboten und auf dem Etikett prangt das Bild jenes Mannes mit dem schmalen Schnurrbärtchen, der Elsas Großeltern ermorden ließ.

Elsa stellt die schon ausgewählten Flaschen zurück in das Regal. Fragt den Verkäufer im Hinausgehen, weshalb er hier derlei feilböte. Erhält die Antwort, die Touristen aus Deutschland und Österreich fänden das lustig.

Verlässt mit den Kindern fluchtartig den Laden und auch die kleine Stadt.

Auf der Heimfahrt weiß Elsas Sohn, der bis dahin in derlei Dingen so Unentschlossene, plötzlich, welchen Beruf er ergreifen will. Richter wolle er werden, Richter an einem Gericht, das sich um Menschenrechte kümmert, das Folter, Terror und Unterdrückung sühnt. Elsa lenkt das Auto in die beginnende Dämmerung, zurück zu jenem feinen Kurhotel und denkt, wie klar die Kinder doch die Zukunft sehen, viel klarer als sie selbst. Und beginnt in der hereinbrechenden Dämmerung von den Briefen des Großvaters zu erzählen.

11

GANZ traurig ist es Elsa zumute, als sie vom Bahnhof in ihr bequemes Kurhotel zurückkommt. Reiseproviant hat sie für die Kinder eingekauft, als ob die Reise Tage und nicht nur ein paar Stunden dauern würde, weil sie ihre Liebe so am besten auszudrücken vermag. Harmonisch sind die beiden am Zugfenster gestanden und haben der Mutter zugewinkt, diese davon überzeugend, dass sie nicht schutzbedürftig sind in ihrer Abwesenheit, dass sie sich genug sind, wenn es die Umstände denn notwendig machen, dass sie sie eben doch zu Menschen erzogen hat, die mit dem Leben umgehen können, so wie es ist. Auch wenn Elsa weiß, dass sie in der verbleibenden Zeit täglich zum Telefon greifen wird, um sich davon zu überzeugen, dass ihren beiden nichts zugestoßen ist, dass sie heil und unversehrt an Körper und Geist sind.

Im Radio hört Elsa vom Krieg und von den Zurückgebliebenen jenes Toten aus dem Flugzeug, die nun über einen Anwalt Geld fordern für seinen Tod. Am Mittagstisch hört Elsa jemanden hämisch sagen, da würde jetzt eben Geld gemacht mit dem toten Sohn. Aber er sei tot und mit Geld doch nicht mehr zurückzubringen, antwortet Elsa mit Schärfe in der Stimme, und sogleich zieht der Sprecher sich zurück, spricht von Bedauern, von furchtbarem Schicksal und wieder von einem unsäglichen – »Zwischenfall«.

Keerbergen, den 9. Mai 1940

Lieber Sohn!
Soeben und aufatmend haben wir Deinen Brief vom 29. April erhalten. Nicht etwa, daß wir besonders beunruhigt gewesen

wären, dennoch machte ich mir tausend Gedanken, denn die Zeiten sind nun so, daß man nie weiß, was eigentlich geschehen sein könnte. Wir haben ja gleich daran gedacht, daß ein Brief von Dir nicht angekommen sein könnte und sind nun froh, daß dies tatsächlich der Fall gewesen ist. Bei dieser Gelegenheit möchte ich Dir noch sagen: Ich beantworte jeden Deiner Briefe sofort. Und mag bei uns was immer geschehen, wenn wir die Möglichkeit zum Schreiben haben, so schreiben wir auch. Nun ist das aber jetzt so, daß wir von hier von einem Tag zum anderen nicht wissen, was geschehen kann. Sollten also von uns einmal Nachrichten längere Zeit ausbleiben, so kannst Du annehmen, daß höhere Gewalt vorliegt. Infolge der Entwicklung, die die Verhältnisse nehmen, fühlen wir uns hier höchst unbehaglich. Im allgemeinen aber sind wir ruhig und gefaßt und wollen das, was alle anderen auch ertragen müssen, ebenso ertragen. – Unser letzter Brief an Dich war der Geburtstagsbrief vom 30. April. Diesem Briefe lag ein Brief der Kinderfrau und Deiner Schwester bei und ein Lichtbild des Häuschens, in dem wir wohnen. – Unsere Aufenthaltsangelegenheit hat eine sehr ernste und beunruhigende Entwicklung genommen. Wir haben zwar die neuerliche Verlängerung bis 31. Mai erhalten, gleichzeitig aber die Aufforderung, nach dem Congo zu reisen, widrigenfalls wir an die deutsche Grenze gestellt würden. Ob das Gesuch Deines Bruders erledigt ist, konnte ich nicht feststellen. Ich beriet mich nun mit unserem Hausherrn, einem alten Colonialbeamten, er war 14 Jahre im Congo, was ich tun sollte. Er empfahl mir, ins Colonialministerium zu fahren und dort zu bitten, daß das Ministerium sich unserer mit Rücksicht auf meinen Gesundheitszustand, der eine Reise unmöglich mache, annehme. Das haben wir getan. Wir waren diese Woche in Brüssel und wurden im Ministerium vom Generalsekretär empfangen (vom Generalsekretär des Ministers). Er zeigte volles Verständnis, versicherte sich aber insbesonders, ob wir bestimmt Österrei-

cher seien und nicht etwa in Österreich eingewanderte Reichsdeutsche, ferner fragte er nach der Religion, d. h. ob wir keine Juden, sondern Christen seien. Er sagte uns nach erfolgten Recherchen eine schriftliche Erledigung in kürzester Zeit zu. Unser Hausherr hat überdies an einen Freund in diesem Ministerium unseretwegen geschrieben. Er wird aber nach Pfingsten in Brüssel der Angelegenheit persönlich nachgehen. Nun kann ich mir zwar nicht vorstellen, daß sie etwa die Grausamkeit begingen, uns zu verhaften. Da sie ja wissen, was für ein Schicksal uns an der deutschen Grenze erwarten würde. Aber in diesen aufgeregten Zeiten kann vieles aus Übereifer verschuldet werden. Denn auch hier ist die Fremdenfurcht sehr groß. So ist z. B. die Gendarmerie bereits bei uns im Haus gewesen, um unsere Papiere nachzuprüfen. – Damit wir aber möglichst nicht zur Ruhe kommen können, sind wir für den Monat Mai ohne Geld geblieben. Dein Bruder schrieb mir bereits vor längerer Zeit, daß er die monatlichen Zahlungen an uns durch die Rechnungsabteilung des Ministeriums werde vornehmen lassen. Das hat er auch ausgeführt. Doch weiß ich nicht, was geschehen ist, seine Anweisung muß irgendwo auf dem Weg von Afrika nach Brüssel steckengeblieben sein. Wir erhielten bis zum 7. d. M. kein Geld, und so blieb mir nichts anderes übrig, als Deinem Bruder zu telegraphieren. Die wiederholten Fahrten nach Brüssel (in diesem Monat bereits dreimal!), das kostspielige Telegramm, das alles verschlechtert natürlich unsere materielle Lage. Und hier stellt sich heraus, wie wohltätig die Vereinigung mit diesem Ehepaar sich für uns auswirkt. Denn ohne diese hätten wir wirklich nicht gewußt, was wir tun sollten. Sie helfen uns vorläufig solange aus, bis das Geld von Deinem Bruder da sein wird. Was möglicherweise bis in die 2. Hälfte des Mai andauern kann. – Die Frau bewährt sich außerordentlich. Sie macht jede, auch grobe Arbeit und ist, soweit ich das beurteilen kann, sehr ordentlich und reinlich.

Und vor allem auch persönlich nicht unangenehm. Sie kocht zwar anders als die Kinderfrau, aber trotzdem sehr gut. Weiters wertvoll für uns ist, daß der Mann zwar mit starkem deutschem Accent, aber trotzdem besser als Mama Französisch spricht. Ich stammele doch nur, obwohl ich bereits das meiste verstehe. Deinem Bruder fehlt jedes Verständnis für unsere Lage, was ich ihm auch geschrieben habe. Weiters ist auch die Lage so, daß ich doch diese Leute nicht wie Dienstboten behandeln kann und ihnen einfach sagen, so jetzt geht. Aber ich tröste mich damit, daß bis zum Urlaub Deines Bruders noch sehr viel Zeit vergehen wird und man ja wahrhaftig nicht weiß, was sich bis dahin alles ereignen kann. – Du erinnerst Dich an die Gymnasialkollegin Deiner Schwester? Über die Bitte Deiner Schwester schrieb ich an deren Vater nach Zürich. Nun hat dieser wirklich alles getan, was nur möglich war. Er verpflichtet sich sogar, für Deine Schwester persönlich zu haften, um sie nach der Schweiz bringen zu können, dann hatte er auch Verbindungen in Schottland, aber alles war vergeblich, wie er mir sichtlich bedrückt mitteilte. Selbstverständlich schrieb mir auch Dein Bruder, daß er nichts tun könne, schon unseretwegen nicht und auch die Angelegenheit mit dem ungarischen Anwalt Deiner Schwester wegen rückt nicht vom Fleck. Ich bin wirklich ihretwegen besorgt. – Die Kinderfrau schlägt sich durch, so gut es geht. Sie hat jetzt 3 Untermieter. Einen Arzt, einen Medizinstudenten und eine Medizinstudentin. Das trägt ihr etwas mehr ein, als der Zins ausmacht, den sie zahlen muß. Der Arzt behauptet, Dich und Deinen Bruder zu kennen. Gesundheitlich scheint es ihnen allen im großen ganzen gut zu gehen, nur hat die Kinderfrau, weil Deine Schwester und meine Schwester bei ihr essen, Scherereien von der Partei aus, wie sie andeutet. – Für das zurückgebliebene Gepäck soll ich RM 1200,– bezahlen, sonst wird es nicht freigegeben. Wir haben das meiste, das wir hier brauchen, erhalten, doch dürfte Verschiedenes von den

Packern gestohlen worden sein, worüber die Kinderfrau ganz entsetzt ist. Aber wir haben so viel verloren, daß wir über diese Verluste achselzuckend hinweggehen. Schaden war nur ein einziger. Eine neue automatische Küchenwaage kam zerbrochen an, trotz sorgfältigster Verpackung. Das hat zur Folge, da wir eine neue Waage nicht kaufen können, daß die Frau nichts bereiten kann, wozu eine Waage notwendig ist, also keine richtige Mehlspeise. Aber auch darüber gehen wir hinweg. Die Schwester Deiner Mutter schreibt nicht, wohl deswegen nicht, weil ihr auch Mama nicht schreibt. Also wissen wir nichts über sie. Sie bat mich vor längerer Zeit um Tee. Ich ließ ihr über Holland 100 g senden. Doch ist diese Sendung nicht angekommen, was mir besonders leid tat. Auch aus einer Sendung an die Kinderfrau fehlte fast ein halbes kg. Das sind Vorfälle, mit denen man rechnen muß. Übrigens sind alle Sendungen sonst in tadellosem Zustand angekommen. Auch die Sendung an M.s Vater und Schwester, wie ich ja bereits geschrieben habe. Vorläufig kann man noch Liebesgaben über Holland senden. Das letzte Paket an die Kinderfrau habe ich von hier aus am 26. April bestellt. Sie dürfte es um den 20. Mai herum erhalten. – Was ich über unseren Gesundheitszustand schreiben soll, weiß ich nicht recht. Mama geht es nach dieser Seite hin am besten. Ob ich organisch in Ordnung bin, weiß ich nicht. Sonst habe ich nur ein einziges Bedürfnis, das nach größter Ruhe: Niemanden sehen und mit niemandem sprechen. Ich kann mich aber hier leicht vollkommen abschließen, was ich meistens tue. Ich lese und lerne Französisch soviel ich kann, was mich allerdings oft sehr ermüdet. Eine große und wohltätige Erleichterung und Zerstreuung ist für mich der wirklich in der Wiedergabe ausgezeichnete Radioapparat geworden, Brüssel hat einen französischen und einen flamischen Sender. Beide haben oft ausgezeichnetes musikalisches Programm, ebensogut und geschmackvoll sendet der Pariser Langwellensender, das gleiche trifft häufig auch

für die holländischen Sender zu. Ich habe in der letzten Zeit viel Bach, Mozart, Haydn, Schubert, Grieg usw. gehört, besonders viel Beethoven. Wirklich tiefsten Eindruck machte auf mich diese Woche eine Sendung aus Paris: die »Kreutzersonate« mit Jaques Thibaut und Corot. Von den Ereignissen, von den Zeitungen abgesehen, höre ich täglich 2 bis 3 mal die Londoner Nachrichten in deutscher Sprache und die französischen des Brüsseler Senders. – Wir waren bereits einmal zur Jause bei unserem Hausherrn und sie bei uns. Es sind außerordentlich liebenswürdige und der besten Gesellschaftsklasse angehörige Menschen, die im Weltkrieg sehr viel erdulden mußten und deshalb die Deutschen entsprechend hassen. Sie sind bereits Urgroßeltern! Aber nicht einmal besonders alt. Er ist so alt wie ich. Die Dame, die sehr viel Verständnis für uns hat, hilft uns, wo sie kann.
Viele und die herzlichsten Grüße von mir und Mama,
Papa.

Sie nach Deutschland abschieben, in den sicheren Tod. Und dieser Großvater, der doch die Lage gar nicht so falsch einschätzte, der mochte sich eine solche Grausamkeit nicht vorstellen, sprach von »Zwischenfällen«, die im Übereifer passieren konnten? Elsa denkt an die Menschen mit den leeren Augen, die hier, in Elsas Heimat, aus der man ihre Großeltern verjagt hat, nur geduldet werden. Die man, bis die erste Bombe fiel, noch zurückschickte in jenes Land, wo ihnen Tod und Vertreibung drohten, die man auch jetzt nur für kurze Zeit hier dulden will und die nicht wissen, wohin. Eine unvorstellbare Grausamkeit, und doch gibt es welche, die sich derlei durchaus vorstellen, ja es auch in die Tat umzusetzen bereit sind.

Im Radio erzählt einer, der die Gnade eines ausländischen Passes besitzt und als Beobachter dorthin gereist ist, wo das Morden unter der Bombendecke noch furchtbarer weitergeht als davor, was er gesehen hat. Menschen habe er getroffen in den Wäldern und Bergen, wo sie ohne Wasser und Essen ausharrten, Menschen, die schon in Sicherheit gewesen seien, hier, in diesem Land und auch in anderen. Die man zurückgeschickt habe – so wie man die Großeltern aus Belgien nach Deutschland zurückschicken wollte? In jenem Mai 1940, kurz bevor die Barbaren auch das dem Onkel im fernen Kongo so sicher erscheinende Belgien überrannten. Kurz, bevor die geliebte Tante der Mutter zum Bahnhof zitiert wurde und diesem Ruf auch folgte. Kurz bevor auch der letzte schriftliche Kontakt abbrechen sollte – wie Elsa mit einem Blick in die Mappe feststellt, in der nur noch wenige dünne Blätter zurückgeblieben sind.

Wie der Vater diesen Brief empfunden haben mag? Auch darüber hat er nie gesprochen, sondern hat vielmehr die Briefe tief in einer Schublade versteckt, all die Jahre. Und Elsa hadert mit ihrem Vater, der ihr ganzes Leben lang ihr Fels in der Brandung war und ihr so sehr fehlt seit seinem Tod, dass sie bisweilen meinte, nicht mehr zurechtkommen zu können mit diesem Leben – und der ihr doch verheimlicht hat, wer seine Eltern waren und wie ihre letzten Lebensmonate ausgesehen haben.

Ihr Vater, der sich anhielt an Ideen vom besseren Menschen und doch wissen musste, dass es diesen besseren Menschen kaum gibt. Dieser Vater, den sie jetzt manchmal, wenn die Ratlosigkeit wie eine Welle über ihr zusammenschlägt, so gern fragen möchte und nicht mehr fragen kann. Was hätte er wohl gesagt zum Zusammenbruch jener Regime, die er so lange verteidigt hat? Was zu jenem Krieg, der jetzt wieder in Europa tobt? Was zu dieser ganzen neuen Weltordnung? Nie ist er nach Amerika gefahren, dieser Vater, weil er als Kommunist vielleicht kein Visum bekommen hätte, aber auch, weil er nicht hinfahren wollte in jenes Land, das ihm so lange Zeit als Feindesland erschien. Und Elsa denkt mit einiger Verwunderung, wie stark diese Abneigung des Vaters in ihr nachgewirkt hat, wie lange sie sich selbst geweigert hat, Amerika zu besuchen.

Erst die Kinder haben Elsa eines Besseren belehrt, mit ihrer unstillbaren Neugierde und der Forderung nach einer Reise in eben jenes Land, das ihnen über das Fernsehen schon lange nahe gebracht worden war.

Und so hat Elsa ihre Empfindungen tief in ihrem Inneren vergraben und mit den Kindern jene Reise unternommen, die sie allein nie gewagt hat. Jetzt, da von diesem Amerika aus der Befehl gekommen ist, Bomben zu werfen, kann sie nicht mehr sagen, dass sie dieses Land hasse, nicht verstehe, ablehne. Nicht mehr so wie damals, als sie – lange bevor die Kinder auf der Welt waren – auf die Straße ging gegen jene amerikanische Regierung, die Bomben auf ein kleines Land im fernen Asien warf. Und die Amerikareise hat Elsa wieder einmal gezeigt, dass auch sie weit davon entfernt ist, gegen Vorurteile aller Arten gefeit zu sein, dass auch sie sich gerne der bequemen Formulierung »Die …« bedient – seien es »die Serben«, »die Albaner« oder eben auch »die Amerikaner«. Wie falsch dieses »die« doch ist, musste sich Elsa wiederholt eingestehen bei jener Reise.

Und Elsa denkt, eingehüllt in Schlamm, der ihre Schmerzen lindern soll, an jenen New Yorker Taxifahrer, der ihr auf einer kurzen Fahrt seine ganze Lebensgeschichte erzählt hat: von seinem Überleben in einem östlichen KZ, den Toten – seiner Familie –, die ihn nie mehr verlassen haben, auch nachdem er hierher in dieses Land der angeblich unbegrenzten Möglichkeiten gekommen war, und auch vom Vermächtnis dieser Toten, dem er gerecht zu werden versucht, indem er die Schriften eines Wunderrabbis, der den Barbaren ebenso zum Opfer fiel wie seine Familie, hier in dieser fremden Sprache drucken lässt. Um sein mühsam als Taxifahrer verdientes Geld. Und Elsa denkt auch an die Mahnung, die der Mann ihr und den Kindern, als sie ihr Fahrtziel erreicht hatten, mitgab: Nie solle sie ihre Ahnen vergessen, nie vergessen, dass sie Jüdin sei, hat der Mann ihr in schwerfälligem russisch-amerikanischem Englisch nachgerufen, als sie schon ausgestiegen war, und Elsa hat sich danach gefragt, wie dieser Mann wohl auf den Gedanken kommen konnte, sie könnte dies je vergessen.

Jetzt, Monate nach der Reise, die Elsa genossen hat wie wenige zuvor, auch wenn sie sie mit viel Anspannung hinter sich gebracht hat, denkt sie immer wieder an diesen Mann und seine Mahnung und daran, wie wenig ihr Vater und ihr Großvater – diese Pötzleinsdorfer Großbürgerlichen – doch wissen wollten von Wunderrabbis und jüdischen Vorfahren, wie sehr sie sich doch bemüht hatten sich einzugliedern, anzupassen, aufzugehen in der Mehrheit und wie ihnen dies am Ende doch so gar nicht gelingen konnte. Und heute?

Elsa verspürt die inzwischen vertraute Ratlosigkeit und denkt, dass sie vielleicht der einzige Beweis für ihr eigenes Erwachsenwerden sei, dafür, dass sie nicht mehr einfach Schwarz und Weiß sehen kann, so wie früher, als sie vielerlei Sicherheiten zu verspüren meinte, zu wissen meinte, was Gut und was Böse, was Recht und was Unrecht ist. Heute, denkt Elsa, während sie in einem lichtdurchfluteten Turnsaal ihren Körper gehorsam nach den Anweisungen eines viel zu jungen Lehrers biegt, hat sie gelernt alles in Frage zu stellen – und vielleicht ist das etwas, was sie ihren Kindern um jeden Preis mitgeben sollte. Die Angewohnheit nämlich, nie dem ersten Blick zu trauen, sondern stets zu zweifeln. Und diesem Zweifeln mehr zu vertrauen als allen trügerischen vorgeblichen Sicherheiten. Oder doch nicht? Ein paar absolute Sicherheiten braucht der Mensch doch wohl in seinem Leben?

Nein, Elsa ist keine Philosophin und gerät bei derlei Gedankengängen stets aufs Neue in eine Sackgasse. Aus der sie sich befreit, indem sie die Gedanken anderen, einfacheren, wohl auch oberflächlicheren Themen zuwendet. Der Frage, wohin sie die Kinder in diesem Jahr im Sommer wohl begleiten wollen. Der Frage, welches ihrer zahllosen Bücher sie wohl als nächstes zur Hand nehmen wird – dem kleinen Alltag mit einem Wort, der, je deutlicher vorhanden, die tiefen inneren Gräben umso leichter überbrückbar erscheinen lässt.

An diesem Abend öffnet Elsa die Mappe nur zögernd. Nicht sicher, ob sie die verbliebenen Blätter noch lesen will. Und findet keines mehr, das mit der alten Schreibmaschine des Großvaters eng beschrieben ist.

Istanbul, 4. September 1940

Lieber Freund,
Wir sind jetzt schon seit vielen Monaten ohne Nachricht von Dir und benützen die neu eröffnete Fluglinie via Kairo, um Dir zu schreiben. Hoffentlich gelangt dieser Brief tatsächlich in Deine Hände.

Wir haben keine Ahnung, ob Du mit Belgien irgendeinen Kontakt hast und wissen daher nicht, ob Du die traurige Nachricht vom Ableben Deines Vaters schon erhalten hast. Wir selbst haben von dem traurigen Ereignis erst gestern auf Umwegen Kenntnis erhalten und beeilen uns, Dich davon zu verständigen und Dir gleichzeitig unser innigstes Beileid auszudrücken. Wir erfuhren, daß dein Vater auf einem Interniertentransport schwer erkrankt ist und in ein Feldspital gebracht wurde, vermutlich in Frankreich, wo er am 30. Mai verschied. Nach Belgien gelangte die Nachricht erst 6 Wochen später und erreichte uns über Holland. Gleichzeitig erfuhren wir, dass Deine Mutter weiter in Keerbergen lebt und daß sie ihr Schicksal mit Fassung trägt. Sie hat keine finanziellen Sorgen, weil ihr ein Teil des Congogeldes ausbezahlt

worden ist. Man hat uns gebeten, Dir davon Mitteilung zu machen, das ist vorläufig alles, was wir aus Belgien erfahren haben, sollten wir weitere Nachrichten bekommen, werden wir Dir unverzüglich schreiben.
Schreibe uns recht bald und sei recht herzlich gegrüßt,
von Deinen Freunden aus Istanbul

Wie viele Tage liegen zwischen dem letzten Brief des Großvaters und seinem Tod, fragt sich Elsa und rechnet fieberhaft nach, als ob es in diesem Augenblick noch eine Bedeutung haben könnte.

21 Tage. So viele hatte er noch zu leben, als er zum letzten Mal schriftlich mit dem Sohn in Kontakt trat. 21 Tage. In einem Feldspital in Frankreich sei er gestorben, in einem Interniertentransport habe er sich davor befunden, schreiben die Freunde des Vaters – aber Elsa hat aus der Kindheit eine andere Geschichte im Kopf. Geflüchtet seien die Großeltern, als die Barbaren nach Belgien vordrangen, zur französischen Grenze, zu Fuß mit vielen anderen. Verloren hätten sie sich auf dieser Flucht, der Großvater mit dem ihnen noch verbliebenen Geld, wenig wohl, wenn Elsa an seinen letzten Brief denkt, die Großmutter aber, so erzählt Elsas Mutter immer, mit den Medikamenten, derer der Großvater bedurfte. Bei einem Bombenangriff sei der Großvater umgekommen, am Straßenrand, erzählte man sich in der Familie in Elsas Kindheit auch. Von einem französischen Feldspital war nie die Rede in den Familienlegenden. Nur von diesem Tod im Straßengraben. Aber Elsa weiß auch, dass es irgendwo in Frankreich ein Grab dieses Großvaters gibt, der sich ihr da in seinen wenigen Briefen dargestellt hat. Nie hat Elsa dieses Grab gesehen, nie hat der Vater mit ihr eine Reise zu jenem Grab unternommen. Der Onkel aus dem fernen Kongo habe eine Grabstätte eingerichtet, nach dem Ende der Herrschaft

der Barbaren, nachdem er zurückgekehrt war nach Frankreich, nicht nach Österreich. Dieser Onkel, der nichts mehr mit der einstigen Heimat zu tun haben wollte, seinen Söhnen nie die eigene Muttersprache beigebracht hat, so dass diese um ein Vielfaches weniger von ihren Großeltern wissen als Elsa und ihre Geschwister. »Vergiss sie nicht, deine Vorfahren«, hat ihr der Überlebende in New York gesagt und Elsa denkt an ihre Cousins in Frankreich, denen dieses Nicht-Vergessen so viel schwerer gemacht wurde als ihr selbst.

Ein Grab des Großvaters gibt es, irgendwo in Frankreich – doch kein Grab der Großmutter.

Sie lebe weiter in Keerbergen, schreiben des Vaters Freunde aus der Türkei. Und Elsa erinnert sich, dass der Vater ihr irgendwann, als der Großvater schon tot war, wohl endlich doch von seiner neuen Liebe geschrieben haben mag, denn Elsas Mutter erzählt von kleinen dreieckigen, auf grauem Papier geschriebenen Briefen dieser Großmutter in Belgien. Von der Geburt ihres Enkelsohnes, Elsas älterem Bruder, habe sie noch gewusst, diese Großmutter, die, so erzählt Elsas Mutter auch, am Ende der Flucht, als klar war, dass es keinen Ausweg mehr geben konnte, den Heimweg aus Frankreich zurück in jenes Keerbergen überlebt hat, weil sie anderen Flüchtlingen half, ihre Habe zu tragen und dafür ein Stück Brot, einen Schluck Wasser und vielleicht auch einmal ein Stück Käse bekam.

Rot-Kreuz-Briefe seien das gewesen, die die Großmutter aus dem flämischen Keerbergen, wo sie weiterhin mit jener »Arierin« und dem »Kavallerieoffizier« lebte und noch mehr als zwei Jahre leben sollte, ehe die Barbaren sie zu fassen bekamen, nach England schickte, und der erste Satz jedes dieser Briefe habe gelautet: »Die Kinderfrau und Deine Schwester sind noch zu Hause.« Französisch habe die Großmutter aus dem flämischen Keerbergen geschrieben, erzählt Elsas Mutter auch. Aber die grauen dreieckigen Rot-Kreuz-Briefe sind unauffindbar. Immer wieder fragt Elsa nach ihnen, aber die Mutter kann nicht sagen, welches Schicksal diese letzten Lebenszeichen der Großmutter ereilt hat, bevor die Barbaren sie, die so unglaublich tapfer gewesen sein muss in all ihrer Hilflosigkeit, vernichteten.

Hilflos und sehr einsam muss sie gewesen sein am Ende, denkt Elsa und wieder steigen Tränen in ihr auf, die sie nicht zu zügeln vermag. Allein unter Fremden, ausgeliefert einem Orkan, gegen den es keinen Schutz mehr gab in jenem kleinen flämischen Ort, wo wohl viele bereit gewesen sein mögen, eine ältere Jüdin, die gewiss nicht ganz und gar arm erschien, an die Barbaren auszuliefern. Nur die kleinen, dreieckigen Briefe verbanden sie noch mit ihrem Sohn, der, obwohl er doch die Briefe seines Vaters mit so großer Sorgfalt und fein säuberlich geordnet aufbewahrt hat über Jahrzehnte und trotz aller Übersiedlungen, diese letzten Lebenszeichen hat verloren gehen lassen.

Vielleicht, denkt Elsa und trocknet sich die Augen wie ein Kind mit der Faust, konnte er sie nicht ansehen, diese kleinen grauen Nachrichten aus dem besetzten Belgien, hätte in ihrer Gegenwart sein Leben nicht mehr weiterleben können. Vielleicht, denkt Elsa und fragt sich zur gleichen Zeit, warum sie sich gezwungen fühlt stets eine Erklärung zu suchen – als ob es nicht möglich wäre, derlei Bewandtnisse ohne Erklärung anzunehmen, als einen Teil jenes Absurden, das das Leben ihrer Großeltern und auch ihrer Eltern so sehr ausgemacht hat.

Und Elsa denkt auch an ihre anderen Großeltern. Den Großvater, der den in die Emigration gehenden erwachsenen Töchtern törichte Ratschläge mitgab, die Großmutter, die wohl rundlich und gemütlich gewesen sein mag und, so erzählt es Elsas Mutter immer wieder, gern mit ihren Kindern gegangen wäre und dies doch des Mannes wegen, den sie eben doch irgendwie lieb gehabt haben muss, nicht getan hat. An diese Großeltern, die man aus ihrer schäbigen, kleinen

Wohnung hinausgetrieben hat in eine noch schäbigere, kleinere Unterkunft, bevor man sie umbrachte. Die, so erzählt Elsas Mutter auch, ebenfalls von der Geburt des Bruders erfahren hätten durch solche Rot-Kreuz-Briefe. Geweint habe die Großmutter aus der proletarischen Leopoldstadt, als sie von der Geburt ihres Enkelsohnes erfahren habe, erzählt Elsas Mutter. Weil ihr doch der einzige Bub, den sie je auf die Welt gebracht hatte, gestorben war mit drei Monaten. Aber auch die Briefe dieser in Wien festsitzenden Leopoldstädter Großeltern gibt es nicht mehr. Auch sie kann die Mutter nicht mehr finden, kann nur ihren Inhalt mehr oder weniger genau wiedergeben und Elsa ist böse, weil sie jetzt, nachdem sie des väterlichen Großvaters Briefe gelesen hat, spürt, dass ihr diese anderen Großeltern so unendlich unbekannt bleiben müssen und nicht einmal indirekt zu ihr sprechen können.

Im Fernsehen sieht sie Kinder, die ihre Eltern auf der Flucht verloren haben. Kinder mit Wolfsaugen, unbehütet und sich selbst überlassen in einem anderen Orkan, der keine Flucht gestattet.

Ratlos sei sie, ratlos, ängstlich und hoffnungslos, verrät Elsa an diesem Abend einer Freundin, die in einem anderen sicheren Land lebt, am Telefon. Besser fühlte sie sich, wenn sie etwas tun könnte in dieser neuen gefährlichen Lage, die ihr ihre Zukunft und die Zukunft der Kinder so unsicher erscheinen lasse. Etwas tun, sagt Elsa zur Freundin am Telefon und fügt hinzu, dass sie nicht wisse, was.

Schreib es auf, sagt die Freundin. Schreib diese Geschichte deiner Großeltern auf, damit sie nicht vergessen wird. Schreib gegen das Vergessen an. Für deine Kinder, für andere Menschen – und auch für dich selbst.

12

ELSA geht durch Wien. So wie sie es sonst nur in ihr gänzlich fremden Städten zu tun pflegt. Mit weit offenen Augen und voll Staunen. Und ertappt sich dabei, dass ihr die Stadt imposant und schön erscheint. Lieblich mit ihren alten Bauwerken und Parks. Ungeheuer schön und sehr vertraut. Nie zuvor hat sich Elsa so daheim gefühlt in dieser Stadt wie jetzt.

Die Kur ist lange vorbei, die Mappe mit den Briefen ausgelesen – und der Krieg, der heutige?

Das Gute habe über das Böse triumphiert, sagt einer im Radio und es heißt, der Krieg sei zu Ende. Aber – die Erleichterung, auf die Elsa gewartet hat, will sich nicht einstellen.

Freilich, Elsa geht durch Wien und denkt, wie angenehm es sich leben lässt in dieser Stadt, aus der man ihre Großeltern davongejagt, in der man sie gequält und gedemütigt hat, bis sie sich selbst kaum noch als Menschen empfanden. Diese Stadt, in der sie und die Mutter vor Jahren noch die Beschimpfung »Saujuden« zu hören bekamen und gleichermaßen empört wie hilflos waren.

Zum ersten Mal beginnt Elsa zu begreifen, was die Eltern wohl dazu getrieben haben mag, sogleich – kaum hatten sich die Barbaren in die Niederlage geschickt – zurückzukehren. Sie, die viele Jahre an anderen Orten gelebt und dabei nie sonderliches Heimweh empfunden hat, sieht die Stadt nun mit anderen Augen. Geht durch diese Stadt, als ob sie die ihre wäre und fragt sich doch auch, ob das wirklich so ist. Ob es wohl tatsächlich nie mehr möglich sein könnte, sie aus dieser Stadt zu vertreiben.

Zurückgekehrt sind sie – Elsas Eltern. Zurückgekehrt mit ihren beiden Kindern – Elsas Geschwistern – in eine zerstörte Stadt, in der sich die Menschen bitter beklagten über den schrecklichen Krieg – wohl auch über die Niederlage jener Barbaren, denen sie zugejubelt hatten, als sie das Land überfielen.

Sie sei zu dem Haus gegangen, in dem sie ihre Kindheit verbracht hatte, erzählte Elsas Mutter des Öfteren. Und als sie es betreten habe, sei ihr die Hausmeisterin entgegengekommen. Ein freudiges Lächeln habe sie auf ihr Gesicht gezaubert und der Mutter versichert, wie froh sie sei, sie zu sehen. Was die Mutter ihr nicht so ganz habe glauben wollen. Nach ihren Eltern hat sie gefragt, dem ungeliebten Eisenbahner und der geliebten, fülligen Mutter – dort in jenem Haus in der Leopoldstadt. Und die Hausmeisterin habe ein bisschen gejammert und ihr dann erzählt.

Das Radio – den einzigen wertvollen Besitz, den es je in der Leopoldstädter Familie gegeben habe – habe Elsas Großvater der Hausmeisterin anvertrauen wollen, damals, als die Barbaren sie aus ihrer schäbigen winzigen Wohnung hinausgetrieben hatten. Die Hausmeisterin aber – so erzählte sie es Elsas Mutter, voll des Staunens darüber, dass diese das große Morden überlebt hat – habe das Radio nicht nehmen wollen. Nicht aus Mitgefühl, nicht aus Anständigkeit. Sie habe es nicht nehmen wollen, weil wohl ein Fluch darauf gelegen sei, erzählt sie Elsas Mutter – ein Fluch, denn anders sei ja nicht zu erklären, was *die* mit Elsas Großeltern gemacht haben.

Angewidert sei sie weggegangen, erzählt Elsas Mutter. Und erst Jahrzehnte später das eine oder andere Mal in die Straße zurückgekehrt, um den Kindern und Enkelkindern zu zeigen, wo sie groß geworden war.

So, wie sie ihnen auch das vom Blutordensträger vereinnahmte Haus Jahrzehnte später das eine oder andere Mal von außen und mit Wehmut im Herzen gezeigt hat.

Jenes Haus, in das die Kinderfrau und des Vaters Schwester zurückgekehrt sind, sobald der Blutordensträger geflüchtet war, damals, als die Herrschaft der Barbaren vorbei schien.

Wien, 12.2.1946

Mein Lieber,
endlich ist die Zeit gekommen, wo wir uns wieder schreiben können und hoffentlich auch bald sehen werden. Wie geht es Dir und Deiner Familie? Wir freuten uns riesig, als wir hörten, daß Du geheiratet hast und wie Dein Sohn da war. Nun hast Du einen zweiten Buben, wie heißt er denn? Du hast Deinen Bruder bereits überholt. Hast Du schon direkte Nachricht von ihm? Wir haben schon zwei Bilder von seinem Sohn gesehen, es ist ein fescher Bub.
Deine Schwester und ich haben die bittere Zeit, Gott sei Dank, hinter uns. Es war nicht leicht. Vielleicht weißt Du schon, daß wir wieder im Haus sind. Es ist alles, wie es war, nur daß Papa und Mama fehlen. Über Mama habe ich hier nachgefragt, doch ohne Erfolg. Ich wollte nach Keerbergen schreiben, aber die Mutter Deiner Schwägerin meinte, das solle Dein Bruder besser persönlich erledigen. Vor allem wüßten wir ja hier gar nicht, an wen wir schreiben sollten. Hoffentlich dauert es nicht zu lange. Ich Optimistin glaube fest, daß Mama doch noch kommen wird.
Vielleicht könntest Du etwas unternehmen?
Nun, mein Lieber, erwarten wir mit großer Sehnsucht einen Brief von Dir.
Seien Du und Deine Familie recht herzlich gegrüßt
Deine Kinderfrau

Lieber Bruder, die Kinderfrau ließ es sich nicht nehmen, Dir als erste zu schreiben. Ich bin natürlich sehr stolz, Tante von bereits drei Neffen zu sein. Wenn wir nur erst einmal direkte Nachricht von Dir hätten! Du mußt aber dann genau und aus-

führlich über Dich und Deine Familie berichten. Wir versuchten, Dir bereits einmal im Oktober zu schreiben, aber Du wirst den Brief kaum erhalten haben, da wir ihn nach London adressierten.
Bezüglich Mama teile ich den Optimismus der Kinderfrau nicht. Die Sachen, die man da hört, sind zu schrecklich und die Rückkehr des Vaters unserer Schwägerin ist eine Ausnahme. Die Jahre, die wir hier mitgemacht haben! Jetzt sind wir froh, daß diese Zeit vorbei ist. Schön war es nicht, das kannst Du Dir sicher denken.
Ich weiß nicht, ob Du schon weißt, daß ich am 13. Juli 1945 den 34jährigen N. P. aus Krassnodar am Kuban geheiratet habe. Ich hätte jetzt am 1. April ein Kind bekommen sollen, hatte aber, zu meinem größten Leid, einen Abortus im dritten Monat. Nach Meinung der Ärzte eine Folge der letzten Jahre. Momentan bin ich Strohwitwe und sehr in Sorge um meinen Mann, da er dienstlich in Ungarn ist und ich schon sehr lange ohne Nachricht von ihm bin. Ich habe vor, mit ihm nach Krassnodar zu gehen. Wann, weiß man natürlich noch nicht.
Weißt Du eigentlich, daß die Nichte der Kinderfrau schon wieder drei Jahre geschieden ist? Sie läßt Euch auch herzlich grüßen.
Also, lieber Bruder, schreib recht bald.
Dir, Deiner Frau und den Buben die herzlichsten Grüße
Deine Schwester

Den letzten Brief hat Elsa aus der Mappe gezogen, lange nachdem sie nach Hause zu den Kindern, in den Alltag zurückgekehrt ist.

Lachen muss sie über vieles in diesem Brief, auch wenn es ihr die Kehle zusammenschnürt beim Lesen. Hoffnungen hatten sie, Hoffnungen, dass die Pötzleinsdorfer Großmutter dort im fernen Belgien überlebt haben könnte. Hoffnungen! Und doch – drei Jahre, so erzählt Elsas Mutter, habe sie durchgehalten in jenem kalten Kerbeergen, abgeschnitten von ihren Söhnen im Kongo und in England, als einzige Gesellschaft jenes Ehepaar, von dem der auch da noch arrogante Großvater gesagt hatte, sie seien ganz angenehm, aber dumm. Drei Jahre, in denen Elsas Bruder zur Welt gekommen ist, in denen man sich über das Rote Kreuz das eine oder andere Mal Briefe zukommen lassen konnte – bis die Barbaren sie doch noch holten und ermordeten. Drei Jahre – und doch nicht lange genug. Vielleicht hätte sie nur noch wenige Monate durchhalten müssen, denkt Elsa, vielleicht aber hatte sie sich schon aufgegeben. Nie, denkt Elsa, nie wird sie wissen, wie es war. Wie sie war, diese Großmutter, deren Briefe ihr doch so vertraut geklungen haben.

Elsa holt eine Freundin zu Hilfe, die das Leben aus reinem Zufall und ohne Not nach Brüssel verschlagen hat. Die dort lebt und die Menschen kennt, die es zu fragen gilt. Zwei Anrufe hätte sie benötigt, um es herauszufinden, sagt die Freundin und teilt Elsa dann einfache Zahlen mit. 15.1.1944 – an jenem Tag sei die Großmutter deportiert worden. Gemeinsam mit 661 anderen Menschen, von denen 62 Kinder gewesen seien. Fünf hätten beim Abtransport einen Fluchtversuch unternommen und seien getötet worden, der Hälfte hätte man bei der Ankunft die schändliche blaue Nummer in den Unterarm tätowiert, die anderen seien ins Gas gegangen. In Auschwitz. Elsas Magen rebelliert plötzlich, sie muss sich erbrechen angesichts dieser Erkenntnis. Vergast in Auschwitz – ihre Großmutter, die damals in ihrem sechzigsten Jahr stand. Noch jung genug gewesen wäre, um Elsa eine Gefährtin zu sein. Die wenig älter war als Elsa heute, als man sie aus ihrem Land trieb, als sie darauf wartete, von den Mördern geholt zu werden.

In Mechelen habe man sie zusammengetrieben, die Großmutter und die übrigen 661 Menschen jenes Transportes – aus jener Gegend in Flandern, in der Elsas Onkel seine Eltern sicher gewähnt hatte. Sehr viele Flüchtlinge hätten sich gerade dort niedergelassen, jüdische Altersheime habe es in der Region gegeben, so dass die Barbaren eigentlich nur kommen und die, die ihnen nicht als Menschen galten, einsammeln mussten. Unter ihnen eben auch jene Großmutter, die ihr Leben mit so viel Gleichmut getragen haben soll. Und die Ihren hofften – noch zwei Jahre nach jenem Transport in die Vernichtung – auf ihre Rückkehr. Jene Kinderfrau, die ihr den Mann weggenommen hatte, jene Tochter, die sie allein zurückgelassen hatte in der unheimlich gewordenen Heimat.

Einen Russen hat die Tante geheiratet, die Elsa nie kennen gelernt hat. Einen Russen? Und hier muss Elsa laut lachen. Nach Krassnodar am Kuban wollte sie ihm folgen? Welch ein Glück, dass sie es nicht getan hat.

Die Heirat, sagt die Mutter, sei eben eine von damals gewesen. Der russische Offizier wohl einer, der der Tante etwas vorgespielt habe, um sie ins Bett zu bekommen. Wahrscheinlich, so sagt die Mutter, habe er sie nie mitnehmen wollen nach Hause, nach Krassnodar, wo er vielleicht schon Frau und Kinder hatte. Doch Elsa will das nicht glauben. Und ihr fallen Erzählungen ein, Erzählungen aus jenem anderen Terrorregime.

Eine Österreicherin heiraten zu jener Zeit, als man Siegermacht war, das habe wohl an Hochverrat gegrenzt. Auf Dienstreise in Ungarn sei der Ehemann, schreibt Elsas Tante und Elsa denkt, dass er wohl schon in einem der sibirischen Lager verschwunden war, zu jenem Zeitpunkt, als die Tante ihrem Bruder stolz ihre Heirat mitteilte. Weil man es ihm wohl nicht verziehen hatte, dass er eine Jüdin aus Österreich geheiratet hatte. Und, denkt Elsa auch, welches Glück, dass diese Tante nie erleben musste, wie das Leben für sie gewesen wäre in jenem Krassnodar, wo sie die Sprache und das Leben der Menschen wohl kaum verstanden hätte. Mitleid steigt in ihr auf, Mitleid, das sie nicht mag und jetzt doch empfindet. Für diese Frau, die da einen Mann liebte und nicht mit ihm sein durfte, die sein Kind austragen wollte und es nicht konnte. Mitleid für diese Tante, die bis heute nichts mit ihr zu tun haben will, weil es da irgendwann einmal einen dummen Streit in der Familie gegeben hat.

Die Sieger tanzen auf den Straßen und lassen jene, die ihr Land für sie besetzt haben, hochleben. Und zünden – so ganz nebenbei – die Häuser anderer an, so wie bis vor kurzem ihre eigenen Häuser angezündet wurden. Hat das Gute über das Böse triumphiert?

Elsa geht durch Wien und schaut sich mit fremden Augen um. Irgendwann, als sie sich selbst schon als erwachsen betrachtete, hat sie eine Wohnung gemietet, in einem anderen Teil der Stadt. Nicht mehr da, wo sie aufgewachsen ist. Näher zum Zentrum. In diesem Teil der Stadt geht Elsa jetzt durch die Straßen und findet schließlich auch jenes Haus, in dem die Kinderfrau eine Wohnung mietete. Jene Wohnung, in der Großvater und Großmutter nicht leben durften, in der die Kinderfrau die Schwester des Vaters versteckt hielt. Das Haus, in dem die Möbel und vor allem die Bücher der Großeltern die Barbaren überlebt haben. Die Fassade sieht alt aus. Elsa betrachtet die neuen Häuser rundherum – gesichtslos, ohne Anmut. Diese eine Fassade aber hat noch eine Geschichte. Neben der Eingangstür findet Elsa eine Tafel. Bomben seien auf dieses Haus gefallen, hätten es teilweise zerstört, steht auf der Tafel. Die Stadt habe aber nach dem Krieg das Haus wieder aufbauen lassen. Als Elsa hinaufblickt, über den ersten Stock hinaus, wird ihr klar, dass dies nicht mehr jenes Haus ist, in das die Kinderfrau aus der »arisierten« Pötzleinsdorfer Villa umgezogen war. Und doch. Im ersten Stock sei die Mietwohnung der Kinderfrau gelegen, hatte der Großvater in einem seiner Briefe geschrieben. Und dieser erste Stock, der ist so, wie er damals wohl auch schon gewesen ist. Seltsam, denkt Elsa im Weitergehen. Nie haben sie davon erzählt. Dass die Kinderfrau und die Tante auch einen Bombenangriff auf ihr Wohnhaus zu überstehen hatten, dass sie, wie so viele, die den Barbaren zugejubelt hatten, im Keller saßen, zitternd und nicht wissend, was ihrer harrte, wenn sie diesen Keller wieder verließen. Auch Elsas Mutter weiß nichts von den Zerstörungen an jenem Haus, auch ihr haben sie nie davon erzählt. Kaum aber waren die Barbaren vertrieben, hat die Kinderfrau – die wohl beherzt und auch das, was man in Elsas Familie gern einen anständigen Menschen nennt, gewesen sein muss – die Möbel, die Bücher und die Tante zusammengepackt und sich aufgemacht, jene Villa, die der Blutordensträger sich um ein paar Groschen zu Eigen gemacht hatte, wieder in Besitz zu nehmen. Und der Blutordensträger?

Davongelaufen sei er, erzählt die Mutter. Ganz plötzlich, ohne sein Eigentum noch retten zu wollen, ja selbst ohne sich die Zeit zu nehmen, jene Dokumente, die Elsa und ihre Mutter später aus des Vaters Schreibtisch ans Tageslicht fördern und lesen sollten, zu vernichten – wie es viele seines Schlags wohl noch getan haben, auf dass ihre Schandtaten nicht ans Licht kämen. Gerannt muss er sein, ohne zu denken. Ob ihn seine eigenen Taten je eingeholt haben? Wohl kaum, sagt Elsas Mutter.

Als sie zurückgekehrt waren mit den beiden Kindern, die – was die Kinderfrau und die Tante wohl falsch verstanden hatten – nicht zwei Buben, sondern ein Bub und ein Mädchen, Elsas Bruder und Schwester, waren, hatte die Mutter eines Tages ein gruseliges Erlebnis in der Pötzleinsdorfer Villa.

Sie habe aus dem Küchenfenster in den Garten geblickt und dort eine Frau gesehen, die sich rege mit der Hausmeisterin unterhalten habe. Denn es habe eine kleine Hausmeisterwohnung existiert, in der eine Familie mit zwei Kindern gehaust habe, vom Blutordensträger zur Arbeit hierhergeholt und weder von der Kinderfrau noch von Elsas Tante oder gar von ihrem Vater wieder vertrieben aus der nicht allzu guten Unterkunft, die doch im zerbombten Wien damals wohl noch ein Glück gewesen sein mag. Mit jener Hausmeisterin also habe sich diese Frau mit dem verkniffenen Mund unterhalten und Elsas Mutter, irgendwie misstrauisch geworden, habe, als sich die Frau verabschiedet hatte, die Hausmeisterin gefragt, wer das denn gewesen sei. Die Frau Blutordensträger, habe die Hausmeisterin mit Ehrfurcht in der Stimme geantwortet und von da an jede Sympathie der Mutter für immer verspielt.

Die Frau Blutordensträger war wohl gekommen, um nach ihrem Eigentum zu sehen, das nicht ihres war. Alles, was die Familie des Blutordensträgers zurückgelassen hätte an Möbeln und sonstigem Inventar, hätten sie ihnen zurückgegeben, erzählt die Mutter und Elsa und ihre Schwester finden das unglaublich großzügig und stellen sich oft vor, was sie an der Stelle der Eltern mit Möbeln, Büchern oder Hausrat der Blutordensträgerfamilie wohl getan hätten. Zurückgegeben, wie? Der Blutordensträger – der flüchtige Verbrecher – habe einen offiziellen Kurator gehabt, der seine Sache nur allzu gut betrieben habe, erzählt die Mutter auch und in Elsa steigt heißer Zorn auf. Geld habe er verlangt für die Reparaturen, die er, als seine barbarischen Freunde an der Macht waren und er stolz die Villa von Elsas Großeltern bewohnte, vornehmen ließ. Und sie, Elsas Vater und Mutter, hätten gezahlt, ganz wie anständige Bürger, die keine Schulden machen wollten. Damit alles seine Ordnung habe. Gezahlt an jenen wendigen Kurator, der seinem flüchtigen Klienten ein bequemes Leben für die Zukunft sichern wollte. Danach verliert sich die Spur des Blutordensträgers aus Elsas Familiengeschichte, wohl vor allem, weil keiner wissen wollte, was aus ihm geworden war.

In jenem Land, wo nun angeblich wieder Friede herrscht, werden jetzt andere vertrieben, und jene, die nirgends hingehören, beschuldigt, mit dem Feind von gestern gemeinsame Sache gemacht zu haben. Was ausreicht, um sie in schmutzige Zelte zu pferchen, sie ohne Schutz und Hilfe ihrem Schicksal und der Willkür jener zu überlassen, für die bis vor kurzem das mitleidige Herz der Zuschauer aus der Ferne so heftig geschlagen hat. Das Gute hat über das Böse triumphiert, hört Elsa jenen Mann wieder sagen und fragt sich, wie einer heute, am Ende dieses schrecklichen Jahrhunderts, das doch für sich in Anspruch nimmt, das Jahrhundert des Fortschritts der Menschheit gewesen zu sein, noch so einen Satz über die Lippen bringen kann.

Lernen, so viel wie möglich, so tief wie möglich, so breit wie möglich. Das versucht Elsa ihren Kindern als Lebensmotto mitzugeben. Aber, so denkt sie jetzt manchmal, wenn sie durch diese Stadt geht, die ihr so vertraut und doch auch so fremd ist, kann man genug lernen, um nicht dem gemeinsamen Irrtum, dem vorübergehenden Wahnsinn der Vielen zu erliegen? Doch während sie die wunderbaren alten Häuser ansieht und froh ist, dass es sie noch gibt, dass sie ihr noch einen kleinen Hauch jenes Gefühls vermitteln, das wohl die Liebe ihrer Eltern und Großeltern zu dieser Stadt ausgemacht haben mag, denkt sie, dass es doch nur diesen einen Weg gibt.